人猿泰山全译精编插画系列（全25种）

人猿泰山
之
结缘蚁人

［美国］埃德加·赖斯·巴勒斯/著
白　莲/译

**Tarzan and the Ant
by Edgar Rice Burroughs**

上海文艺出版社
上海故事会文化传媒有限公司

图书在版编目（CIP）数据

人猿泰山之结缘蚁人／（美）埃德加·赖斯·巴勒斯著；白莲译．－－上海：上海文艺出版社，2019
（人猿泰山全译精编插画系列）
ISBN 978-7-5321-7033-3

Ⅰ．①人… Ⅱ．①埃… ②白… Ⅲ．①长篇小说－美国－现代 Ⅳ．① I712.45

中国版本图书馆 CIP 数据核字 (2019) 第 029688 号

书　　名：人猿泰山之结缘蚁人
著　　者：[美国] 埃德加·赖斯·巴勒斯
译　　者：白　莲
责任编辑：胡　捷
装帧设计：周　睿
责任督印：张　凯

出　　版：上海文艺出版社
出　　品：上海故事会文化传媒有限公司
　　　　　（200020　上海市绍兴路74号　www.storychina.cn）
发　　行：上海文艺出版社发行中心
　　　　　（上海市绍兴路50号）
印　　刷：上海中华印刷有限公司
开　　本：889毫米x1194毫米　1/32　印张7.75
版　　次：2019年5月第1版　2019年5月第1次印刷
ISBN：978-7-5321-7033-3/I.5625
定　　价：25.00元

版权所有·不准翻印

上海故事会文化传媒有限公司 出品（00847）www.storychina.cn

上海故事会文化传媒有限公司所有图书可办理邮购，免收邮费（挂号除外）
汇款地址：上海市绍兴路74号(200020)　收款人：上海故事会文化传媒有限公司出版发行部
联系电话：021-64338113
如发现本书有质量问题，请与印刷厂质量科联系 T:021-60829062

人猿泰山全译精编插画系列（全25种）

编 委 会

总 策 划：夏一鸣

主　　编：黄禄善

副 主 编：高　健

编辑成员

（按姓氏笔画为序排列）：

田　芳　朱崟滢　李震宇　张雅君

胡　捷　高　健　夏一鸣　黄禄善　詹明瑜　蔡美凤

百年文学经典 文化传播之最
人猿泰山驰骋的奇幻世界

黄禄善

美国文学史上不乏这样的作家：他们生前得不到学术界承认，死后多年也不为批评家看好，然而他们却写出了最受欢迎的作品，享有最大范围的读者。本书作者埃德加·赖斯·巴勒斯即是这样一位作家。自1912年至1950年，他一共出版了一百多本书，这些书涉及多个通俗小说门类，而且十分畅销，其中不少被译成多种文字，在世界各地广为流传。当代科幻小说大师亚瑟·克拉克曾如此表达对他的敬仰："埃德加·赖斯·巴勒斯具有重要地位。是巴勒斯，激起了我的创作兴趣。"另一位著名通俗小说家雷·布莱德伯利也说："埃德加·赖斯·巴勒斯也许可以称为世界历史上最有影响力的作家。"然而，正是这个被众人交口称誉的作家，对前来采访的记者说："我不认为我的作品是'文学'。"而且，面对众多书迷的"如何走上文学道路"的提问，他也只是轻描淡写地回答："那是因为我需要钱。我35岁时，生活中的一切尝试都宣告失败，只好开始搞创作。"

确实，埃德加·赖斯·巴勒斯在从事文学创作前，有过一段十分坎坷的生活经历。他于1875年9月1日出生在美国芝加哥，父亲是南北战争期间入伍的老兵，后退役经商。儿时的巴勒斯对未来充满了幻想，曾对人夸口说父亲是中国皇帝的军事顾问，自己住在北京紫禁城，并在那里一直待到10岁才回国。但是，后来的事实表明，这一良好愿望只不过是一团泡影。从密歇根军事学院毕业后，他在美国骑兵部队服役，不久即为谋生四处奔波。他先后尝试了许多工作，包括警察和推销商，但均不成功。1900年，他和青梅竹马的女友结婚，之后两人育有两儿一女。接下来的日子，埃德加·赖斯·巴勒斯是在贫困中度过的。为了养家糊口，他开始替通俗小说杂志撰稿。他的第一部小说《在火星的卫星下》于1912年分六集在《故事大观》连载。这部小说即刻获得了成功，为他赢得了初步的声誉。同年，他又在《故事大观》推出了第二部小说，亦即首部"泰山"小说。这部小说获得了更大成功。从此，他名声大振，稿约不断，平均每年出版数部书。第二次世界大战期间，他以66岁的高龄奔赴南太平洋，当了战地记者。1950年3月19日，埃德加·赖斯·巴勒斯因心力衰竭在美国逝世。

埃德加·赖斯·巴勒斯是美国文学史上第一个重要的通俗小说家。他一生所创作的通俗小说主要有四大系列。第一个是"火星系列"，包括《火星公主》《火星众神》和《火星军魁》。该"三部曲"主要讲述一位能超越死亡界限、神秘莫测的地球人约翰·卡特在火星上的种种冒险经历。第二个系列为"佩鲁塞塔历险记"，共有七部。开首是《在地心里》，以后各部依次是《佩鲁塞塔》《佩鲁塞塔的塔纳》《泰山在地心里》《返回石器时代》《恐惧之地》《野蛮的佩鲁塞塔》，主要讲述主人公佩鲁塞塔在钻探地下矿藏时，不小心将地壳钻穿，并惊讶地发现地球核心像一个空心葫芦，那里住着许多原始人，还有许多古生动物和植物。1932年，《宝库》杂志开始连载埃德加·赖斯·巴勒斯的第三个系列，也即"金星系列"的首部小说《金星上的海盗》。该小说由"火星系列"衍生而出，但情节编排完全不同。主人公卡森·内皮尔生在印度，由一位年迈的神秘主义者抚养成人，并被教给各种魔法，由此开始了金星上的冒险经历。该系列的其余三部小说是《金星上的迷失》《金星上的卡森》和《金星上的逃脱》。第五部已经动笔，但因"二战"爆发而搁浅。

尽管埃德加·赖斯·巴勒斯的"火星系列""佩鲁塞塔历险记"和"金星系列"奠定了他的美国早期重要通俗小说作家的地位，但他成就最大、影响也最大的是第四个系列，也即"人猿泰山系列"。该系列始于1912年的《传奇诞生》，终于1947年的《落难军团》，外加去世后出版的《不速之客》，以及根据遗稿整理的《黄金迷城》，总共有25种之多。中心人物泰山是一个英国贵族后裔，幼年失去双亲，由母猿卡拉抚养长大。少年泰山不仅学会了在西非原始森林的生存本领，还具有人类特有的聪慧。凭着这一人类特性，他懂得利用工具猎取食物，并从生父遗留下来的看图识字课本上认识了不少英文词汇。随着时光流逝，他邂逅美国探险家的女儿简·波特，于是生活发生急剧变化，平添了无数波折。接下来的《英雄归来》《孤岛求生》等续集中，泰山已与简·波特结合，生了一个儿子，并依靠巨猿和大象的帮助，成了林中之王，又通过一个非洲巫师的秘方，获取了长生不老之术。再后来，在《绝地反击》《智斗恐龙》《真假狮人》《神秘豹人》等续集中，这位英雄开始了种种令人惊叹的冒险，足迹遍及整个西非原始森林、湮没的大陆。

从小说类型看，"人猿泰山系列"当属奇幻小说。西方最早的奇幻小说为英雄奇幻小说，这类小说发端于古希腊荷马史诗《伊利亚特》和《奥德赛》，成形于19世纪末英国小说家威廉·莫里斯的《世界那边的森林》，其主要模式是表现单个或群体男性主人公在奇幻世界的冒险经历。他们多为传奇式人物，有的出身卑微，必须经过一番奋斗才能赢得下属的尊敬；有的是落难王子，必须经过一番曲折才能恢复原有的地位。在冒险中，他们往往会遭遇各种超自然邪恶势力，但经过激烈较量，正义战胜邪恶，一切以美好告终。人猿泰山显然属于"落难王子"型主人公。他本属英国贵族后裔，却无端降生在无名孤岛，并险些丧命。在人迹罕至的西非原始森林，他与野兽为伍，经历了难以想象的生存危机。终于，他一天天长大，先后战胜大猩猩和狮子，又打死猿王克查科，并最终成为身强力壮、智慧超群的丛林之王。值得注意的是，埃德加·赖斯·巴勒斯在描写人猿泰山的这些经历时，并没有简单地套用英雄奇幻小说的模式，而是融入了自己的创造。一方面,他删去了"魔法""仙女""精灵"等超自然因素;另一方面,又增加了较多的现实主义成分。人们在阅读故事时,并不觉得是在虚无缥缈的奇幻天地漫步,而是仿佛置身栩栩如生的现实主义世界。正因为如此,"人猿泰山系列"比一般的纯英雄奇幻小说显得更生动、更令人震撼。

毋庸置疑,人猿泰山驰骋的奇幻世界是"人猿泰山系列"的又一大亮点。在构筑这一虚拟背景时,埃德加·赖斯·巴勒斯显然借鉴了亨利·哈格德的创作手法。亨利·哈格德是19世纪英国著名小说家,自80年代中期起,他根据自己在非洲的探险经历,创作了一系列以"遗忘的年代,湮没的城市"为特征的奇幻作品。譬如《所罗门王的宝藏》,述说一个名叫阿兰的猎手在两千多年前的奇幻王国觅宝,几经曲折,终遂心愿。又如《她》,主人公是非洲一个奇幻原始部落的女统治者,她精通巫术,具有铁的统治手腕,但对爱情的执着酿成了她一生最大的悲剧。"人猿泰山系列"的故事场景设置在人迹罕至的原始森林,在那里,虎啸猿鸣,弱肉强食,险象环生。正是在这一极端恶劣的环境中,泰山进行了种种惊心动魄的冒险。在后来的续篇中,埃德加·赖斯·巴勒斯还让泰山的足迹走出西非原始森林,到了传说中的亚特兰蒂斯、废弃的亚马孙古城,甚至神秘的太平洋玛雅群岛。所有这些埃德加·赖斯·巴勒斯笔下的荒岛僻壤,与《所罗门王的宝藏》《她》中"遗忘的年代,湮没的城市"如出一辙。

如果说,亨利·哈格德的"遗忘的年代,湮没的城市"给"人猿泰山系列"提供了诡奇的故事场景,那么给这个场景输血补液的则是西方脍炙人口的动物小说。据埃德加·赖斯·巴勒斯的传记,儿时的他曾因体弱多病辍学,并由此阅读了大量西方文学著作,尤其是鲁德亚德·吉卜林的《丛林故事》、欧内斯特·西顿的《野生动物集》、杰克·伦敦的《野性的呼唤》。这些小说集动物故事、探险故事、寓言故事、爱情故事、神秘故事于一体,给埃德加·赖斯·巴勒斯以深刻印象。事实上,他在出道之前,为了给自己的侄儿、侄女逗乐,还写了一些类似的童话故事,其中一篇还在《黑马连环漫画》上刊登。西方动物小说所表现的是达尔文和斯宾塞的"物竞天择""适者生存",体现了自然主义创作观。以杰克·伦敦的《野性的呼唤》为例,主要角色布克原是法官的看家狗,过着养尊处优的生活。但有一天,它被盗卖,并辗转来到冰天雪地的阿拉斯加,当起了运输工具。在那里,布克感到自然法则无处不在:狗像狼一般争斗,死亡者立刻被同类吃掉。但它很快学会了生存,原始的野性和狡诈开始显现,并咬死了凶残的领头狗,最终为主人复仇,加入了荒野的狼群。"人猿泰山系列"尽管将"弱肉强食"的雪橇狗变换成了虎、狮、猿以及由猿抚养长大的泰山,但这些巨猿、半人半兽之间的殊死争斗同样表现出"生存斗争"的残忍。特别是泰山攀山越岭、腾掠树梢,战胜对手后仰天发出的一声长啸,同杰克·伦敦笔下布克回到河边纪念它的恩主被射杀时的长嚎简直有异曲同工之妙。

鉴于"人猿泰山系列"成书之前曾在《故事大观》《宝库》等杂志连载,不可避免地带有杂志文学的某些缺陷,如情节雷同、形象单调,等等。历来的文论家正是根据这些否定"人猿泰山"的文学价值,否定埃德加·赖斯·巴勒斯的文学地位。但"二战"以后,尤其是20世纪70年代之后,随着西方通俗文化热的兴起,学术界对于"泰山"小说的看法有了转变,许多研究者都给予积极评价,肯定埃德加·赖斯·巴勒斯的美国奇幻小说鼻祖地位。而且,"读者接受"是评价一部作品的最佳试金石。"人猿泰山系列"刚一问世,即征服了美国无数读者,不久又迅速跨出国界,流向英国、加拿大和整个西方。尤其在芬兰,读者简直到了如痴如醉的地步。一本本英文原著被译成芬兰语,一版再版,很快取代其他本土小说,成为最佳畅销书。更有甚者,许多西方作家,包括芬兰、阿根廷、以色列以及部分阿拉伯国家的作家,在埃德加·赖斯·巴勒斯去世后,模拟他的套路,创作起了这样那样的"后泰山小说"。世纪之交,埃德加·赖斯·巴勒斯的"人猿泰山系列"再度在西方发酵,以劳雷尔·汉密尔顿、尼尔·盖曼、乔·凯罗琳为代表的一大批作家,基于他的"泰山"小说模式,并结合其他通俗小说要素,推出了许多新时代的奇幻小说——城市奇幻小说,并创造了这类小说连续数年高踞《纽约时报》畅销书排行榜的奇观。而且,自 1918 年起,"泰山"小说即被搬上银幕。以后随着续集的不断问世,每年都有新的"泰山"影片上映和电视剧播放,所改编的影视版本之多,持续时间之长,观众场面之火爆,创西方影视传播界之"最"。2016 年,华纳兄弟影业又推出了由大卫·叶茨导演、亚历山大·斯卡斯加德等众多知名演员加盟的真人 3D 版好莱坞大片《泰山归来:险战丛林》。21 世纪头十年,伴随迪士尼同名舞台剧和故事软件的开发,"泰山"游戏又迅速占领电脑虚拟世界,成为风靡全球的少年儿童宠爱对象。此外,西方各国还有形形色色的"泰山"广播剧、"泰山"动漫、"泰山"玩偶,等等。总之,今天的"泰山"早已超出了一个普通小说人物概念,成了西方社会的一种文化符号、一种文化象征。

优秀的文化遗产是不分国界的。为了帮助中国广大读者欣赏埃德加·赖斯·巴勒斯、读懂埃德加·赖斯·巴勒斯,了解当今风靡整个西方的奇幻小说的先驱,上海故事会文化传媒有限公司组织翻译了这套"人猿泰山系列",这也将是国内第一套完整的"人猿泰山系列"。译者多为沪上高校翻译专业教师,翻译时力求原汁原味、文字流畅,与此同时,予以精编、插画。相信他们的努力会得到认可。

目 录

前言	人猿泰山驰骋的奇幻世界	1
1	河妖作怪	001
2	坠入险境	013
3	哑人部落	024
4	林中狩猎	035
5	遇到蚁人	045
6	到小人国	057
7	准备战斗	066
8	战场被俘	076
9	初入敌国	084
10	民心涣散	095
11	沦为苦力	105
12	同为囚犯	116
13	瞒天过海	125
14	目睹试验	137
15	逃出囚室	148

16	穿越王宫	158
17	重回矿场	168
18	逃生隧道	181
19	公主示爱	193
20	逃离敌国	203
21	再遇哑人	214
22	重返故乡	222

人物介绍

泰山：幼年双亲死于丛林中，后被母猿抚养成人，号称丛林之王。

奥贝贝：食人族酋长，视泰山为仇敌，一直想杀死泰山。

埃斯特班·米兰达：高大健硕，被奥贝贝误以为是泰山，监禁在食人族村。

乌哈：食人族巫医卡米斯的14岁女儿，因好奇心被埃斯特班·米兰达所利用。

科莫多弗洛伦萨尔：小人国特鲁哈纳达马库斯的年轻王子，和泰山一起在敌国沦为奴隶。

塔拉斯卡：小人国维尔托皮斯马库斯的女奴，与泰山和王子一起踏上了逃亡之路，似乎有着自己的秘密。

佐恩斯罗哈戈：小人国维尔托皮斯马库斯的科学家，把泰山的体型缩小到原来的四分之一。

詹扎拉：小人国维尔托皮斯马库斯的公主，刁蛮任性，对泰山一见钟情。

Chapter 1

河妖作怪

乌戈戈河畔,食人族酋长奥贝贝的村庄有一间昏暗的小屋,就在这间脏兮兮的屋子里,埃斯特班·米兰达正蹲在地上啃着半块夹生的鱼。他的脖子上拴着一个铁铸的奴隶项圈,连着几英尺锈迹斑斑的链条固定在一个结实的桩子上。这个桩子深深地杵进了地底,它旁边低矮的门通向村庄的街道,奥贝贝就住在这个街道的不远处。

埃斯特班像狗一样被拴在这里已经有一年时间了,有时候,他会爬到小屋低矮的入口晒晒太阳。他有两种打发时间的方式——一种是幻想自己是人猿泰山。长时间扮演过这个角色之后,他如今演得越来越出神入化了。他本身是个好演员,而优秀的演员不仅擅长表现一个角色,他们还可以活在自己扮演的角色里,与其合二为一。他认为他就是人猿泰山本尊,世界上再没有第二个泰山。在这一点上他和奥贝贝的想法是一致的。不过,村里的巫医坚持认为埃斯特班是从河里来的妖怪——人人都知道触怒河妖是什么下场，所以当务之急是不要冒犯他。

正是由于酋长和巫医持有不同意见，他才保住了性命，没有掉到食人族的油锅里。奥贝贝把他看作是自己的死对头人猿泰山，一直都想吃掉他。不过，由于村民们对河妖这一迷信说法心生恐惧，不得不半信半疑地认为这个囚犯是伪装成泰山相貌的河妖，如果伤害了他，巨大的灾难将会降临到这个村庄。无意中，这两种截然不同的说法保住了这个西班牙人的性命，在某一方的观点得到确证之前他可以苟且偷生。将来某一天，如果他自然死亡，那他就是凡人泰山，验证了奥贝贝酋长的话；但是万一他长生不老，或者神秘消失，那巫医的话将会被当作真理传颂。

后来，他渐渐了解了食人族的语言，这才意识到自己能活下来是多么凑巧的事情。他不再自掘坟墓了，不再像以前那样宣扬他是泰山，反而故意给人留下模糊的暗示，承认自己就是河妖。巫医很高兴，因为这样一来除了奥贝贝之外所有人都陷入了这个圈套。奥贝贝和巫医都是睿智的长者，他们谁都不信河妖这一套，但巫医抓住了这个机会，想趁机让他的信徒们有所敬畏。

除了暗地里相信自己是泰山之外，埃斯特班另一种打发时间的方式就是每天对着一袋无意中到手的钻石沾沾自喜。这袋宝贝原本是俄国人克拉斯基从人猿泰山那里偷来的，埃斯特班杀了克拉斯基之后将其占为己有。究其本源，这是在钻石宫中，钻石塔顶下面的老人亲手赠与泰山的，为报答泰山将他从猩猩人的压迫中解救出来的恩情。

埃斯特班经常坐在狗窝里，借着昏暗的光线，对着这些迷人的石头连续发呆好几个小时，把它们数来数去，心中喜不自胜。他把每一颗钻石都拿在手里观察了上千次，想象这么多宝贝可以换算成现实世界的多少财富，又能给他带来多少物质享受和肉体欢乐。

尽管日日与自己身上的污垢做伴，吃的是脏手丢过来的残羹冷炙，但他却拥有和克罗伊斯国王一样的财富，同时也活在对克罗伊斯国王的幻想中。在钻石微光的照耀下，他的破败小屋居然摇身一变成了华丽的宫殿。然而，一听到脚步声临近，他就赶忙把惊人的财富藏在一块破烂的缠腰布里——那是他仅有的一件衣服。于是，他又变成了食人族酋长的阶下囚。

如今，经过一年的幽闭之后，他产生了第三个打发时间的想法，关系到巫医卡米斯的女儿乌哈。乌哈今年十四岁，长相清秀，对一切充满好奇。在这一年间，她总是站在较远处观看这个神秘的俘虏。最后，熟悉感终于战胜了恐惧，有一天，当埃斯特班躺在小屋外面晒太阳的时候，她走近了他。埃斯特班把她略带羞怯的大胆看在眼里，朝她露出鼓励的微笑。他在全村没有一个朋友，如果他能交到哪怕一个朋友，他的日子也许就会舒坦些，同时也离自由更近一步。最终，乌哈在离他几步远的地方停了下来。她还是个孩子，一个无知的原始人，但她同时也是一个小女人。埃斯特班了解女人。

"我在奥贝贝酋长的村子里住了一年了，"他用从土著那里费力学来的语言结结巴巴地说道，"但我从来没想到这里居然有你这么漂亮的人。你叫什么名字？"

乌哈很高兴，她咧开嘴笑了。"我叫乌哈，"她告诉他，"我的父亲是巫医卡米斯。"

这回轮到埃斯特班高兴了，他没想到命运在捉弄了他这么久之后终于变得仁慈，让面前的这个人从天而降。如果潜心灌溉，眼前的希望之种可能会开花结果。

河妖作怪 003

"为什么你之前从来没有来看过我呢？"埃斯特班问道。

"我不敢。"乌哈简单地说。

"为什么？"

"我怕——"她有些迟疑。

"怕我是河妖，所以会伤害你吗？"这个西班牙人笑着问。

"是的。"她说。

"听着！"埃斯特班小声说道，"但别告诉任何人——我确实是河妖，但我不会伤害你。"

"如果你是河妖,那你为什么还会被困在这里呢？"乌哈问,"为什么你不变成别的什么东西然后回到河里去呢？"

"你感到疑惑，对不对？"埃斯特班顺势说道，为自己争取编造谎言的时间。

"不光是乌哈一个人有这个疑问，"女孩说，"最近很多人都在问这个问题。最初是奥贝贝先问的，但没有人能给出答案。他说你就是泰山，是他和我们的死敌，但是我的爸爸说你是河妖，如果你想逃走，你会变成一条蛇，从你现在戴的项圈中间爬过去。不过，人们都不明白为什么你没有那样做，所以有些人开始认为你根本就不是河妖。"

"走近一点，美丽的乌哈，"埃斯特班低声说，"这样别人就不会听到我将要告诉你的秘密。"

女孩向前走了一点，朝蹲在地上的人弯下腰。

"我的确是河妖，"埃斯特班说，"我可以来去自如，夜晚当整个村庄沉睡之后，我就在乌戈戈河里游荡，但每次我都会再回到这里。乌哈，我想看一下奥贝贝村庄里哪些人是我的朋友、哪些人是我的敌人，所以我一直在等待。我已经知道奥贝贝不是我的朋友，但我不确定卡米斯是不是。如果他算是我的朋友，那他应该给我带来美食和美酒。我随时都可以走,但我想看看这个村庄里究竟有没有人愿意主动来给我自由,这样我就能辨别谁是我最好的朋友。如果有人这么做,乌哈,好运会一直陪伴着他的。他可以心想事成,并且长命百岁,因为他不需要对河妖有任何畏惧,河妖会永远助他一臂之力。但是听着,不要告诉任何人我跟你说的这些话。我会再等一段时间,如果到时候仍然没有在这里找到这样的朋友,那我就会回到乌戈戈河找我的父亲母亲,然后摧毁这里。没有人能够活下来。"

女孩受到了惊吓,闪开了,她显然深受触动。

"别害怕,"他安慰她,"我不会伤害你的。"

"但是如果你要消灭所有人呢?"她问。

"这是当然的,"他说,"我没办法帮你——但愿有人可以来解救我,这样我就知道我在这里起码有一个好朋友。快走吧,乌哈,记得不要告诉别人我跟你说了什么。"

她走开了一小段距离,然后转身回来。

"你打算什么时候毁灭这个村子?"她问。

"几天之内。"他说。

乌哈害怕得颤抖,她朝她父亲卡米斯的住所飞快地跑去。埃斯特班露出欣慰的笑容,接着爬回屋里去继续把玩他的钻石。

受到惊吓的乌哈晕晕乎乎地走进家门时,她的父亲,巫医卡米斯并不在家,他的几个妻子也不在,这会儿她们正和子女在木栅栏外面的田地里劳作,而乌哈同样应该出现在那里。因为一个人在家,所以她有点时间能够思考问题。她清晰地回忆起来,河妖告诉她不要跟任何人说起刚才谈话的内容,而她差点儿就因为害怕过度而忘记了。

她差一点就要告诉她的父亲了!

河妖作怪 005

那样的话，不知道将会有什么样的灾难降临到她的头上。她颤抖着，不敢去想象自己将要遭遇的悲惨命运，还好悬崖勒马了！不过，她现在该怎么办呢？

她蜷缩着身体躺在草席上，用她贫瘠的、未开化的小脑袋拼命地思考。之前，她只需要时不时想办法逃避枯燥的农活，而如今，在她年幼的生命中，她第一次遇上了真正的难题。突然间，她想到河妖告诉过她的一句话，立刻挺直身子坐了起来，一动不动地凝固在那里。对啊，为什么她没有想到呢？他明明很明白地说过，并且说了不止一次——如果有人救了他，那他就会知道这个人是他的朋友，行善事的人将会长寿，而且可以实现自己的任何愿望。不过，经过几分钟的考虑之后，乌哈又垂下了头——她只是个小女孩，怎么可能有能力单枪匹马地解救河妖呢？

"爸爸，"这一天，当巫医回到家时，乌哈问他，"河妖会怎么消灭那些伤害他的人呢？"

"他的办法多得像河里的鱼一样，数都数不清，"卡米斯回答，"他可能会把河里的鱼虫和丛林里的鸟兽放出来祸害我们的庄稼，这样我们都得饿死；他还有可能在夜晚凭空制造一场大火，烧死奥贝贝村庄里的所有人。"

"你觉得他会对我们这么做吗，爸爸？"

"他不会伤害我的。要不是因为我，奥贝贝早就害死他了。"巫医回答道。

乌哈想起河妖抱怨过卡米斯没有给他送去食物和美酒。但是，尽管她意识到她父亲并不像他自己想的那样受河妖的待见，她仍旧什么都没有说，她想了另一个办法。

"河妖怎么逃走呢？"她又问，"他的脖子上戴了项圈，谁给他把项圈摘下来？"

"只有奥贝贝能做到,他口袋里的一小块黄铜片能打开这个项圈,"卡米斯说,"但是河妖不需要别人的帮助,当他哪天想自由的时候他会变成一条蛇从铁项圈中间穿过去逃走——你去哪里啊,乌哈?"

"我要去找奥贝贝的女儿。"她边走边答道。

酋长的女儿正在磨玉米,这本来也是乌哈在这个时候应该做的事情。她抬起头,朝走过来的巫医的女儿露出微笑。

"不要大声说话,乌哈,"她提醒道,"我父亲奥贝贝正在里边睡觉呢。"她朝旁边的屋子扬了扬头。来访者坐下之后,两个女孩开始压低声音闲聊。她们谈到了自己的首饰和发型,还谈论了村子里的年轻男孩。每当说到这些,她们就发出"咯咯"的笑声。她们的聊天放到任何种族、任何地区的两个小女孩中间都不会有什么差别。在她们说话的间隙,乌哈的视线好多次不由自主地朝奥贝贝的房门移动,她的眉毛因沉思而紧紧地拧在一起。

"下弦月开始的时候你叔叔送了你一只铜丝做的臂环,它现在在哪里呢?"她突然发问。

奥贝贝的女儿耸耸肩:"他把它要回去了,给了他最年轻的妻子的妹妹。"

乌哈变得垂头丧气,是因为她渴望铜臂环吗?她仔细地盯着她的朋友看,陷入深深的思考,眉毛又拧在了一起。突然,她的脸上有了光亮。

"上一次征战的时候你父亲从被俘士兵那里得来的珠子项链呢?"她大叫道,"你没有丢吧?"

"没有,"她的朋友答道,"在我爸爸的房间里。磨玉米的时候戴着不太方便,我把它摘下来了。"

"我可以看一下吗?"乌哈问,"我过去拿。"

河妖作怪 007

"不要，你会吵醒奥贝贝的，他会很生气。"酋长的女儿说。

"我不会弄醒他的。"乌哈说，开始朝小屋的入口匍匐着爬去。

她的朋友试图劝阻她："爸爸醒了之后我就立刻去取。"但是乌哈没有理会她，只管蹑手蹑脚地朝屋内慢慢移动。进去之后，她安静地等了一会儿，直到眼睛开始适应昏暗的光线。奥贝贝伸展四肢平躺在墙边的睡榻上，他的鼾声很响。乌哈爬向他，动作轻得像只花豹，可她的心跳却像擂鼓一样快要蹦到了嗓子眼。她害怕心跳声和急促的呼吸声会吵醒这个老酋长，因为面前的这个人和河妖一样让她恐惧。不过，好在奥贝贝的鼾声并没有停止。

乌哈接近了他，她的眼睛已经完全适应了房间里暗淡的光线。她看到在奥贝贝的身侧，他的荷包一半被压在身体下面。她小心地伸出颤抖的手，试图把荷包从奥贝贝身下揪出来。正在睡觉的奥贝贝不安地动了动身子，这让乌哈吓坏了，手赶紧收了回去。奥贝贝换了个姿势，乌哈还以为他醒了——要不是因为吓得无法动弹，她立即就逃走了。幸运的是，她没法动，所以很快又听到奥贝贝恢复了鼾声。不过，她已经被吓得没了胆量，只想趁着没被发现之前赶紧溜之大吉。她最后看了一眼酋长，想确保他是不是还在睡觉。不过，她的视线却落在了荷包上面——奥贝贝笨重的身体已经移开，现在荷包就在她伸手够得到的范围内。

可是，她刚伸出手就立刻缩了回去。她转过身，心已经悬到了嗓子眼，感觉天旋地转。突然间，她想到河妖说的灾难，于是她再一次把手伸向荷包，这一次她把它拿了起来。她飞快地打开荷包，查看里边的物品。黄铜钥匙就在那里，因为这是唯一一件她不熟悉的东西，项圈、链条还有钥匙都是奥贝贝从被杀死后吃掉的阿拉伯奴隶那里得到的。

乌哈匆匆合上荷包，把它放回奥贝贝的身侧。她汗涔涔的手里攥着那把钥匙,迅速爬到了门口。

那天晚上,当村子里做饭的篝火燃尽之后,人们在上面盖了一层土,然后回到了各自的住处。这时候,埃斯特班听到了门外有阵"窸窸窣窣"的声响。他专心听了一会儿,发现有东西或有人正在朝这边爬过来。

"是谁?"西班牙人问道,努力压住声音里的颤抖。

"嘘!"入侵者用柔和的声调回答,"是我,乌哈,巫医卡米斯的女儿。我来救你了,这样你就会明白你在奥贝贝的村子里是有朋友的,然后你就不会消灭我们了。"

埃斯特班笑了,他不敢相信他暗示的话语居然这么快就结出了希望的果实。显然这个小女孩很听话地没有向外透露一个字,这一点是他万万没有想到的,他也没有想到自己短时间内真的可以重获自由。他告诫女孩保持沉默,是因为他认为这是散布流言最好的方式。他确信他的话会传到村民的耳朵里,这样一来,那些迷信的人肯定会想办法救他出去。

"你打算怎么解救我呢?"埃斯特班问。

"看!"乌哈叫道,"我带来了一把钥匙,可以打开你脖子上的项圈。"

"很好,"西班牙人喊道,"它在哪里?"

乌哈向他爬近了一些,递给他钥匙,准备迅速离开。

"等一下!"这个俘虏叫住了她,"我自由之后你必须把我带到丛林里去,解救我的人只有这样做了才能得到河妖的垂青。"

乌哈感到害怕,但她不敢拒绝。埃斯特班用女孩带来的旧钥匙在那把古老的锁上摸索了好几分钟,锁终于打开了。然后,他再次锁上锁,拿着钥匙向门口爬去。

"给我拿武器来。"他对乌哈低声说。乌哈穿过昏暗的街道消失了。埃斯特班知道她很害怕，但是他很确信正是这种恐惧会让她带着武器回来找他。果然，不到五分钟时间，乌哈回来了，交给他一只里边装满了箭的箭筒、一张弓和一把结实的刀。

"现在带我去村口。"埃斯特班命令道。

乌哈带这个逃犯避开主路，尽可能走房屋背后的小道，到了村庄的大门。但是，她有点惊讶，一个河妖居然不知道该如何打开大门，她以为河妖是很睿智的。不过在他的吩咐下，她还是乖乖地向他展示怎么撤下大门上的木条，还帮他把门打开到可以允许他顺利通过的宽度。大门之外是一片通往河流的空地，两边耸立着高大的丛林。看到漆黑的夜色，埃斯特班突然意识到他梦寐以求的自由之路并非一片光明。一想到要在伸手不见五指的黑暗中独自走进这片神秘的丛林，他心头便涌上一阵不知名的恐惧。

乌哈从大门那里往后退，她已经成功履行了自己的职责，把这个村庄从毁灭中拯救了出来。现在，她只想关上大门，快点回到父亲那里，钻到被窝里去。当然，即使回到家中，她也一定会因紧张和兴奋交织而颤抖，同时害怕着第二天早上的到来，因为那时候村民们就会发现河妖已经逃走了。

不料，埃斯特班这时突然上去抓住她的胳膊。"来，"他说，"跟我去领取你的奖赏。"乌哈挣扎着想跑开，"放开我！"她大叫，"我害怕。"

但是埃斯特班也很害怕，他确信带着这个黑人小女孩走进丛林总比一个人孤零零地进去要好。也许天亮之后他就会放她回去找她的族人，但今晚，他为独自踏入丛林的念头感到战栗不安。

乌哈像狮子幼崽一样剧烈挣扎，努力想挣脱他的手。正当她想尖叫求救的时候，埃斯特班突然捂住了她的嘴，从地上抓起她，快速穿过空地，转入丛林中消失不见了。

河妖作怪 | 011

在他们身后,食人族的战士们还在酣睡,完全没有意识到小乌哈的命运正在发生巨大的转变。在他们前方的丛林深处,一头狮子发出了雷鸣般的咆哮。

Chapter 2
坠入险境

在格雷斯托克勋爵非洲小屋的露台上,有三个人从上面缓缓走下来,沿着一条开满玫瑰花的小径朝大门走去。这条优雅的玫瑰小径围成一块规划整齐的空地,将那朝四方随意延伸的平房囊括其中。三人中有两男一女,都穿着卡其布做的衣服,年长的那个男子手持飞行员头盔和一副护目镜,正微笑着听年轻男子讲话。

"如果妈妈在这里你就不会这么做了,"年轻男子说,"她绝对不会允许的。"

"我想你说得没错,儿子,"年长男子——泰山回答,"但是我保证在她回来之前我就飞这一次。你说过我是个有天分的学生。如果你是个好教练,既然已说过我可以独自驾驶了,就应该对我有足够的信心,欸,梅林,我说得没错吧?"他转头问那个年轻女人。

她摇了摇头。"我和我的挚爱都是一样的看法。我没法不担心你,爸爸,"她说,"你冒的风险太大了,别人还以为你有不死之躯呢。你应该小心点才对。"

年轻男子搂住妻子的肩膀。"梅林说得没错,"他说,"你的确应该谨慎点才对,爸爸。"

泰山耸耸肩,说:"如果我照你和你母亲说的那么做,我的神经和肌肉早就萎缩了。它们长在我身上就是要拿来用的,我打算好好锻炼它们。当然,我很快也会变老、变得不中用,不过现在还为时尚早。"

这时候,一个小孩突然从平房里冲了出来,跑到梅林旁边,他后面跟着一个大汗淋漓的女保姆。

"飞机,"他大叫,"我能去看吗?可以吗?"

"让他过来吧。"泰山建议。

"太好了!"男孩欢呼道,他得意地转身向女保姆炫耀,"我能去看喽!"

距离小屋很远的地方有一片密林,依稀可以从东北角看到一大片翠绿色的植被和幽暗的树影。在小屋和密林之间伸展的平原上停放着一架双翼飞机,两名瓦兹瑞战士正在飞机的阴影里休息。他们是泰山之子杰克训练出来的飞机技师,过会儿将会执行飞行任务。不得不说,这多多少少坚定了泰山要独自一人完善驾驶技能的决心——作为瓦兹瑞士兵的首领,自己的部下在任何一方面超过自己都是不能接受的。调整过头盔和护目镜之后,泰山爬进了驾驶舱。

"你最好带着我一起。"杰克建议。

泰山摇了摇头,露出和蔼的笑容。

"那就带上一个技师吧,"他的儿子坚持道,"万一你遇上一点小麻烦被迫降落,没有技师来修理设备的话你该怎么办呢?"

"那我就走路,"泰山说,他接着命令其中的一个黑人,"安杜亚,把飞机调头过来吧!"

没过多久,飞机就在草地上颠簸前进,接着径直飞到空中,轨迹顺滑而优雅。稍做盘旋之后,飞机爬升到了更高的海拔,留下地面上的六人睁大眼睛看它从一条航线上很快飞走,直到那个小点也从视野中消失不见。

"你觉得他要去哪里?"梅林问。

杰克摇头。"他应该没有特定的地方要去,"他回答,"只是独自一人头一回开飞机罢了;不过,以我对他的了解,就算他想飞去伦敦和妈妈见面,我也不会惊讶的。"

"但是他可做不到啊!"梅林大声说。

"普通人如果和他一样没有经验,肯定做不到——但是,你必须承认,爸爸不是一个普通人。"

整整一个半小时的时间里,泰山都在原来的航线上飞行,完全没有意识到自己飞了多久和多远。他很高兴自己能轻松驾驶。如今,他终于拥有了像鸟儿一样自由迁移的新本领,这给他带来了莫大的喜悦。要知道,在他深爱的丛林中,他唯一艳羡的生物就是空中的飞鸟。

就在这时,他看到前面有一块巨大的盆地——或者说许多连续的盆地,四周围绕着植被的繁茂山丘。他随即辨认出来盆地的左边就是蜿蜒的乌戈戈河;不过,他并不清楚盆地所在之处是什么国家。与此同时,他意识到他已经离家一百多英里了,他计划立即掉头。可是,神秘的盆地像磁铁一样吸引着他,他要是不近距离观察一下就打道回府根本说不过去。为什么他之前从来没有游历过这里呢?为什么他根本没有听到这附近的居民提起过它呢?他将飞机下降了一段距离,以便更好地观察这些盆地。眼前有一些浅浅的环形坑,是死火山留下来的。

他看到了森林、湖泊和河流,这些存在远远超出了他的预想。他原本很好奇为什么在一个他熟悉的国家会有大块陌生的领地和从未谋面的居民,突然间他找到了这个疑团的答案。他认出来了,这里就是传说中的"热带荆棘林"。像这样密不可穿的森林通常占地面积很广,只有体积最小的生物才可以在其中行走。泰山不是没有见过这样的密林,可他现在看到的这片荆棘林却相对比较狭窄,中间环抱着一个宜居的国度——正是外围这道狭长的荆棘将里面的秘密无情地隔绝在了异族人的视线之外,以至于这里世世代代都不为人所知。

泰山决定在掉头回家之前先绕着这片狭长的区域盘旋几圈。为了看得更清楚一些,他再一次向地面下降。他的下方是广袤的森林,葱郁的颜色一直延伸到怪石嶙峋的峭壁脚下。他全神贯注地观察这个奇特、崭新的国度,不知不觉中已经让飞机下降到了很低的水平线上。当他意识到这一点的时候,操纵杆已经不受他的控制了。飞机偏离了轨道,撞在枝叶繁茂的古树的尖顶上,在空中彻底地翻了个身,从树叶中间掉了下来。树枝的碎片和机身的残骸一起坠落在地,发出了短暂的噪声。一切很快又重归寂静。

沿着一条林荫小径,一个巨大的人形生物正歪歪斜斜地向前移动着。他的外形似人非人——他是个野人,能够双脚直立行走,一只长满老茧的糙手里握着一把木棍。这个野人的头发凌乱地披在肩上,胸脯、手臂和腿上也有少量毛发,不过并不比文明世界的一些男性身上的多——仔细一看,她是个"女人"。她的腰间有一条窄窄的兽皮带作为兜裆布,上面系着很多股生皮拧成的细绳,每缕绳的底端都系着一块直径一到两英寸的石头,每个石头上都粘着几根色彩艳丽的短翎毛。连接石头的细绳系在腰带之间，中间的间隔也是一到两英寸；细绳的长度大概有十八英寸，底端点缀着圆石和翎毛，延伸到她的膝盖处，就像一个骨架裙。她的大脚丫没有穿鞋，身上的白皮肤被晒成了浅棕色。虽然她足有六英尺高，但她的身形之大并不是通过身高凸显出来的，而是通过她肩膀、后背和手臂上结实的肌肉体现出来的。她的脸同样很大。宽鼻梁，嘴唇大且厚实；眼睛的尺寸倒是正常，但上方的眉毛却粗笨有力，再往上是又宽又矮的额头。走路的时候，她扁平的大耳朵扇来扇去。她时不时猛地动一下头或者身体的其他部位来赶走上面的苍蝇，让人不由得联想到一匹马抖动肋腹的肌肉驱赶飞虫的样子。

这个雌性生物移动起来悄无声息，目光时刻保持警惕，当她凝神倾听猎物或敌人的动静时，原本一直扇动着的耳朵就会暂时竖起来。

突然，她停下了，耳朵向前弯曲，鼻孔扩张，闻着空气中的味道。一丝常人闻不到的气味吸引了她的注意。她沿着这条路小心地向前，在转弯的地方看到一个脸朝下趴在路中间的人。那正是人猿泰山，他失去了意识，头顶正上方的树枝上还挂着失事飞机的残骸。那棵树就是造成这场事故的罪魁祸首。

女人握紧了手中的棍子，向地上的人靠近。她混沌的原始心智因这个奇怪生物的出现而产生了微妙的变化，脸上露出了迷惑不解的神情，但她并不害怕。她径直走到匍匐倒地者的身旁，举起棍棒准备敲击。突然间，她停住了，弯下腰查看他的衣服。她把他的身体翻过来，让他背朝下平躺着，然后将一只耳朵靠近他心脏的上方。她笨拙地在他的上衣前面摸索了一阵，接着猛地用一双大手将衣服撕开。她重新倾听，这一次她的耳朵贴着他裸露的肌肤。她站起来四下张望，对周围又是嗅闻又是竖起耳朵听。接着，她蹲下身，将泰山的身体轻盈地放在自己宽广的肩膀上，回到那条林荫小道上沿着原先的轨迹向前走。这条小路在森林中一直蜿蜒前伸，通到山丘脚下一处起伏的狭长地带，在一个峡谷的入口处戛然而止。峡谷入口的砂岩经过长时间的风吹日晒，现已形成了千变万化的建筑风格，有着怪诞的穹顶和细碎的岩石。女人扛着肩上重重的担子从下面经过。

从峡谷入口沿着小径再往前走半英里，是一个约莫圆形的露天场所，外形像一个竞技场。在四面陡峭的墙壁上有很多洞口，其中几个洞口前也蹲着像她一样的生物。

当她走进"竞技场"时，所有人都把目光投向了她，因为她们敏锐的大耳朵早就听到了她的脚步声。她们立刻看到了她和她肩上的猎物，其中几个人站起来走到她的跟前。这些人都是雌性，和泰山的劫持者有着相似的外形，而且同样衣不蔽体。当然，和其他种族的人一样，她们的个体之间也有身形比例和容貌特征的区别。当女人径直走向洞口时，周围的人一言不发，包括那些走近她的人。她握紧手中的棒槌，将其来回摇晃，同时幽幽地注视着同伴的一举一动。

她快要接近洞口了，显然这里就是她的目的地。这时候，其中一个跟随她的女人突然冲上前去抓住了泰山。女人迅速把泰山扔在地上，像猫一样敏捷。她转身面对那个鲁莽的进攻者，用闪电一般的速度将棍棒重重地落在对方的头颅上。然后，她双腿分开站在俯卧在地上的泰山旁边，像一只母狮子一样睥睨前方，似乎在质问别人还敢不敢上前抢夺自己的战利品。其他人退缩到了各自的洞口，留下被击倒的女人不省人事地躺在炽热的沙地上。女人不容置疑地扛起泰山，走进她的洞穴，将他随意扔放在入口的背光处。然后，她蹲在他的身旁，面朝外，以防她的同类出其不意地攻击她。她开始细致地检查这个猎物。泰山的衣服可能激起了她的好奇或者厌恶，她很快将其蛮横地剥去。由于她没有见过纽扣和皮带扣，她只能用蛮力。面对笨重的科尔多瓦靴，她花费了一点时间，但很快皮革的接缝处就输给了她强壮的手指。

唯一一件没有被女人碰过的物件是曾经属于泰山母亲的一个盒式项链坠，黄金质地，镶嵌了钻石，用金链子串着，还挂在他的脖子上。

她坐在那里仔细打量了一会儿泰山，然后站起来，又一次把他背到肩上，走向"竞技场"的中央。这里大多是由巨大的石板砌成的低矮建筑，有些石板的边边角角连接在一起组成了墙壁，还有些横放着充当屋顶。它们不规则地拼接在一起，在"竞技场"中间围起了一个坑坑洼洼的椭圆形场地——这是一块面积较大的院子。

这个建筑每一个洞穴的入口都被两块大石板封死，其中一个恰好堵住了门洞，另一个从外面把它抵住。这样一来，任凭里面的人怎么尝试，入口还是只能从外面打开。

女人背着神志不清的俘虏走向了其中的一个门洞，放他在地上，移开石板，将他拖到昏暗的室内。她用力地击掌三下，然后六七个孩子垂头走进了房间。这些孩子中有男有女，年龄在一岁到十六七岁之间。他们中年纪最小的走起路来毫不费力，看上去已经可以照顾自己了。女孩们一律装备了武器，但是男孩们却没有任何用来进攻或防御的器械。女人看到他们之后指了指泰山，先是用握紧的拳头敲击自己的头部，然后指向她自己，用粗糙的大拇指碰了几下胸部。她又做了几个其他手势，意思都很明显，即使是不熟悉他们族群手语的人也可以大概看明白。然后她就转身离去了，重新把石块堵到洞口，无精打采地走回她的洞穴。她并没有注意到先前那个被她打倒在地的女人正在迅速恢复意识。

当她在洞口坐下时，地上的女人突然坐直了，揉了一会儿头之后茫然地四下张望，摇摇晃晃地站了起来。一开始她步履蹒跚，但渐渐变得灵巧起来。她朝打倒她的人看了一眼，随即走向自己的洞口。就在此时，这片开放场地里的所有人（包括她在内）都听到了一阵越来越近的脚步声。她停了下来，竖起硕大的耳朵凝神倾听，视线转向通往山谷的小径。其他人也和她做着一样的事情。片刻之后，她们等到了声音的主人——另一个她们的同类，出现在"竞技场"的入口处。刚到的这个女人的块头比抓到泰山的女人还要大，虽然身高只高了一点点，但是身形更宽、体态更结实。她一边的肩膀上扛着一具羚羊的尸体，另一边扛着一个人形生物。

羚羊是死的，但另一个生物却没有。他虚弱地扭动身体，然而他的尝试甚至都不能叫作"挣扎"。他的腰部悬在俘获者裸露的棕色肩膀上，上下肢一前一后无力地垂下来，不知道是因为意识不清醒还是因为害怕而不能动弹。

带泰山进入"竞技场"的女人站起来，立在洞口。由于她没有名字，我们不妨称她为"第一个女人"。在她缓慢而混沌的脑回路里，她从未想过她需要一个与众不同的称谓。对于她和她的同类来说，每个人都是无名氏，为了能够区分，我们姑且这样称呼她；同样，我们可以把她的手下败将称为"第二个女人"；而刚刚走进来，并且双肩扛着重负的那个女人就是"第三个女人"。第一个女人站起身，目光锁定新来的人，耳朵竖起来。第二个女人和在场的其他人也都起立，所有人都对第三个女人怒目而视。她虽然身背重负，步态却很稳重，眼睛警惕地提防着她危险的同类。她的身形很壮实，因此其他人也只是朝她干瞪眼。不过，第一个女人这时向前迈了一步，转身意味深长地看了一眼第二个女人。然后，她又迈出了一步，停下来再次看第二个女人。这次，她指了指她自己，又指了指第二个女人，以及正在加紧步伐走回洞穴的第三个女人。那个新来者理解第一个女人充满攻击性的动作代表什么意思，第二个女人也懂了，她开始和第一个女人一起向前。在此过程中，她们没有说一个字，也没有发出任何声音——从来都没有一丝笑容在这些紧闭的双唇上浮现过，或许她们永远都不会理解微笑是什么滋味。

这两个人走近时，第三个女人把她的战利品丢在脚边，握紧手里的短棍准备战斗。她的两个对手也挥舞着武器挑衅，而其他人只是在旁边看。她们这样做也许是在遵循古老的部落习俗，即俘虏的数量决定攻击者的数量，只有发起挑战的人有权利收获战果。先前当第二个女人攻击第一个女人时，其他人也只是旁观，因为是第二个女人为了抢夺泰山而主动发起挑战的；如今第三个女人带着两个猎物回来，由于已经有两人上前了，因此其他人无须参与。

三个女人走到一起时，乍一看第三个女人势必要被其他二人打倒在地。但是，她一副训练有素的样子，敏捷地躲过了她们的棍棒，并抓住时机快速上前，重重地给了第一个女人当头一棒。结果，第一个无知无畏的女人倒下了，鲜血和脑浆流到了地上，再也没能动弹。眼前的景象无疑表明了她倒地前的那个瞬间遭到了多么有力的一击。

第三个女人现在可以心无旁骛地解决另一个对手了，但在目睹了同伴的惨死之后，第二个女人首先想到的就是逃跑。而第三个女人来时扛着的那个俘虏原本想趁她战斗的大好机会悄悄向反方向爬去——如果打斗的时间再长一些，或许他就成功逃脱了——

可第三个女人完美的技巧和力道使这场争斗在数秒之内就画上了句号。她转过身,看到自己的一个猎物正在溜走,于是赶忙跑去追。见此情景,第二个女人折回身来夺取了羚羊的尸体。匍匐前进的逃犯这时跳了起来,快速地跑向"竞技场"入口通往山谷的小径。

当他站起来时,可以看出来他是个男人,或者说是个雄性,并且和这些女人属于同一个奇怪的种族。他比她们矮得多,体貌也更瘦小。他的身高大概有五英尺,上唇和脸颊上有些许毛发,额头相较女人的要矮很多,两只眼睛紧紧地凑在一起。他的腿比女人们的更细更长,而后者似乎天生是为力量而非为速度设计的。第三个女人明显追不上她的猎物,不过她那奇怪的皮带裙、碎石和翎毛这时终于派上了用场。她抓住一条系着石子的皮带,毫不费力地将其从腰带上迅速解下,用拇指和食指夹住皮带的末端让它飞快地旋转,直到另一端的翎毛石子可以高速飞出。她一撒手,这个自制的投掷物就像箭一样射向逃跑的俘虏。这石子和英国核桃差不多大,刚好击中了男人的后脑勺正中央。他骤然倒地,不省人事。这时,第三个女人转过身,看到了正抓着羚羊尸体的第二个女人,于是她挥舞着木棍来进攻。第二个女人的勇气已经超越了她的理智,她举起武器捍卫自己抢夺美味的权利。当她强壮的对手上前的时候,她用短棍耀武扬威地应对,不料对方将她的武器一劈两半,从她手中一扇而去。此时此刻,她发现自己突然很同情那只她本想夺走的羚羊,同时她知道自己也需要得到这样的同情和悲悯。不过,她没有跪下来求饶,因为这不是她的风格——她做了一次无力的尝试,从腰间抓了满满一把石子向第三个女人掷去。这完全是鸡蛋碰石头!对手的棍棒没有片刻的迟疑,在空中抡了一大圈之后重重地落在她的头颅上。

第三个女人停下来,傲视四周,好像在问:"还有谁想抢我的羚羊或我的男人？我在此恭候。"没人敢接受挑战。女人转身，走到趴在地上的男人跟前，将其粗暴地拽起，用力摇晃他。男人渐渐恢复了意识，他试图站立，但是站不起来。女人再一次把他背到肩膀上，朝羚羊尸体走去，将它丢到另一边的肩膀上，循着刚才的方向回到洞穴，把肩上的重负漫不经心地扔到地上。在洞口，她生起火，用火棍熟练地搅动一堆空心木头中间的干燥火种。她从羚羊身上切下一大块肉，贪婪地嚼咽起来。当她忙着做这些时，男人恢复了知觉，坐起来用困惑不解的眼神四处张望。然后，烤肉的香味钻进了他的鼻孔，他向女人指了指食物。女人扔给他一把粗糙的石刀，然后指向羚羊肉。男人抓住工具，立刻在火上烤了一大块羊肉。他嚼着烤到半熟的肉，大快朵颐，而女人在旁边坐下盯着他看。虽然他并没有什么值得看的，但也许女人觉得他是英俊的。女人身上没有戴任何饰品，但男人戴了手镯和脚链，脖子上还挂着牙齿和石子串成的项链。他的头发缠起来在额头上方打成一个结，上面插着几根十到十二英寸长的木签，木签向各个方向延伸。

男人吃完之后，女人站起来提住他的头发，把他拽往洞穴。他试图逃脱，对她又抓又咬，但根本不是她的对手。

在"竞技场"的地面上，第一个女人和第二个女人的尸体静静地躺在洞口旁，她们的头顶上空有一大群食腐动物正在盘旋，秃鹫总是第一个冲下来享受盛宴的。

Chapter 3

哑人部落

在奇特又昏暗的石屋里面，第一个女人把泰山丢在地上之后扬长而去，泰山立即成了旁边几个年轻人关注的焦点。他们仔细观察泰山，给他翻了个身，对他又抓又掐。最后，他们中的一个男孩被泰山的盒式项链坠吸引，他把那个项链戴到了自己的脖子上。在人类进化历程的最底端，没有几件事情能持续吸引一个原始人的注意力。很快，他们对昏迷不醒的男人感到厌倦，一起走到了院子里晒太阳，留下泰山独自一人躺在那里——不论他的意识可以恢复到什么程度，这些年轻人都不在乎。幸运的是，我们的丛林之王尽管从树顶上掉了下来，但在他降落的过程中，柔软的藤蔓刚巧起到缓冲作用，所以他只是遭受了轻微的脑震荡。他已经开始慢慢恢复意识。年轻人刚走开不久后，他的眼睛睁开了，呆呆地顺着昏暗的牢房看了一圈，而后又闭上了。他的呼吸比较平稳，再次睁开双眼时，他就像一个从久久的沉睡中苏醒过来的人一样。关于那场事故,他几乎毫无印象,只觉得头隐隐作痛。他坐起来环顾四周,眼睛逐渐适应了屋内昏暗的光线——他发现自己处于一个简陋的石板房里,这个房间只有一个洞口,从那里可以通到另一间屋子里去。隔壁的房间和他所在的这个构造差不多,但是光线更加充足。他慢慢地站起来向门口走去,来到了第二个房间,在那里他看到了外面的阳光,感受到新鲜空气扑面而来。除了地上成堆的干草之外,这两间屋子空无所有,一点都不像住人的地方。他走出门,看到了一个用石板围起来的狭窄院落,石板嵌入了地底下,这才使得这些墙是竖直的。他看到很多人分散在院子各个角落,有的蹲在阳光下,有的踞坐在阴影里。泰山充满疑惑地望着他们。很显然,他是被囚禁到这里的,但是眼前的这些人是谁?这是什么地方?他们是他的守卫还是他的狱友?他又是怎么来到这里的?

他把手指伸进蓬乱的黑发里乱挠一阵,这是他困惑时候的标志性动作。他晃了晃脑袋,回忆起飞机意外发生了故障,甚至还回忆起自己是怎么从大树的枝叶中掉下来的,但是这之后大脑却一片空白。他在那里站了一会儿观察这些年轻人,后者完全没有意识到旁边有人在盯着他们看。然后,泰山大胆地走到他们跟前,就像狮子一样无所畏惧,毫不介意身旁的豺狼。

他们立刻看到他了,一个个站起来围到他的身旁。女孩们推开男孩,直直地走向前凑到他身边。泰山先后用两个种族的语言和她们说话,但好像没有人听得懂,因为没人做出任何反应。迫于无奈,他只好试着用猿语说话,这是巨猿的语言,也是泰山的母语。在他小时候吮吸母猿卡拉毛茸茸的乳房时,他在克查科的原始部落里听到过这样的喉音此起彼伏。不过,他的听众还是毫无反应——至少没有发出声音。她们倒是动了动手臂、肩膀和躯

哑人部落 | 025

体，稍稍转了转头。泰山后来很快了解到，虽然她们没有通过声音互相交流，但实际上她们做出的动作就是用来沟通的手势语。这时候，这群年轻人又一次对这个新人丧失了兴趣，继续漫无目的地在院子里转悠。泰山来回踱步，眼睛四处搜寻可以逃生的路径。他发现他可以利用墙的高度做文章——只要离远跑一段距离之后一跃而起，他伸长的手臂就可以攀到墙檐。他有把握可以成功，只是现在还不到时候，必须等到夜幕降临之后，黑暗才能给他掩护，防止被墙内和墙外的人抓个正着。随着黑夜的临近，院子里的人明显改变了行事风格：他们开始来回走动，不断穿过院子角落那个通往房间的入口，从第一个房间走到第二个房间，在石板门那里听一会儿外面的动静，然后再次回到院落开始无休止地踱步。最后，有个人在地上跺了跺脚，其他人纷纷效仿，到后来他们的赤脚在地上发出有节奏的"砰砰"声，院子外的人肯定听到了。

　　不论这个行为带有什么目的，这些人并没有得到他们期望的结果。其中一个女孩子阴郁的脸上积攒了熊熊怒火，她用双手握紧棍棒，走到一面墙那里用力砸面前的大石板。其他女孩立刻加入了她，不过男孩们仍然选择用脚后跟敲击地面。

　　泰山一时半会儿没有想明白他们为什么要这样做，直到自己肚子饿了才恍然大悟——原来这些人也饿了，他们想要吸引狱卒的注意。他们的做法还透露了一层别的信息：这些生物不会说话，甚至可能连发声都不会。其实他在和他们的短暂接触过程中早有怀疑，只是现在他才基本确信了。

　　那个率先开始砸墙的女孩突然停下了，她指向泰山。其他人看了看泰山，又看她。她指着自己的棍棒，然后再次指着泰山，接着自导自演了一出哑剧，风格简单、动作迅速，同时还贴近现实。在这出哑剧中，泰山的头被棒槌砸中，然后主人公和她的同伴齐心协力将这个人猿煮熟吃掉。此时此刻，没有人砸墙了，也没有人跺脚了，大家对新提议很感兴趣，他们看泰山的眼神也带了饥饿。他们的母亲，也就是第一个女人，本该给他们带来食物，但是她现在已经死了，只是他们还不知道；他们只知道他们饿了，而第一个女人从昨天开始就没有再带任何食物回来。他们不是食人族，所以他们只会在饿到命悬一线时互相蚕食，就像传闻中文明世界里遇难船员所做的那样。不过，他们并不把眼前这个陌生人看作是同类。在他们看来，他跟狩猎的母亲带回来的其他动物是一样的，都是"非本族人"，因此吃掉他和吃掉一只羚羊并无差别，实在没什么不应该的。不过，大多数人一般不会产生这样的想法；并且，要不是因为没有食物，那个提建议的年长女孩也不会出此下策，因为她知道泰山被带到这里来不是为这个目的——他是作为第一个女人的交配对象被带到这里来的。在这个原始部落，其他女人也是如此寻觅男人的。她们每到特定的季节，都会到森林和丛莽中给自己物色一个交配对象，把在那里独居的胆怯男子掳到洞穴的围栏里禁闭一小段时间。在那里这些男人受尽折磨和羞辱，即便是他们临时配偶的孩子也看不起他们。

　　有时候他们能成功逃脱，尽管这种情况很罕见。不过，后来女人们对他们的限制就没那么紧了，毕竟全年辛辛苦苦地养活一张嘴要比下个季节重新俘虏一个新人的成本更高。在原始半兽人之间是不存在"爱"这种东西的。他们从小就没有得到过关怀，也不知道自己的父亲是谁，同伴之间毫无感情可言，也将其他生灵视同死物。他们和他们未开化的母亲之间通过母乳喂养得以联结。开始的几个月，他们吮吸母亲的乳房，之后仍然通过母亲获得食物；等到他们可以独自到森林中打猎之后，他们就主要靠大自然慷慨的馈赠维生。

年轻男性长到十五至十七岁时，就被驱逐到森林中，开始所谓的"自由"生活。在那之后，他们的亲生母亲对他们和其他男人一视同仁。女孩子们到了相近的年纪会被带到母亲的洞穴里生活，每天陪母亲去寻觅猎物。等到她们成功抓到第一个自己的男人之后，她们就开始和母亲分开生活，母女之间的脐带被彻底剪断，就像从来都没有存在过一样。在接下来的时节，她们甚至可能会争夺同一个男人，也难保不会随时因为抢夺猎物而拼个你死我活。

用来囚禁小孩和男人的石栅栏和石板房子是女人们负责建造的，这是她们唯一的集体活动。她们只能靠自己完成这项苦力，因为一旦让男人插手，他们从栅栏中出来之后的第一件事就会是逃离这里。同样的道理，当孩子们长大之后有能力添砖加瓦的时候，他们也会做出相同的举动。不过，好在这些强壮的女野人有能力独自完成繁重的任务。

女人们天生体格健硕、力拔山河，建筑所需的巨石都是她们从"竞技场"上方的山坡上采下来的。首先需要把石板滑到山谷，然后使劲将这些建材推拉到工地上。她们使用的是粗笨的力气，俗称蛮力。

值得庆幸的是，她们几乎不需要在现有石板房和石栅栏的基础上增加新建筑，因为女性的高死亡率刚好给成长中的女孩腾出了空余的住所。忌恨、贪婪、捕猎的风险，以及部落间突发的争斗，这些无一不增加了成年女性的死亡概率。更有甚者，受尽鄙视的男人也可能为了自由而刺杀他们的劫持者。

这些哑人畸形的生活形态是由性别优势的颠倒造成的。原本，负责发起求偶行为的应当是男人。男人希望得到女人的仰慕和崇拜，他们首先通过自己的把控力赢得异性的尊重，女人对他们的崇拜和敬佩之情是滋生爱意的温床。然而，女性日益增加的绝对优势渐渐阻碍了爱的先决条件的产生，造成了爱长久的缺席。

女哑人对异性没有感情，她们变成了愈发强大的野兽，很快就对男性心生厌恶，对其残忍对待。正因为此，男性再也没有了对异性发起求偶行为的渴望——他不可能去爱一个他害怕并且憎恨的生物，他也不会尊重和倾慕如今已然失去性特征的女哑人。所以，他们逃到了丛林中。而为了使种族不断繁衍，占统治地位的女性不得不去那里捕获他们。

泰山现在面对的就是这样一群扭曲的原始生物的后代，他意识到了对方想要吃人。男孩们没有立刻攻击他，他们忙着从一个有顶的屋子里抱来了些许干草和木块；与此同时，三个女孩（其中一个年仅七岁）握着举在半空的棒槌小心翼翼地走向泰山。他们生好了火，期待片刻之后就能把这个异族生物放到热气腾腾的锅里，如同那些他们的半兽人母亲带回来的美味。

其中一个十六岁的男孩没有和其他人一起行动，他激动地用双手、头部和身体做出各种动作，看上去是想阻止女孩们实施她们的计划。他甚至还到其他男孩那里请求他们的援助，但他们只是看了一眼女孩们，然后继续准备晚饭。最后，他索性直接过去挡住缓缓走近泰山的女孩，试图阻止她们。三个小恶魔立刻挥舞着棍棒跳过来攻击他。男孩躲开了，从护腰带中取出几个翎毛石子扔向他的对手。石子飞得又快又准，两个女孩顺势倒下，在地上疼得嗷嗷大叫。第三个女孩手里的木棍被打偏了，正好击中旁边另一个男孩的太阳穴，令他当场毙命。这个意外遭遇灾难的男孩就是那个偷走泰山盒式项链坠的年轻人。他和其他男同胞一样胆怯，自从泰山恢复意识来到院子里之后，他一直用手遮住自己脖子上的赃物。

年纪稍大一点的女孩丝毫没有畏惧，她跳上前，怒火中烧的脸庞愈发狰狞。男孩又朝她扔了一块石子,然后转身跑到泰山跟前。他想做什么,也许他自己也不清楚,可能是长久以来消失的同胞情谊复燃了,促使他站到泰山这一边;也有可能是泰山身上忠厚和友善的特质太过强烈,因此他一直萎靡不振的男性精神受到了鼓舞。女孩显然察觉到了她兄弟这突如其来的鲁莽中带着一丝危险,于是更加小心地向前。

她似乎在用手势警告他如果继续阻挠她将会有什么下场,不过他也同样做出手势,表示自己不会让步。泰山伸手拍了拍他的肩膀,露出微笑。男孩艰难地龇了龇牙,显然是试图用微笑回应泰山。这时候,女孩与他们只有一步之遥。泰山一下子不知道该如何应对——他天生的骑士精神告诉他不可以攻击女性,就算是自我防卫也不能伤害到她。不过,他也知道也许到最后他们中只能活一个,那样他就必须得杀死她。尽管他非常痛恨那样做,但他似乎别无选择。不过,他还是期待可以成功逃脱,这样就可以完美解决这个难题。

第三个女人正将新伴侣从洞穴引到围栏,准备将他在那里囚禁一到两个星期。就在这时,她听到那些赤脚在地上有力的踩踏声,还有棒槌重重的敲击声。她立即辨认出那些声音是从第一个女人的围栏那里传过来的。原本,第一个女人的后代是死是活不关她的事,但群落的本能驱使她去放了他们,这样这些年轻人就可以自己去寻找食物了,而不是等着活活饿死。如果他们就这样死了,他们对这个种族可做的贡献也就全部归零了。不过,她当然不会去喂养他们,因为他们不属于她,但是她还是会为他们打开监狱的大门——至于之后能否找得到食物、生存还是毁灭全部交给大自然来决定。适者生存。

不过第三个女人并没有立即行动。她将粗壮的手指伸进气得咬牙切齿的伴侣的头发里，将他拽到自己的围栏边上，移开大石板，把男人粗鲁地推到里面，还踢了他一脚，好让他彻底进去。她重新将石板放回洞口，然后悠闲地朝第一个女人的围栏那里走去。当她推开石门，穿过两个房间走进院子里的时候，年纪最大的女孩正要朝泰山进攻。她在门口停下，用棍棒敲击房屋的石墙，显然是想吸引院子里的人的注意力。所有人立刻朝她这边看。除了他们自己的母亲之外，这些孩子第一次见到其他成年女性，他们害怕地向后退。泰山旁边的男孩也退到了泰山的身后，但泰山没想过他们为什么会害怕。第三个女人是他见到的第一个成年女哑人，因为在第一个女人俘虏他的整个过程中，他一直处在昏迷的状态。

那个威胁泰山的女孩好像已经原谅了泰山，因为她立刻面目狰狞地眯起眼睛朝这个刚到的人袭来。在所有的孩子中，她是看上去最缺乏恐惧的。

人猿泰山仔细审视这个巨大的、如野兽般的女人，而她也站在院子的另一头看着他。她没有见过他，因为第一个女人将战利品带回来的时候她正在森林里打猎。她知道第一个女人的围栏里住着这些小崽子，但她不知道这里也有男人。这确实是个意外的惊喜，她随即决定把他带回自己的领地。这么想的时候，她也考虑到了，除非他跨过她先一步到了洞口，否则他是逃不掉的。她慢慢走向泰山，完全没有把其他人放在眼里。

泰山没有猜到她真正的意图，以为她一定是把他当作了私闯领地的异类，因此要过来攻击他。他看到她巨大的块头、硕大的肌肉以及手里笨重的棒槌，再看看自己一丝不挂的身体，而且手无寸铁。

对于在丛林中长大的泰山来说，从实力悬殊且毫无意义的战场上逃脱并不是懦弱的表现。他是丛林的孩子，而且当他的衣衫被撕下的那刻起，他也就褪去了文明世界那层轻薄造作的外衣。此时，对垒的两军不是别人，而是两只野兽——一只是进击的野兽，强壮有力；还有一只是狡猾的野兽，知道应该何时战斗、何时撤离。

泰山快速看了一眼身后。哑人男孩在他身后吓得瑟瑟发抖，再往后是围栏的后墙，其中一块大石板稍稍向外倾斜。跟人眼和人脑比起来，当被困的野兽想要逃脱时，他的速度简直无可比拟。他跑得如此之快，就在第三个女人还没有猜到他有逃跑的打算时，他已经带着年纪最大的那个哑人男孩离开了。

泰山把男孩甩到肩膀上，从距离后墙几步远的位置迅速一跃而起。像猫一样，他沿着略微倾斜的石板的表面向上，直到手指抓到最上面的边缘。他转身将男孩放到墙的另一边的地面，自己也立刻跟着他跳下去，一眼都没有回头看，所有的动作几乎一气呵成。这时候，泰山第一次四处打量，他看到了天然的竞技场和一个个的洞穴，有的洞穴的前面蹲着无所事事的女人。天马上就要黑了，太阳正在从西边的山丘那里下落。泰山看到了一个逃生路径，是"竞技场"低矮的尽头处的一个出口，从那里出去之后可以沿着小径通往山谷和下面的森林。他朝那里跑去，后面跟着那个男孩。

这时候，一个坐在洞穴前面的女人看到了他，抓起短棍一跃而起，迅速追了上来。不断有人加入她的行列，直到最后五六个女人浩浩荡荡地沿着小路跟了上来。

年轻人飞快地跑在泰山前面。尽管他速度惊人，但他和泰山的步调其实不相上下——毕竟他身后的这个人曾经从暴怒的狮子那里安全逃脱，还成功捕获了迅捷的鹿把它作为盘中餐。他们身后那群笨拙的女人根本不可能追上他们，而事实上她们也清楚这一点,还好她们可以把从孩提时期一直练习的石子当作投掷武器。每个人都训练有素,不管目标是静止的还是移动的,她们的水平几乎都可以达到完美。但是,天越来越黑了,道路曲曲折折,而她们的猎物飞一般的速度又增加了精确追踪的难度。必须把握住时机才能将他们击倒,而不至于将其击毙。当然,一般预备击晕目标的石子不小心杀死目标也是常有的事,这要看猎物的运气。女人自然知道不可以杀死她们俘虏的男人,但是她们不会因此就对他们心慈手软。如果泰山知道这些女人究竟为什么追着他们不放,那他绝对会跑得更快。不过,当石子从他旁边擦肩而过时,他确实加快了一点点速度。

没过多久,泰山跑到了森林里。他的追捕者们不敢相信对手居然能跑得这么快,就像是蓦地消失在稀薄的空气中,再也找寻不到。现在,他真正到了属于自己的地盘。她们还在地面上找他,而他却已经轻巧地跨过低矮的树枝,在高处的树丛中前进,同时关注着在下面的小径上奔跑的年轻人。

既然抓不到逃跑的男人,女人们随即转身返回她们的洞穴。至于那个年轻人,她们并不稀罕。两三年之内,他姑且可以在森林里不受拘束地随意游玩;在那之后,如果他有幸没被野兽吃掉,并且躲过了小矮人的矛和箭,那他也会沦落为女野人在交配季节猎捕的对象。不过,至少他暂时可以享受一段相对安全和开心的时光。

只能说,他存活的概率确实因为过早地逃到森林中去而降低了。如果第一个女人没有死,她还会让他安全地在围栏里至少再待一年,等他差不多可以应对原始丛林生活的危险和挑战时再放他离开。

男孩敏锐的耳朵告诉他女人已经放弃了追捕,于是他停下来,转身寻找那个把他从万恶的围栏中解救出来的异族生物。可是,在越来越漆黑的森林中他的能见度只有一小段距离，而那个陌生人却不在其中。年轻人竖起耳朵凝神倾听，但除了女人们渐渐远去的脚步声之外再无其他人走路的声音。不过，他听到了别的声响，那是他所不熟悉的、属于丛林的声音，这让他混沌的大脑感觉到了隐隐约约的害怕。这些声音从周围的矮树丛中传来，从他头顶的树枝上传来，伴随着一阵令人惶惶不安的气味。

伸手不见五指的黑暗彻底笼罩了他，把他包围在突如其来的恐惧中。他的身体直颤，感觉到黑暗正在带着自身的重量逼近他，像是要将他碾碎，同时将他暴露在了无名的恐惧之下。他向四周看，但是什么都没有看到，就好像他没有眼睛一样；由于他没法发出声音，所以他也不能叫出声吓跑敌人或呼唤那个对自己友好的异族生物。因为新朋友的出现，他的内心居然涌起了一种难以描述的情感——那是一种令人愉悦的感觉，然而他没法具体表述它，因为他没法用语言表述任何事物。但是，他可以感觉到这种情感温暖了他的心田，以至于他迷糊的脑袋也会殷切地希望他能够发出声音来吸引那个人再次出现。他既孤单又害怕。

旁边的灌木丛传来一阵响声，他由此感受到了更强烈的恐惧。有一个庞大的物体正在黑暗中朝他走来。年轻人背靠一棵大树站着，动都不敢动。他的嗅觉告诉他，在这片可怕的森林中有股味道正在朝他而来，可他不熟悉这个气味。不过，他本能地知道那个生物已经认出了他，离他越来越近，正要一跃而起将他吞噬。

他不可能知道什么是狮子，除非他一生下来就了解原始森林中的猛兽长什么样子。他从未踏出过围栏半步，而包括第一个女人在内的同族人都没有语言能力，因此没有人能告诉他关于外面世界的任何讯息。不过，当狮子咆哮的时候，他还是知道那是一头狮子。

Chapter 4

林中狩猎

埃斯特班紧紧抓住小乌哈的腰,在距离方才逃离的地方二十英里以外的另一片森林里弓着身子小心向前。又有一头狮子的怒吼回荡在森林里,他不由得瑟瑟发抖。

女孩感觉到了身边这个高大的男子的身体在颤抖,她转身轻蔑地看着他。

"你根本就不是河妖!"她大喊道,"你觉得害怕。你甚至都不是泰山,因为我的爸爸告诉我泰山什么都不怕。放开我,我要爬到树上去。只有傻子和胆小鬼才会站在这里吓得发呆,等着狮子来吃掉他们。放开我!"她狂扭自己的腰,试图从他的手里挣脱。

"闭嘴!"他带着怒气低沉地说道,"你想把狮子引过来吗?"不过,乌哈的话语和挣扎把他从涣散的状态中拉了出来。他弯下腰抓住她,把她举高,直到她可以抓住上方低矮一些的树枝。等她安全爬上去之后,他也轻巧地爬到她的旁边。

紧接着，他在更高的枝丫中间找到了一个比之前更加安全和舒适的休憩场所，他们二人就在那里等着黎明的到来。在他们的下方，狮子在那里徘徊了片刻，发出刺耳的咕噜声，时不时制造几声响彻丛林的长啸。

太阳出来之后，一夜未眠的两个人已经累得筋疲力尽。他们从树上滑下来。女孩很想拖延时间，她希望奥贝贝的士兵可以追上他们。不过，同样的期许在埃斯特班那里却变成了担忧，所以他加快了步伐，只求快点前进，离食人族的村庄越远越好。

他完全迷路了，不知道怎样才能找到来时的那条海岸线。不过，目前他不太在乎这个。他的心愿是不要再次被奥贝贝抓到，所以他选择一路向北，途中顺便关注哪里会出现一条可以通往西方的路。他祈求自己可以遇到一些友好的当地居民，这样他们也许会指引他怎么走到海岸线。于是，这两人加快速度向北移动，行走的路线从热带荆棘林的西边向北延伸。

太阳照耀着第一个女人的围栏，那里没有人，只有一具前一天晚上留在这里的年轻尸体。远方的天空中出现了一个小点，它越变越大，近了看才发现是一只大鸟，飞翔的时候，它的双翅几乎动也不动。它飞得越来越近，在空中慢慢地画着很大的圈，最后停在第一个女人的围栏上空滑翔。在空中转了几圈之后它降落到这块地上——是秃鹫来了。之后的那段时间里，男孩的身体一直被掩盖在这些贪吃的大鸟的羽翼下面。这顿盛宴足足让它们吃了两天，当它们离开那里的时候，地上只剩啃得干干净净的骨头。其中一只大鸟的脖子上多了一只镶嵌钻石的盒式项链坠。在空中飞翔的时候，这个吊坠让它心烦意乱；而当它在地面上走路时，这个坏东西又会妨碍到它。它努力地想要弄掉这个恼人的小玩意儿,但是徒劳无功,因为金链条在它脖子上缠绕了两圈。它从热带荆棘林展翅飞走,炫目的珠宝在太阳光下闪烁着耀眼的光芒。

人猿泰山甩掉猛追他的女人之后和哑人男孩进入了丛林。这时,他在一棵树上面停住了。第一个女人的儿子站在这棵树下,但是他突然间呆立不动,因为他陷入了对黑夜和丛林的无形恐惧之中。当狮子正要扑到年轻人身上时泰山就在那里,在离他很近的地方。他迅速探下身子,抓住年轻人的头发将他拉到树上。狮子刚好在哑人男孩的脚下扑了个空。

第二天,泰山认真考虑是时候去打猎了,以准备食物、武器和衣服。如果他不是人猿泰山的话,赤裸着身体还手无寸铁一定是很难熬的;如果不是因为他,他的哑人朋友也会觉得如此。泰山找到了树果、坚果和鸟蛋,但他真正渴望的是肉类,于是他继续孜孜不倦地找寻。他不光是为了吃到肉,他还需要动物的毛皮、内脏和肌腱,因为出于安全和舒适的考虑,他需要用这些材料制作原始生活的必需品。

他一路上寻找猎物留下的气味时,也在找可以用来做矛和弓箭的木头。这片森林里生长的都是他熟悉的树木,所以这两件事都不难。但是,那天只是刮着微风,天快黑时他才闻到了猎物的气味。

他攀到一棵树上,示意男孩跟着他,但那个原始生物不是一般的愚笨,于是泰山不得不把他拽到树丛间的一块空地上,尝试用手势告诉那个男孩自己希望他待在原地,照看用来制造武器的材料,让他一个人去打猎。

他不确定年轻人究竟有没有理解他的意思,但至少当泰山继续在树丛间荡来荡去的时候男孩没有跟上来。他继续追寻起反刍

林中狩猎 037

动物令人难以捉摸的嗅迹。

要想更好地接近猎物，然后用矛和箭将它刺倒在地，光有狡黠是不够的，还需要高超的木工技术，若非长期在原始森林中生活的人很难同时达到这两点。一般猎人在运用智谋和观察力的时候大多容易失败，但泰山不是一般人，他不能有短板——如果他想用大自然赋予的原始武器放倒猎物，那他必须具备敏锐的洞察力，同时需要很好地协调身体运作和大脑指令。

泰山在嗅觉的指引下悄无声息地在丛林里前进。他越往前走，羚羊熟悉的味道就越浓烈，因此他推断不远处聚集了一群羚羊，他马上就有肉吃了。一想到这里他的口水都要流出来了。随着这股味道变得越来越重，这个身经百战的野兽将步伐放缓，更加小心翼翼。他在树影的掩盖下慢慢向前移动，直至最后到了一片空地的边缘，看到十几只羚羊正在吃草。

泰山一动不动地蹲在一根低垂的枝条上，在那里观察羚羊群的动向。有的人在这种时候就会沉不住气，会走得太近，为微乎其微的成功率冒险。丛林猎人必须耐心地等待数个小时，等着猎物自投罗网。一旦算错时机，或者贸然上前，胆小的猎物都有可能被瞬间吓得四处逃窜，跑得远远的，可能很多天之内都不会再次回到这里。

为了避免这种情况，泰山还是保持不动，等待时机。这时候，他隐约闻到了狮子的气味，于是他眉头紧锁。他在羚羊的下风口，这么说狮子不在羚羊和他的中间，因此一定是在他和猎物的上风口。但是，为什么嗅觉灵敏的草食动物没有在他之前闻到狮子的气味呢？它们此时还在心满意足地吃草，尾巴时不时地摆动一下，偶尔有一只羊抬头看看四周，竖起耳朵聆听周围的动静，但视野之内没有发现狮子的踪影。

泰山因此推断，应该是其中一股奇怪的气流暂时环绕住了这群羚羊，把它们和周围的环境隔绝开来。他想着这些的时候，同时希望狮子可以走开。不料，就在这时他听到了空地另一边的草丛中突然传来一阵踩踏声，羚羊立刻陷入警戒状态，准备逃逸。一头年轻的狮子骤然映入眼帘，伴随着响彻天际的咆哮声。泰山又生气又绝望，想要撕扯自己的头发。这个年幼的蠢狮子让泰山和它自己正要到嘴边的肉不翼而飞！反刍动物们被吓得四散而去，狮子追上前，也只是徒劳无功。但且慢，这是什么——一只受惊过度的羚羊吓得不知道该如何逃脱，它直接往泰山坐着的树上蹿。当它接近泰山下方时，一个光溜溜的棕色身子从树影中探出头，用一双有力的大手擒住了羚羊的喉咙，锋利的牙齿咬住了它的脖子。原始猎人将猎物提到自己的膝盖处，在它还没来得及再次蹬腿的时候就用强有力的大手迅速扭断了它的脖子。

泰山看都没有回头看，将尸体扔到肩膀上，一跃而起跳到最近的树上。他没有必要回头，因为他不需要了解狮子此刻正在做什么，他意识到自己在万兽之王前面跳跃到了羚羊的身上。他刚起身，这只凶猛的大猫就猛扑到他方才站着的地方。

狮子感到困惑不解，它疯狂地朝上方的泰山咆哮，对他怒目而视，而泰山只是露出微笑。

"没用的家伙，"他嘲笑道，"学会打猎之前先饿几天肚子吧。"他朝狮子的脸上轻蔑地扔了半根树枝，宽厚的肩膀背起他的猎物，消失在树叶中。

泰山回到哑人男孩等他的地方时天还没有黑。他用男孩自带的小石刀割下一大块羚羊肉递给这个第一个女人的小崽子，给自己也切了一块。这位英国勋爵把他坚硬的牙齿埋到生肉里，贪婪地吃起来。年轻人在旁边惊讶地注视他，自己去找生火的材料。

泰山饶有兴趣地盯着他看，目睹他将肉加热到外部烤焦，但里边仍然夹生的状态。年轻人现在判定食物可以入口了，起码它变成了熟食，因此它的食用者感觉到了比吃生肉的低等动物更多的优越感。要知道，伦敦时尚俱乐部里的美食家也喜欢享受腐烂的肉食和腐臭的奶酪，这样看来，他和那帮人没什么区别。

区分原始人类和文明人类的界限是多么模糊啊，既关乎人的本能，也关乎人的食欲，泰山这样想着，露出了微笑。泰山和他的一些法国朋友一起吃饭的时候，他们对泰山吃毛毛虫这件事感到很惊讶，觉得这是某些非洲部落原始人和猿人才会干的事。但是，他们表达惊讶之情的同时自己却也在为满嘴的蜗牛肉大快朵颐。同样，一些美国人嘲笑法国人吃青蛙腿的时候自己就在吃猪腿肉，因纽特人吃鲸脂，亚马孙流域的土著和白人居民对鹦鹉和猴子的内脏爱不释口，而纽约一个名声不错的人吃比利时林堡干酪的时候还要配着巴特利特梨子。

由于接下来的几天他们不必担心没肉吃，所以第二天泰山开始制造武器和衣服。他向哑人男孩展示了如何用石刀割下羚羊皮，然后他就着手工作了。面前的工具不多，只有数颗从河床上捡来的石块，他用它们来打造武器，这样就可以拿来对付女哑人、凶猛的肉食动物，以及其他一些可能会遇上的敌人。

他一边干活一边看着哑人男孩，心想，在自己穿越四周的荆棘林寻找回家的道路时，这个可怜的生物能帮得了他什么呢？毫无疑问，他胆小如鼠，从他躲避女哑人和在狮子面前吓破胆这两件事情就可以看出来；而且，他不会说话，所以想要他的陪伴也不太现实；另外，他完全不懂木工，对泰山而言可以说毫无用处。不过，在围栏内发生争执的时候他为泰山挺身而出，尽管没有帮上泰山任何忙，但却由于这个行为得到了泰山的青睐。不难看出，这个生物也已经对泰山产生了依赖,决定一路跟着他。

泰山突然想到了一个好主意——他可以为这个年轻人制作同样的武器,并且教他使用方法。他见过女哑人的自制作战工具,那样简陋的器械是无法抗衡弓箭的,甚至连一个好用的矛都战胜不了。哪怕她们的石子扔得再精准,也没法比训练有素的弓箭手发出去的箭射程远;同样,她们的棍棒在一个投掷得恰到好处的矛面前也是无能为力的。

的确,他可以为年轻人打造武器并开始训练他,这样一来打猎甚至打斗的时候这个男孩说不定能派上用场。正当他这么想的时候,哑人男孩突然停下了手头的工作,将一只耳朵贴近地面,抬头看向泰山,指着他,又指着自己的耳朵,然后指向地面。泰山明白男孩是要他也趴下来听,于是他照做,接着他听到了越来越近的脚步声在这条小径上回响。

他把随身物品集中起来,将它们和没有吃完的猎物一起放到树木高处的安全地带,然后下来帮助年轻人爬上树,两人挨在一起。

哑人男孩的爬树本领比之前有了不少长进,他基本上可以自己爬上去,但在泰山眼里他可以说还对爬树一无所知。

没过多久,一个凶巴巴的来自"竞技场"的女人风尘仆仆地来到了这条小径,在她后面十到十五步的地方跟着另一个女人,再往后还跟着第三个。哑人几乎没有群居的本能,像这样集体出动的情形是很罕见的。不过,她们有时确实会一起去打猎,尤其是猎捕妨碍到她们的猛兽时;其他时候,一群流年不利的女人可能会在交配季节组队去隔壁村落抢劫足够数量的配偶,以满足自己的繁衍需求。

这三个人弓着身子走在小径上,直接从泰山和年轻人蹲着的树下经过。她们硕大而扁平的耳朵无精打采地扇动着,深色的眼

林中狩猎 041

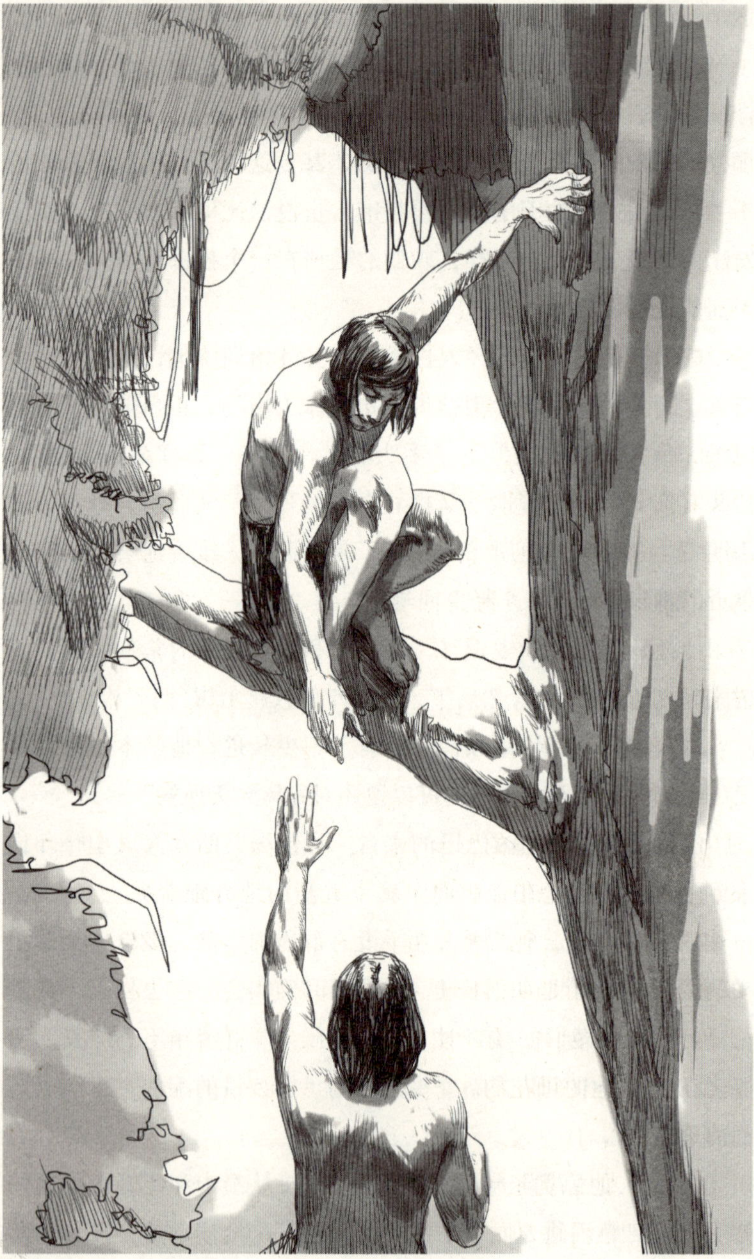

珠在眼眶里来回转悠，时不时迅速地抖动一下身体，驱赶恼人的虫子。

树上的两人一动不动，直到三个女人在森林的主干道转弯的地方从他们的视野里消失。他们竖起耳朵听了一会儿动静，然后从树上下来，继续刚刚没有干完的活。泰山心不在焉地回忆起刚刚几分钟之内发生的事情，不由自主地笑起来——他，人猿泰山，堂堂一个丛林之王，居然在树丛中间躲避三个女人！也就是这些女人吧！他对她们几乎一无所知，只知道她们是他目前遇到最强劲的对手，只要他还是两手空空，他就不可能打得过她们厚重的棒槌和飞一般的石子。

时间一天一天地过去，泰山和他沉默的伙伴一起改进了他们的武器，以便更容易地获取食物。年轻人机械地完成师傅指示他做的事情，直到有一天他们二人都装备齐全了，于是开始一起打猎。泰山教他使用弓和矛，还有他从小就一直使用的草绳，这可是他的标志性装备了。

在这些天的打猎生活里，哑人男孩很快发生了明显的改变。以前，他习惯于偷偷摸摸地在森林中潜行，常常停下来四处查探，对出没在道路阴影里的每一个生物都感到害怕，尤其对凶神恶煞的同族女性心怀恐惧。但是，一夜之间，这一切就像被施了魔法一样发生了改变。他慢慢掌握了弓和矛的用法，也满怀景仰和好奇地目睹了泰山是如何放倒大大小小的动物的——最终那些动物都到了他们的腹中。有一次，他看到泰山在空地上用矛刺死了一只想要进攻他的母花豹。那片空地远离树丛，本不是泰山最得心应手的区域。有一天，年轻人自己的机会来了。当时，他和泰山正在打猎，他惊扰了一群野猪，用自己的箭放倒了其中的两个。其他野猪四散而逃，但其中一头公猪看到了哑人男孩，上前进攻他。

年轻人正打算要逃走，这么多年以来他的天性使他和他的男同胞都习惯了遇到危险就跑，无论是逃离猛兽还是逃离自己的同类女性。他们变得特别迅捷，除了飞掷过来的武器，没有几个人可以追得上他们。看到公猪，他原想逃之夭夭，而且差点儿真的这样做了。不过，他突然想到泰山教过他要将矛向身后引，然后用全身的重量将其扔向前方。公猪扑上来了，年轻人将矛刺入它的左肩，直穿到心脏。公猪顺势倒在了地上。

哑人男孩的眼睛里增加了新的神情，这种感觉扩散到了他全身。他再也不面露惶恐之色，再也不用走路的时候害怕地四处张望了。他现在挺胸抬头地行走，带有一种勇往直前的生命力。他不仅不害怕女人们的出现，或许还期待遇上她们。他的身上可以说聚集了逆反的男性气概，毕竟他们这些年来在女人的暴力统治下承受了无数屈辱和怨恨。虽然他从未这么想过，但不管他本人有没有意识到，事实就是如此。泰山已经洞察到了——第一个遇上他的倒霉女人势必会遭遇人生中一段奇异的滑铁卢。

泰山和哑人男孩在这片荆棘林围绕着的区域游荡，泰山一直在寻找逃生路径。与此同时，埃斯特班和小乌哈还在沿着森林的外延徘徊，寻觅通往西边海岸线的道路。

Chapter 5
遇到蚁人

哑人男孩就像忠犬对主人那样紧跟着泰山,而后者掌握了他徒弟单一的手势语,满足了他们所有的沟通需求;前者则对他的新武器越来越得心应手,变得更加自信和独立,因此他们师徒二人常常分开来打猎,储备了比之前更多的粮食物资。

有一次他们分头行动时,泰山无意中撞见了一个非常奇异的场景。他原本正在追踪鹿的嗅迹,却突然闻到了女哑人的味道——这或许意味着有人要和他争夺猎物——丛林野兽好胜的原始本能激发了他的战斗力,此时他不再是衣着考究的格雷斯托克勋爵,而是一个捕猎的猛兽,意识到自己的猎物将被抢走,他愤怒地露出了门牙。

他迅速从高处树丛间向女哑人的方向移动。不过,在女哑人进入他的视野之前,他又闻到了一股全新的气味,这股味道令他百思不得其解——是人的气味,但却有些奇特和陌生。还从来没有什么东西像这样吸引过他的注意力。尽管只是非常模糊的味道，但他知道这股味道离他比较近。他隐约听到前方有一些声音，是像音乐一样低沉的嗓音，然而音调中却透露出了激动的情绪。泰山小心翼翼地继续靠近，把打猎的事情抛到了九霄云外。

他接近了之后，才发现前面不止有一个人的声音，而且听上去很骚乱。然后他到了一个广阔的平原上，平原一直延伸到远处连绵的山丘。前面大约不足一百码的地方有一幅奇特的景象，让泰山简直不敢相信自己的眼睛——唯一熟悉的事物是一个魁梧的女哑人，她的四周围着一群体型极小的男人——这些人是小型士兵，白种人，坐骑有点像西海岸的倭新小羚。小战士们不停地用长矛和刀剑猛刺女哑人粗壮的双腿，女哑人的身子慢慢向森林的方向撤离，同时用力地踢这些攻击者，挥舞着木棍向他们砸过去。

泰山很快看出来这些人是想打伤她。如果他们可以如愿以偿的话，女哑人早就被刺死了。但是，尽管他们的队伍有一百多个人，他们成功的概率却看上去很小，因为女哑人踢一下腿就能一次性放倒十多个攻击者。已经有很多人失去战斗力了，他们的躯体和坐骑四处散落在这片平原上。

泰山看着这些士兵固执地想用一己之力击倒女哑人，而事实上每个人都是在送死。这些幸存者的勇气让他钦佩万分。他发现了这些人为什么要如此牺牲了——女哑人的左手里抓着一个小型士兵，其他人就是为了营救他才坚持不懈地战斗。

泰山佩服的不仅是他们的勇气，就连他们敏捷的坐骑也让他刮目相看。他原本以为，作为羚羊族里体型最小的成员，倭新小羚也是最胆小的，但现在看来它们的表亲并非如此。这些坐骑比倭新小羚稍大一些，背部高十五英寸，其他外形都是相同的。在骑手的指挥下，它们无所畏惧，跳跃着冲向那双大脚和厚重的木棍。

遇到蚁人 | 047

士兵们完美地操纵他们的坐骑，像是把自己的心智和羚羊融合在了一起，配合得天衣无缝。为了躲避女人的双脚和木棍，羚羊们不停地来回跳跃，往往蹄子都不怎么落到地上，一跳就能跳十到十二英尺。泰山很惊讶它们能够如此敏捷，而且这些骑手的骑行技术十分了得，尽管坐骑不断地跳跃和转身，他们却能稳稳地坐在那里。

这样的场景既宏大又鼓舞人心。尽管乍一看上去很不真实，但他很快意识到他面前是一群真正的矮人——他们不属于非洲探险家们多多少少了解的俾格米人，而是一群很早就销声匿迹的白种矮人，偶尔可以在古老的游记、探险故事和神话传说中见到。

这场际遇让他很感兴趣。起初他只是保持中立的态度在一旁观战，但不久之后他对侏儒士兵有了些许同情心。正当女哑人将要赢得胜利，携着俘虏返回森林中的时候，泰山决定亲自插手这件事。

他从森林中的隐蔽处走出来，小战士们率先看到了他。显然他们一开始把他当作了女哑人的同党，因为他们发出了一声绝望的叫喊。自从泰山目睹这场实力悬殊的争斗以来，小人们第一次向后撤退。泰山想趁这些小人还没有攻击他之前赶紧表明自己的意图，于是他立即朝女哑人的方向移动。女哑人一看到泰山，就用手势命令他帮忙驱散这群矮人。她已经习惯了她的同族男人们都对她言听计从。或许她也会有点疑惑为什么这个男人敢于鲁莽地走到自己跟前，但她现在急需泰山的帮助，所以没空想别的。

泰山一边向前走，一边用从年轻人那里学到的手势命令她放下手里的俘虏，不要再折磨他们，现在就转身离开。这时她露出了凶神恶煞的表情，举起木棍来找泰山。泰山将一支箭放到弓弩上面。

"回去!"他向她表示,"快回去,不然我会杀了你。转身回去,放下这个小人。"

她面露凶光,加快了步伐。泰山把箭抬到和眼睛水平的高度,将弓弯曲,但没有立刻发射出去。小战士们这才意识到原来眼前这个奇怪的巨人居然是自己的盟友。他们在坐骑上坐好,等待这场决斗的结果。泰山希望女人可以按照他吩咐的去做,这样他就不用取她的性命。但是,只需轻轻一瞥就可以从她的脸上看出她不打算让步,现在似乎要上前了结掉这个好事者的性命。

她上前了,而且已经距离泰山足够近,再晚一点恐怕他会有危险。泰山放开了手里按着的箭,箭直接从女人的心脏穿过。她跟跟跄跄向前倒的时候,泰山一跃向前,抓住了她手里的士兵,以防女哑人趴下的时候压死这个小人。他这么做的时候,那群小战士显然误解了他的意思,一边大声叫喊一边挥舞着武器前进。但他们还未走到泰山跟前,他就已经成功营救了那个俘虏,并且将他放在了地上。

这时,正准备进攻的矮人立即转变了态度,战斗的呐喊变成了欢呼。他们骑到那个被解救的士兵跟前,跳下坐骑,双膝跪地,将他的手放到他们的嘴唇上。泰山觉得他救的这个人地位一定比他们高,也许是他们的长官。他有些好奇他们对自己会是什么态度。他饶有兴趣地看着他们,好似观察一群蚂蚁的有趣行径。

他们众人一同庆祝同伴奇迹般的生还时,泰山借机接近他们,以便更细致地观察。他们当中最高的人有十八英寸,皮肤晒得比泰山还要黑一些,但毫无疑问他们都是白人。他们的体貌特征正常,比例协调,如果以我们的标准来看也可以说是英俊的。当然,这中间也会有一些差别和特例,但他面前的男人们外表基本都很好看。所有人都没有留胡须,看上去这中间没有年纪特别大的人。

泰山解救的那个人显然比一般人要年轻一些,跟那些向他致敬的人比起来则年轻得更多。

泰山看着他们的时候,年轻人示意其他人起身,对他们说了几句话之后转过身走到人猿面前跟他说话,但泰山一句都听不懂。不过,从他的姿势来看,他应该在向他表示感谢,并询问他对他们有没有什么别的打算。泰山试图表明他需要他们的友谊,他扔下武器,向前一步,轻轻地向外伸出自己的胳膊,手掌打开朝向小战士们的方位,以此来强调他和平的意图。

年轻人似乎明白了他的友好提议,他上前将手伸出去递给泰山。泰山知道年轻人想让自己亲吻他的手,但他没有这样做,因为他更倾向于和小人中地位最高的人保持平等的关系。于是,他单膝着地,好离小人伸出的手更近一些,然后轻柔地按了按对方小小的手指,将头略微前伸,做出正式鞠躬的姿势,却不代表屈从。对方似乎很满意,用同样的尊严回敬了泰山一个鞠躬。然后,他试图告诉泰山他和他的队伍即将穿越这片平原,邀请他加入他们。

泰山很好奇这些了不起的小战士会有什么不一样的生活,所以他没有拒绝这个邀请。不过,众人出发之前,他们分头行动,将死难者和受伤者集中起来。有一些受重伤的羚羊无法继续上路,于是他们用各自随身携带的长剑将它们刺死,终结其无谓的苦痛。他们的长矛收在马鞍右侧的圆柱形靴筒内,其他泰山能看到的兵器只有一把很小的刀,装在每个士兵右侧的刀鞘里,刀锋非常锋利,有点像双刃长剑的刀刃,但长度只有一英寸半。

死伤者被集中起来之后,年轻的长官检查了伤者的伤势。他身边陪伴着五六个人,都是泰山救了他之后就一直在其左右的,泰山觉得他们应该是副官,或者上士。他看到他们询问伤者的情况,有三位伤势极端严重,长官将自己的剑穿过这些在痛苦中煎熬的战士，了结了他们短暂的生命。

尽管看上去有些残酷，但是这种军规无疑是合情合理的。与此同时，中士带领着剩余的士兵在二十个阵亡战士的旁边挖了一条长长的沟渠，他们使用的工具是一把绑在马鞍上的铲刀，很结实，可以迅速装在长矛或投枪的枪托上。这些人干活的速度非常快，他们的计划达到了最大限度的缜密，因此他们在极短的时间内就挖出了一条五十英寸长、十八英寸宽、九英寸深的壕沟，如果以正常人的标准来看，它相当于十七英尺长、六英尺宽、三英尺深。他们把死者像沙丁鱼罐头那样分两层塞到这个坑里，然后将足量的泥土铲回去，以便填充尸体之间的空隙，并和上面一层齐平。接着，他们把一些松散的石子滚进去，直到那些躯体完全被两英寸深的石头覆盖住，最后他们将铲出来的剩余泥土覆盖到了最上面。

当这项工作完成时，士兵们也已经把放出去的羚羊捉了回来，将伤者绑在羚羊背上。指挥官一声令下，军队立即精准地排列成行，一个小分队带着伤者走在队伍前面，片刻之后其余人马也开始上路。对泰山来说，小战士们上坐骑和行军的方式都是独具一格的，让他觉得兴趣盎然。没有坐骑的战士们走在骑着羚羊的年轻领袖前面，那几位陪同他的军官也在那里。战士们用缰绳拉着坐骑，指挥官不需要语言来指挥，他抬起剑尖快速做出手势，放下剑的同时，他牵动着胯下的羚羊迅速转身，朝军队前进的方向跳跃。他部下的坐骑都紧跟着他，所有羚羊就像是共用了一个大脑。这时候，战士们轻盈地跳上羊背，第一行的骑兵向前之后，第二行的战士紧跟着前面的人跳上羊鞍，骑在他们后面，大部队整齐划一地向前冲去。这种位置变换方式特别灵巧和实用，能使骑兵部队像步兵一样迅速行动，没有因为距离、攀登坐骑等原因延迟行军。

当大部队疾驰而去时,十名战士从队伍左翼转过身,跟着一名离队的指挥官来到泰山身边。军官通过手势告诉泰山这个小分队将会引领他到达目的地。此时,队伍的主体已经在开阔的平原上远去了,他们轻盈的坐骑一跃就有五六英尺的距离,即使快如泰山,也跟不上它们的步伐。

泰山和小分队一起上路之后,他的思绪突然飘到了独自在森林中狩猎的哑人男孩那里。不过,泰山很快将其抛在脑后,因为他意识到那个男孩在他的同类中拥有最好的装备,自我防护不成问题。如果他愿意,等他结束对小人国的访问后,他可以回去找他。

泰山吃惯了苦,对快速行军也并不陌生,他一连几小时小跑着没有停歇,他的向导们骑着羚羊优雅地走在他前面。平原比从森林的边缘看上去要更加起伏,到处有树丛。这里的草长得比较茂盛,偶尔有成群的大羚羊在吃草,它们看到接近的骑兵和像巨人一样的泰山之后四散而逃。队伍经过犀牛群的时候稍微绕了一下道避开了它们。然后,在一个树丛后面,领头人突然停下,抓住他的长矛,慢慢向灌木丛前进,同时命令他的部下散开来包围灌木丛。

泰山停下脚步,注视着整个过程。风从他这边吹向灌木丛,因此他不确定是什么动物引起了军官的注意。战士们完全包围了灌木丛,对面的骑兵已经进入其中,举起长矛准备猎杀。他听到了一声可怕的嗥叫,霎时,一只非洲野猫从灌木丛中央跃入眼帘,直接跳到举着长矛的军官身上。这只野兽的重量几乎把他从坐骑上掀下来,他的长矛正好刺中那只大猫的胸口。它断断续续地挣扎了几下,在这期间万一矛被折断了,那个军官很有可能会被咬伤至死,毕竟他们看这只猫就和我们看狮子一样。它刚刚断气,四个战士立刻跳上前用锋利的刀迅速将兽头和兽皮割下来。

泰山早就注意到了这些人的办事效率——他们似乎没有任何多余的动作，也没有人不知所措，人和人之间从不会相互拖累。从遇到那只猫到现在只过了短短十分钟时间，他们已经重新上路了，野兽的头被绑在一个战士的马鞍上，皮毛则由另一个人保管。

指挥这支小分队的军官是一个年轻的小伙子，可能不比大部队的指挥官年长多少。泰山知道他很勇敢，因为他亲眼看见这个弱小的年轻军官和致命的猛兽搏斗；他相信其他人也很勇敢，因为这些小人面对女哑人时奋勇向前。泰山一直都钦佩和尊敬勇士，他已经喜欢上了这些小战士。当然，有时他还是不太适应他们是小矮人这件事，毕竟一般人很难相信不熟悉的生命形式的存在。

他们在平原上行进了大约六个小时，这时风向变了，泰山闻到了羚羊的气味。一天没有吃东西的他现在饥肠辘辘，肉的气味唤起了他的原始本能。他几步跳到护送他的首领那里，示意他们停下，艰难地用不尽如人意的手语解释说他饿了，而前方有肉可以吃，其他人最好留在后方，待他独自去追踪捕猎。

军官明白了他的意思，表示同意。泰山轻手轻脚地走到一小簇茂密的树丛中，他敏锐的嗅觉告诉他前面有几只羚羊。那支队伍无声无息地跟在他后面，即使是泰山灵敏的耳朵也听不到他们的动静。

泰山躲在树后面，看到有十几只羚羊在不远处吃草，最近的一只离小树林只有一百英尺的距离。他取下弓，从箭囊里拿出一支箭，悄无声息地躲到挨着那只羚羊的树旁。小分队离他不远，从泰山开始跟踪猎物的那刻起他们就中止了行进，以免惊扰到泰山捕猎。

这些小人们没见过弓箭，所以他们看得津津有味。他们看到

遇到蚁人 | 053

他把箭放到弓上，向后一拉，然后几乎同时将其放出去。这个武器飞得太快了，一碰到羚羊，羚羊就猛地一跃；接着是第二支和第三支箭。泰山一边射箭一边跳上前去追捕他的猎物，他势在必得，因为第二支箭就让它跪倒在地了，等到泰山走到跟前的时候，它已经断气了。

见此情形，那些士兵立即跟上来围住了这只羚羊，泰山第一次发现他们说话时带着如此强烈的兴奋。他们最感兴趣的莫过于杀死羚羊的这个武器，居然能够如此轻易地放倒这个庞然大物——要知道，他们看到这只羚羊就像是我们看到了体积最庞大的大象！士兵们和泰山对视时，所有人都面带笑容，以画圈的形式迅速揉搓自己的手掌，泰山想这也许是在鼓掌致意。

泰山将箭收回箭囊后，向小分队的队长示意他想借用一下队长的双刃长剑。队长稍稍迟疑了片刻，他的属下也认真地看着他，不过他还是拔出剑，将剑柄对着泰山递给了他。要知道，如果想趁着尸体还有温度的时候吃生肉，那么尸体就不能流太多血——泰山深知这一点，所以他只是砍下了羚羊的后蹄，直接切下肉块，狼吞虎咽地吃了起来。

小战士们惊讶地看着他，不得不说其中还带了些许恐惧。泰山想给他们分点肉吃，但他们拒绝了，并且向后退。泰山不知道小人们为何这样反应，但他猜想也许他们对吃生肉有着强烈的反感。后来他了解到，在他们的认知经验里，吃生肉的动物也会吃人肉，所以他们推断既然这个巨人可以生吃自己的猎物，那当他极端饥饿的时候说不定还会吃掉他们。

泰山将一部分羚羊肉用这个动物的毛皮包起来背在背上，众人再次开始前进。士兵们现在似乎有些担忧，他们小声交谈，时不时朝泰山的方向看。虽然他们自己并不害怕，因为每个人都很勇敢,但他们不清楚将这样一个硕大的肉食动物带在队伍里是不是明智的,毕竟他刚刚一顿快餐就吃掉了一个成年人的体重。

接近黄昏的时候,泰山看到远处有一片对称的拱顶山丘。过了一会儿,当他们接近那里的时候,他看到有一队人马从对面骑行着向他们奔来。由于他的身高优势,他比其他人更早地发现了这些,所以他用手势告诉带头长官他的发现。不过,其他人根本看不到前面的情况。

想到这里,泰山弯下腰,在长官还未猜到他意图的时候,将长官和他的坐骑轻轻地放到自己巨大的双手上高举到空中。其他士兵一下子慌张起来,很多人亮出剑,发出一声警戒的叫喊,他手里的小人也拔出了他的武器。不过,泰山的一个微笑让他们所有人悬着的心都放下了。那个长官很快就明白了泰山为什么要举起他,于是他向下面的人挥手示意。从他和其他战士的动作中,泰山猜测前面正在接近他们队伍的是自己人。果然,几分钟之后,他被几百个小人团团围住,每个人都很和善,带着热情和好奇。队伍的首领是泰山从哑女人手中解救下来的那个战士,泰山和他握握手算是打招呼。

此时,特遣小分队的队长、新来队伍的年轻长官,还有几个略年长的士兵展开了讨论。从他们的语调和面部表情中,泰山猜测事态可能比较严重,同时确信和他有关,因为时不时有目光朝他这边看过来。不过,他并不知道他们之所以展开这个讨论只是因为护卫队队长报告的内容——这个无所不能的巨人居然吃生肉,可能会给城中的百姓带来潜在的威胁。

他们中的首领,也就是那个最年轻的长官提出了这个问题的解决方案。他提醒其他人,尽管他们说这个饥肠辘辘的巨人吃了很多生肉,但在他们一起行进了数小时中,他明明可以易如反掌

遇到蚁人 | 055

地伤害他们，但他却没有那样做，这足以说明他的友好意图。于是，骑兵队伍没有多做停留，立即朝着山丘的方向进发。前面再有一到两英里就是目的地了。

他们走近那些山丘的时候，泰山看到许多小人在其间穿行。再走近点看，他发现原来这些看上去是山丘的建筑实际上是用一块块小石墩人工搭建成的。在石墩之间走来走去的是建筑工人，他们排成一列长长的队伍从地下的一个洞里钻出来，秩序井然地朝一个建了一半的石丘移动；另一列队伍的工人则空着手，从相反的方向借由另一个洞口进入地底下。在这两个队伍的侧面，每隔一段距离都跟着一个武装战士。放眼望去，其他几个穹顶建筑旁边的景象都和这个别无二致。看着这些，泰山不禁想到了蚂蚁建造土丘时的样子。

Chapter 6
到小人国

秃鹫在乌戈戈河右岸上空悠闲地翱翔,它脖子上的项链坠在阳光下熠熠生辉。不过,这个坠子现在不会在飞行的时候让它烦恼了,但只要降落在地面上行走,它总是免不了被项链绊倒。它早就放弃了挣扎,把这个东西当作了逃不掉的魔怔。这时,它远远地看到水牛静静地横躺在地面上,知道马上有肉吃了。大鸟降落下来,停在旁边的树上。万事俱备,周围没有什么威胁,秃鹫感到很满意,拍拍翅膀飞到水牛旁边。

几英里以外的地方,一个魁梧的白人男子和一个孱弱的黑人女孩蹲在茂密的森林深处。男人的一只手捂在女孩的嘴上,另一只手里握着一把直抵女孩心口的刀。男人的眼睛没有看女孩,他正看着树丛旁边的小径——两个战士从远处走来,他们是从奥贝贝的村庄来到这里的猎人。卡米斯的爱女乌哈眼看着救援者近在咫尺，却不敢发出声音来吸引他们的注意，那样的话埃斯特班的尖刀就会插进她幼小的心脏。她只能沉默地听到他们走近又离开，直到他们的声音消失在远处。西班牙人站起来，把她拖到小径上再次上路。就这样，小乌哈重新开始了她在森林中的无尽旅程。

在小人国，泰山受到了热烈的欢迎，他决定在那里待一段时间，研究当地居民和他们的生活习俗。泰山每到一个陌生的地方，在陌生的族群中间，他总会尽快学习对方的语言。他已经掌握了好几种语言和很多种方言，他从来都没有觉得学习新语言是一件难事，他只需花相对很短的时间就能听懂东道主说的话，同时也能够向他们表达清楚自己的想法。之后，泰山才慢慢了解到原来小人们一开始以为他是哑人族的成员，原本觉得永远无法和他用语言交流，但是当他们发现泰山可以用喉咙发声，并渴望学会他们的语言时，他们都高兴坏了。小人国国王阿登德罗哈基斯不仅在泰山身边安排了好几个语言教练，他还颁布了一条命令：但凡接触到巨人的公民都有义务帮他尽快熟悉本地的语言。

阿登德罗哈基斯国王对泰山十分有好感，因为他的儿子，科莫多弗洛伦萨尔王子就是这个巨人从女哑人的手中救下来的，因此他尽可能把所有事情都安排得妥妥当当，好让他在这里过得愉快。泰山的住所位于城外一棵孤零零的大树下面，到了开饭时间，有一百个奴隶给他送来食物；当他在穹顶建筑间穿行时，骑兵队伍会在前面为他开路，以免他不小心踩到城里的居民。不过，泰山一直都对东道主国的小人们非常注意，因此没有任何不好的事情发生在他们身上。

等他学会他们的语言——米努尼语之后，关于这些了不起的小人，泰山才真正了解到了许多事情。科莫多弗洛伦萨尔王子几乎每天都来指导泰山，因此他从王子那里学到的东西最多。他在城中闲逛时，他的眼睛从来都不闲着。建造巨大的穹顶建筑的方法尤其有趣，这些建筑比泰山还要高。第一步是建造底座的外延，所用的石块大小和重量严格统一，基本上一个石块的重量是五十磅。这样的大石块由两个奴隶一起抬着走，由于这里有好几千个奴隶，因此这项任务进行得很快。圆形的底座直径在一百五十英尺到两百英尺之间，另一个小一点的圆形底座在第一个底座向里十英尺的地方。每个圆座上面都有四个入口，标志着这个罗盘的四个方位基点。接下来打造的工程是入口处的墙壁，用的材料是相似大小的石柱，在材料的选择上更加注重统一性。就这样，建成的四块区域间紧密地围了一些石柱。接着建造一楼的走廊和房间。同样，空间里插着许多石柱，每一个都放置得非常小心，因为不管是下面触碰的地表还是第二层承接处的点位都需要考虑得细致入微，一旦大厦建成之后，这些石柱将承载相当大的重量。走廊的宽度一般有三英尺，以我们的标准来看相当于十二英尺；而房间的大小则根据用途的不同而有所差别。在建筑的最中央留着一个圆形通道，直径十英尺，在大厦建造的过程中一直向上延伸，等到全部建好之后将会是一个从屋顶通往地面的通风井。

通过这种方式，低层已经建立了一个六英寸高的木拱顶，它们被间隔开来放置在通道上。在所有的走廊都建好之前，走廊的顶点暂时用紧固的薄木条固定。支板和木板互相重叠，它们通过木销被固定在拱形支架的边缘。这项工作进行的时候，各个房间的墙壁以及建筑物的外墙已经达到了二十四英寸的新高度，与拱形走廊的最高点齐平。房间和走廊之间的空隙全部放置了石块，石块之间则填充了小一些的石头和砾石。天花板梁是从使用过的硬木头上凿下来的，大约有六英寸，被放置在其他房间。在大一点的房间里，房顶还会通过其他横梁进一步支撑。天花板梁放好之后，它们上面需要覆盖一层紧紧贴合的木板，在接缝的地方用合板钉钉合。此时，房间的天花板比周围的结构高出了六英寸。在这个当口上，工人们用数百口锅加热粗沥青，直到它们变成液体，然后用刚加热好的沥青填充下一个六英寸之间的间隙。最后，整层完成之后高度大约在三十英寸。接下来的楼层也是用这种方法铺设完成的。

阿登德罗哈基斯的宫殿也是这样建造起来的——直径二百二十英尺、高一百一十英尺，有三十六层楼，一共能容纳八万人，简直就是一个巨大的蚁丘。这座城市由十个类似的圆顶建筑组成，其他的都比国王的宫殿稍小一些。全城一共住着五十万人，其中三分之二是奴隶，大部分是统治阶级的工匠和仆人；除此之外，还有五十万奴隶是这个城市的苦力，他们从事非技术性工作，住在地底下的采石场，所有的建筑材料都是从他们住的采石场得到的。这些矿井的通道和房间用木头小心地支撑起来，住在其中的奴隶也能感觉到宽敞和舒适。由于他们的城市建立在古老的冰碛土表面，因此不仅建筑材料唾手可得，排水也完全没有问题。即使对于在地下生活的奴隶来说，基本也没有什么不便之处。

所有穹顶建筑的通风性能都不错。首先，在建筑中间有一个很大的中央通风井；其次，最底层虽然只有四个开口，但在地面以上每一层楼隔一段距离都会有一扇窗户。这些窗户约有六英寸宽、十八英寸高，可以使足量的阳光和新鲜空气从中间穿过。虽然在窗户和中央风井之间确实有很多阴暗的房间，但这些房间都被缓慢燃烧的巨型无烟蜡烛照亮了。

泰山带着极大的兴趣观看圆顶建筑的搭建过程。他意识到自己居然能亲眼看见如此壮观的"人巢"是如何由内向外建造起来的,这样的机会真是千载难逢。科莫多弗洛伦萨尔和他的朋友们趁机带领泰山探索小人国语言的奥秘,而泰山在学习语言的过程中顺带了解了很多关于东道主国家的文化。他发现这里的奴隶要么是战俘,要么是战俘的后代。有的家庭世代为奴,其来源已不可考,他们认为自己和那些贵族一样是特鲁哈纳达马库斯——这个城市的公民。总的来说,这个城市对待奴隶还是相对友好的,尤其第二代以后的奴隶不会存在劳累过度的情况。大多数新来的囚犯和他们的子女从事体力劳动,其身体忍耐的极限屡屡被挑战。这些人一般从事矿工、石矿场工人和建筑工的职业,其中一半人劳累致死。随着下一代子女开始受教育,那些有天赋的人可以从采石场转移到圆顶建筑里面,他们在那里可以过上相对富裕而自由的中产阶级生活。还有一种逃离采石场的方式,那就是借助婚姻,或者用他们的话说,通过和统治阶级的成员在一起。奇怪的是,在这样一个层级观念明显的社会里,虽然人们的阶级意识几乎上升到了迷信的程度,但他们对低等级的人没有憎恨;反之,地位低自然意味着有上升到更高阶层的机会。

泰山询问科莫多弗洛伦萨尔为什么严苛的阶级制度下会存在这样的例外情况,后者解释说:"是这样的,阿登德罗哈基斯之子的拯救者——很久很久以前,在克拉玛塔摩罗萨尔国王统治特鲁哈纳达马库斯期间,维尔托皮斯马库斯国王维尔托皮斯哈戈的勇士有一次和我们交战了。在那场战役中,我们祖先的部队几乎全军覆没,成千上万的男人女人被俘虏为敌国的奴隶。拯救我们免遭彻底洗劫的是我们的奴隶,他们为主人做了英勇的防御和抵抗。我的祖先克拉玛塔摩罗萨尔意识到在这场战役中奴隶们起到了至关重要的作用,他们有坚韧的毅力,比任何城市的战士们都强大,而且似乎无坚不摧。尽管出身高贵的战士也很勇敢，但他们总会在战斗进行几分钟之后就彻底筋疲力尽。

"战斗结束后，克拉玛塔摩罗萨尔召集了城里所有幸存下来的军官，向他们指出我们被击败的原因与其说是兵力不足，不妨说是我们的战士身体素质较差。他问所有人为什么会发生这样的情况，以及怎样才能弥补这个致命缺陷。他们中只有一个人给出了合理的解释和建议——那是他们当中最年轻的小伙子，也在战场上受了伤，因失血过多而身体虚弱。

"他提醒大家注意这样一个事实：在米努尼所有的种族或城邦中，特鲁哈纳达马库斯人的历史最悠久，并且已经很久都没有新鲜血液注入这个种族了，因为他们不与外族人通婚。但是，他们的奴隶是从米努尼的其他城市俘虏来的，由于不同种族之间的交互融合，奴隶们已经变得强壮和结实，而他们的主人却因为近亲繁衍变得衰弱。

"他规劝克拉玛塔摩罗萨尔给战士阶层颁布一条法令，规定所有的战士都必须从他们的奴隶中挑选至少一个配偶，而那些被战士阶层的男女选作配偶的奴隶都可以上升到战士阶层。当然，刚开始人们持强烈的反对意见，觉得这是对传统的亵渎。但是，克拉玛塔摩罗萨尔很快就发现了这个想法的价值所在。他不仅颁布了法令，还第一个娶奴隶女人为妻。紧接着，人们纷纷效仿国王的行为。

"下一代人很快证明了这个变革带来的巨大好处；之后每一代的表现都超出了克拉玛塔摩罗萨尔的期望——直到现在，你可以看到特鲁哈纳达马库斯人是米努尼人中最强大、最好战的。

"我们的宿敌维尔托皮斯马库斯是第一个效仿这个新法令的城市。他们通过从我们这里掠夺去的奴隶得知这个法令，但彼时他们已经落后我们好几代了。现在,所有的米努尼城邦都把战士和女奴配对。我们有什么理由不这样做呢?所有的奴隶都是其他城市战士阶级的后裔,我们属于同一个大的种族,有相同的语言,并且在所有大方向上的习俗都是一致的。

"随着时间流逝,人们获取新伴侣的方式已经发生了微小的变化。现在,我们向其他城市开战通常只是为了俘虏他们最高贵的人种和最美丽的女人。

"对我们王室家族来说,这个习俗简直就是把我们从灭绝中拯救了出来。曾经,我们的祖先把疾病和精神错乱传给后代,但如今奴隶们新鲜纯净的血液已经从我们的血管中洗去了那个污点。我们的观点也发生了改变。过去,一个女奴和战士的孩子是没有姓氏的,属于最低的阶层;而现在,这样的后代位于阶级金字塔的最高点。对于王室成员来说,如果他不和奴隶结婚就会被认为是不道德的。"

"那你的妻子呢?"泰山问道,"你跟别的城市打仗时俘虏了她吗?"

"我没有妻子,"科莫多弗洛伦萨尔回答,"我们现在准备向维尔托皮斯马库斯开战,来自那个城市的奴隶说他们的公主是这个世界上最美丽的人。她的名字叫詹扎拉,据了解和我没有血缘关系,因此她会是阿登德罗哈基斯之子的合适伴侣。"

"你怎么知道你和她没有血缘关系?"泰山问道。

"我们详细记录了包括维尔托皮斯马库斯在内的几个邻近城市的王室成员名单,就像我们记录自己的一样,"科莫多弗洛伦萨尔回答说,"和我们的子民成婚的俘虏会提供情报,因此我们得知维尔托皮斯马库斯的君王已经连续好几代没有能够通过武力或其他手段娶我们的公主为妻了。尽管他们一直试图这样做,但事实上却只能在其他遥远的城市找到配偶。

"维尔托皮斯马库斯现在的国王埃尔科米哈戈，也就是公主的父亲，从一个遥远的城市俘虏了公主的母亲。历史上特鲁哈纳达马库斯的奴隶和战士们从未去过那个城市，因此詹扎拉应该是我的绝佳伴侣。"

"可是，你们会有爱情吗？假设你们互不关心怎么办？"泰山问道。

科莫多弗洛伦萨尔耸耸肩。"她会给我生一个儿子，我们的子嗣将成为特鲁哈纳达马库斯的国王，"他回答说，"其他的，我别无所求。"

由于其他人忙着做远征维尔托皮斯马库斯的准备工作，泰山有很多时间一个人待着。对他来说，观察这些小人给他提供了无穷无尽的兴趣来源。他看着数不清的奴隶队伍背着重负朝新建筑艰难迈步，那些穹顶正在以不可思议的速度拔地而起。他也会到城外的农田上散步，那里的奴隶用身材矮小的羚羊在肥沃的土壤上耕地，这是他们唯一的驮畜。如果是第一代或第二代奴隶，他们身边总是跟着武装战士，一方面是防止他们逃跑，另一方面是为了抵御野兽和敌人的袭击，因为奴隶不可以携带武器，没办法进行自我防护。第一代和第二代奴隶很容易识别，他们身穿鲜艳的绿色束腰外衣，长度差不多到膝盖的地方，这是他们这个阶级唯一的服饰。绿色外衣的前后两侧印有黑色的象征或文字，表明他们的出生城市和现在的主人。从事公共事务的奴隶都从属于阿登德罗哈基斯国王，而那些在农田里劳作的奴隶一般属于他们所在的家庭。

另外，还有成千上万的白袍奴隶从事形形色色的职业。他们在城市里来回穿梭，有的监管其他低阶奴隶的工作，有的自由从事商品贸易。但和其他奴隶一样,他们也只能穿一件衣服和一双粗糙的凉鞋,衣服的前胸和后背上用红色刻着主人的标志。绿袍奴隶的后代身上也有类似的标志,由于他们出生在这片土地上,因此通常被当作城市的公民。一些高阶奴隶的外衣上也会有较小的识别标志,比方说刻在肩膀或袖子上的小徽章,代表佩戴者的职业——马夫、贴身仆人、管家、厨师、理发师、金银匠人、制陶工人,等等。有了这个,人们一眼就能看出他的职业,并且知道他从属于谁。白袍奴隶的主人给他们提供食宿,同时他们的劳动成果都要献给主人。

对于一个战士阶层的家庭来说,他们的财富值可能取决于他们卖出去的金银饰物有多精美。因此,除了贴身仆人和管家之外,其他的奴隶都负责设计和制造这些商品。有的家庭会投身农业,还有的专注于饲养羚羊,但所有这些工作都是交给奴隶来完成的——不过这中间有个例外,训练充当坐骑的羚羊是由战士阶级以上的贵族做的,即便贵为国王之子,他也亲自训练羚羊。

泰山还是兴致不减,他在这里悠闲地消磨了大把时光。他虽然反复询问过东道主如何才能走出这片奇特的荆棘林,但对方表示这片森林没有边际,因此想要穿越它是不可能的。他们的世界仅仅局限于自己所能看到的一切:山丘、峡谷和树丛,还有周围无穷无尽的荆棘树。对于小人们这般体型的生物来说,这片广袤的丛林确实是不可逾越的屏障。但是,泰山不是小矮人,他从未打消过逃离的念头,只是他现在还不着急离开,因为他发现米努尼人很有趣,而追求舒适是他的原始本能,因此目前他更愿意懒散地待在特鲁哈纳达马库斯。

但是,一个重大的改变突然间悄然发生了。那是一个黎明时分,清晨的第一缕微光刚照到了东边的天空。

Chapter 7
准备战斗

第一个女人的儿子在森林中徘徊，到处寻找泰山的踪影。至今为止，泰山是唯一一个在他原始的内心里搅动起情感的人。不过他并没有找到泰山，倒是遇到了两个比他年长的同族男性，于是他们三人开始一起打猎，算是这些无公害男哑人偶尔的一个习惯。不过，他的新朋友们并没有对他独特的装备产生什么兴趣，他们对自己的棍棒和石刀很满意。他们用棍棒偶尔可以捕到一些啮齿动物，而用石刀则能够发现藏在霉菌里或树皮下的美味幼虫。大多数情况下，那两人用树果、坚果和块茎来果腹，但第一个女人的儿子不同，他总是可以打到很多飞禽，偶尔还可以捕到一只羚羊，因为他慢慢对弓箭和矛用得得心应手了，常常一个人吃不完捕获的猎物，把剩余的部分留给他的同伴。这两个人现在彻底黏上了他——不管怎样，在碰到可怕的异性之前，只要他们中没有谁被拖到女人的围栏里，现在这样无忧无虑的田园生活就可以一直持续下去。

他们虽然愚钝,但并非从未好奇过这个年轻人——他看上去不太一样,尽管很难说清楚到底是哪里不同,毕竟不是什么本质的区别。比如,他走起路来下巴稍微抬得高一些;他的目光不像别的男人那样躲闪和卑微;他的步态中有更多坚定,更少犹疑。这两个男人或许在心里暗自幻想过,总有一天会有一个粗暴残忍的多毛女人把棍棒挥舞到年轻人的头上,然后提着他的头发把他拖回洞穴。

之后的某一天,这样的事情果然发生了,确切地说只发生了一部分。当时他们正在森林里的空地上,突然看到了一个魁梧的女人,那两个跟着哑人男孩的男人立即拔腿就跑,等他们到了树丛后便回过头,想看看女人有没有追上来,还有他们的同伴在哪里。让他们欣慰的是女人并没有跟着他们,但他们万万没想到那个男孩居然没有跑,他大胆地面朝那个女人叫她走开,否则就杀死她。真是无知者无畏啊!这个人一定脑子坏掉了!他们才不会把他的行为归结为勇气使然,因为只有女人才配有勇气,而男人一生中都在尽可能地避险。

不过,他们对他心存感激,因为那个女人只会掳走其中一个,既然这个傻子敢于上前对抗她,那么他就会是那个遭殃的人。

这个女人第一次遇到来自男人的挑战,她感到既惊讶又愤慨,惊讶使她在离男人二十步远的地方突然停下,而愤慨促使她拿出了一个石子飞镖。她一定会后悔这一刻的——此时第一个女人的儿子站在她面前,手里已经拿好了弓箭准备发射。没等女人扔出手中的石子,他就放开了手里的箭。

他的两个同伴一直躲在树后观察,他们看着那个女人的身体突然僵硬,面孔因为痛苦而扭曲变形;他们看着她拼命想把胸口

准备战斗 | 067

的箭拔出来,却只能跪倒在地,趴在地上双腿蹬了几下之后彻底无法动弹了。这时第一个女人的儿子走近他的受害者,把箭从她胸膛里拔出来。其余二人从树后面走出来,惊讶得说不出话,先是不可置信地看了看女人的尸体,然后看向他们的年轻伙伴,脸上带着震惊和敬佩的表情。

他们反复抚摸他的弓和箭,接着又蹲下查看女人的伤口。眼前的一切太不可思议了。第一个女人的儿子将头高高地扬起,挺直脊背,趾高气扬地来回踱步。无论是他还是他的男同胞,之前谁都没有充当过英雄的角色,他很享受这种感觉。不过,好戏还在后头。他将女人的尸体拉到一棵树旁,把她摆成坐着的姿势倚靠树干,然后走开二十英尺的距离,示意他的同伴仔细观察。只见他举起沉重的矛,将其用力甩到活靶子身上,矛穿过女人的身体刺到了后面的树上。

其他人变得很兴奋,其中一个想尝试一下这种神奇的技艺。见他没有扔中,他的同伴立刻要求轮到自己尝试。之后他们又想练习使用弓箭。三个人在那个可憎的靶子面前停留了好几个小时,直到肚子饿了才依依不舍地离开。第一个女人的儿子承诺会给他们展示如何打造像他那样的武器——这是哑人历史性的一刻,只是无论他们三人还是山洞里那些幸福又无知的女人都没有意识到这一点——小人国的那个好事者将给哑人女性的权威地位带来重重的一击。

与此同时,泰山在特鲁哈纳达马库斯城邦的生活也将发生翻天覆地的变化,某个离奇的事件将在短时间内触发一系列连锁反应,最终会以众人始料未及的结局疯狂收尾。

那一天,黎明的朝霞刚在特鲁哈纳达马库斯东边森林的上空露出一抹红色时,泰山正躺在城外大树下的草丛间睡觉,耳朵贴在地面上。突然,他被一阵奇怪的响动声吵醒。声音虽然很模糊,却可以判断是从地面深处传过来的。响动声很轻、很悠远,就算有人告诉我们有这样的声音存在,普通人恐怕也不能够辨识出来——可是对于泰山来说,这个声音和夜晚的噪声不同,虽说他原本还在梦乡,但这个声音让他一下子从睡梦中清醒了过来。

醒来之后,他仍然专心地听着这个动静。他知道那声音不是来自地下深处,而是从地面上传来。他猜测它源自很远的地方,而且能够感觉得到它正在很快朝这边移动。泰山困惑了一小会儿,突然,有个念头像一道强光一样照到了他身上,他跳了起来。阿登德罗哈基斯国王的圆顶宫殿就在一百码之外的地方,他跑到那里,在南大门前被一个小哨兵拦住。

"传话给国王,"泰山告诉他,"就说泰山听到许多羚羊坐骑正在朝特鲁哈纳达马库斯城赶来,如果他没猜错的话,有骑兵队伍想要进城。"

哨兵立即转身离去,在走廊上高声呼喊。过了一会儿,一个军官和几个战士出现在泰山面前,他们看到泰山之后停下了。

"怎么了?"军官问道。

"国王的客人说他听到很多骑兵正在逼近。"哨兵说。

"声音是从哪个方向来的?"军官问泰山。

"从那个方向传来的。"泰山指着西边说。

"是维尔托皮斯马库斯人!"军官失声惊叫,然后转身对身边的人说,"快!去叫醒城里的所有人,我去通知国王和宫殿里的其他人!"说完,他立刻转身跑开了,那几个随从也立即照做。

短短一会儿工夫,泰山就看到上千个战士从十个圆顶建筑里拥向外面。每个建筑的南北门出来的都是骑兵,东西门出来的都

准备战斗 | 069

是步兵。整个队伍一点都不混乱，一切以精准的军事规则顺利进行，显然是事先早就缜密安排好的防御计划。

在建筑底层的圆形基座上，几个骑兵小分队向四个方位疾驰。他们是侦察兵部队，负责快速从城堡的边缘出发，到城外预先规定的某个位置停下，从敌人那里带回情报。侦察兵后面跟着骑兵小分队，后者的装备比前者更精良，分别到东西南北四个方向就位，分布在侦察兵队伍的周围。这些骑兵分队有足够的能力与敌人作战，可以阻碍敌军的前进。如果敌军打到了骑兵主力的位置，这说明战争已经达到了白热化状态，敌军正在猛力向内进攻。

然后，骑兵的主力队伍出发了。他们已经确认敌人在逼近，因此他们向西前进。而步兵自穹顶建筑的四个方位出发之后就一直没有停下脚步，他们分成四个紧凑的队伍向东南西北四个方向进发，其中最为庞大的那个队伍朝西走。先遣步兵队伍在较近的城外设立了他们的阵地。最后，还有一拨骑兵和步兵队伍守在圆顶建筑的范围内，显然他们是这场战役的后备力量。阿登德罗哈基斯就在这个队伍中，他可以在此指挥全城抵御敌人。

科莫多弗洛伦萨尔王子指挥着骑兵主力队伍。这个队伍由七千五百名战士组成，守在城外两英里的地方。他们前面半英里处有一个由五百人组成的骑兵侦察队——这个五百人的队伍只是四个骑兵侦察支队中的一个，大队伍一共有两千人，分散在东南西北四个方向。一万人的先遣部队中剩余的五百名战士是骑兵侦察兵和哨兵，在步兵侦察队前面半英里的位置。他们互相之间保持两百英尺的间隔，几乎完全包围了城市，距离城市的边缘有三英里。在城内，有一万五千名骑兵充当后备队伍。

泰山在渐渐明亮起来的光线里看着这些米努尼人有条不紊地准备战斗，对他们的钦佩之情不由得增加了。这里没有呐喊和战歌,但他看到身边经过的每一个战士的脸上都带着一种狂热的表情。他们不需要战争的呐喊或颂歌来鼓舞弱者,因为这里没有弱者。

维尔托皮斯马库斯士兵坐骑的蹄声已经听不见了——很明显,他们的侦察兵已经发现自己的突袭计划失败了。他们是在改变进攻计划或攻击点吗?还是他们只是暂停了主体部队的前进,在等待侦察兵带回来的新消息?泰山问跟前的一个军官敌人是否可能放弃进攻,那个人笑着摇了摇头。

"米努尼人从来都不会临阵逃脱。"他说。

太阳在慢慢地升起,照亮了城市的圆顶。泰山扫视着这些建筑,他能看清每栋建筑的每个楼层,在每一扇窗户里面都站着一个战士,在他身边放着一大把标枪,而在他的后面堆着很多圆形的小石头。泰山笑了。

"他们真是不愿放过任何疏漏啊,"他想,"但是采石场的奴隶呢?他们怎么办?他们不会在第一时间反抗他们的主人吗?大敌当前,局势不稳,他们难道不会利用这个机会逃跑吗?"他又转向军官,向他提出这个问题。

后者转身面向最近的采石场,指着那里的入口处。泰山看到有好几百个奴隶在那里工作。一个步兵小分队悠闲地靠在长矛上,他们的军官在指挥奴隶劳动。

"在采石场里面还有一支士兵队伍,"军官解释说,"如果敌人占领了这座城市,外面的守卫或被驱赶入圆顶,或被杀,或被俘,那么采石场内部的守卫可以抵挡整个军队。一夫当关,万夫莫开。因此我们的奴隶是安全的,除非城市沦陷,但这种情况没有在任何米努尼城市发生过。现在,维尔托皮斯马库斯人只能指望带走一些俘虏了,但他们的所得不会大于他们的损失。如果偷袭计划成功,他们可能会强行进入圆顶,带走许多妇女和大量的战利品。

但是现在,我们的军队已经部署完善了,他们不会有那么强大的力量来威胁这个城市了。我甚至怀疑我们的步兵是否会参与到战斗中去。"

"步兵是怎样部署的?"泰山问。

"五千人驻扎在圆顶窗户内部,"长官回答,"另外五千人组成后备力量,你在周围看到的这些就是。另外,这里面还有个支队被派去守卫采石场。在离城市一英里的地方还有四个步兵队伍,东部、北部和南部各有一千人,而在西面有七千人,因为那里是最有可能遭到攻击的方向。"

"你认为仗不会打到城市里来吗?"泰山问。

"不会,今天的幸运儿是前面的骑兵,全部的仗可能都是他们在打。我怀疑步兵甚至都不需要拔剑或投矛。但通常就是这样的,骑兵才是战场上的主角。"

"我感觉你因为不能在骑兵部队而感到很惋惜。你不能被调去骑兵部队吗?"

"哦!我们每个人都必须在不同的队伍轮流服役,"军官解释道,"除了守城的防御部队,其他人都是骑兵。我们会先被分配到步兵队伍四个月,之后的五个月在骑兵队伍里。每个月都会有五千个战士接受转移。"

泰山转身望着西边的平原,他能看见离他最近的队伍自如地站着,等待敌人的临近。即使是远在两英里以外的骑兵主体队伍他也能看得到,因为他们的队伍很庞大,但是远处的侦察部队则不在他的视野之中。他倚靠着矛站在那里看着这一幕,意识到小人们有多么看重这场战斗。泰山从来不曾目睹过这样的场景,他想,阿登德罗哈基斯坚强的小战士们一个个执着地捍卫自己的城市,而他自己的同类却常常为鸡毛蒜皮的小事发动战争。

准备战斗 | 073

在最后一个先遣部队离开之后,城市陷入了寂静。泰山来到阿登德罗哈基斯跟前。国王正双腿分开坐在他的羚羊背上,旁边有几个高级军官。他身穿一个闪闪发亮的金坎肩,那是一件上面缝着许多重叠金色小圆片的皮制衣服。他的腰间系着一条宽皮带,上面镶着三个金扣,束得几乎就和紧身衣一样紧。这条皮带上挂着剑和刀,剑鞘上镶嵌着很多金和铜,图案复杂而美丽。皮制的腿甲保护了他的大腿前侧,一直延伸到膝盖处。国王的前臂从手腕到胳膊肘的地方包着金属臂环,脚上则绑着一双结实的凉鞋,足踝处各用一个圆形的金板保护着。一个好看的皮制头盔恰到好处地戴在了他的头上。

泰山在国王面前停下时,他愉快地问候了泰山:"护卫队首领报告说,是你第一个发出警报,告诉我们维尔托皮斯马库斯人正在接近。特鲁哈纳达马库斯人民再一次发自心底地深深感激你。我们怎么才能报答你呢?"

"你不欠我什么,特鲁哈纳达马库斯的国王,"泰山回答说,"我只需要你的友谊,并且希望能被允许和你高贵的儿子一同参加战役。这样,我就万分感谢了。"

"直到死神敲上门之前,我永远是你的朋友,泰山,"国王优雅地回答,"去你想去的地方吧——如果你选择去战斗激烈的地方,我不会感到惊讶的。"

这是米努尼人第一次叫他的名字。在此之前,他一直被称为"王子的救星""国王的客人""森林里的巨人",以及其他一些类似的通用称谓。在这个民族中,名字被认为是一种神圣的财产,只有他的朋友和家人才可以用名字称呼这个人。而称他为"泰山",就相当于一个邀请或命令,表示他赢得了国王最亲近的友谊。

泰山礼貌地鞠了一躬。"阿登德罗哈基斯的友谊是神圣的,拥有它的人可以变得高贵。我要永远守护它,把它当作我最宝贵的财产。"他低声说。当泰山对国王讲话时,他并没有觉得多愁善感。他很早之前就对这些小人们崇拜有加,如今他对阿登德罗哈基斯个人特质的崇拜已经上升到了对其发自内心的尊重。自从泰山熟悉了小人国的语言之后,他一直对他们的礼仪和习俗保持着浓厚的兴趣。他发现阿登德罗哈基斯国王的性格与他的臣民的生活交织得如此紧密,以至于他多次在对自己的问题的探索中找到了印证——国王的荣耀为这个城市带来了辉煌。

阿登德罗哈基斯似乎对他的话感到高兴,他和蔼地表示赞同。然后,泰山就退下了,开始向前线走去。他从路旁的一棵树上折下了一根树枝,因为他觉得这样的武器可能对米努尼人有用。他还不知道这一天会发生什么。

他经过步兵先锋队伍的时候,一个信使朝他迎面而来,快速地向城市骑行。泰山的眼睛紧盯着前方,但他看不到任何战斗的迹象。当他到达骑兵主力部队的时候,他仍然没有看到敌人的踪影。

科莫多弗洛伦萨尔热情地和他打招呼。王子似乎在看泰山肩头那根枝叶繁茂的树枝,他看上去有一点好奇。

"有什么进展吗?"泰山问道。

"我刚派了一个信使去见国王,"王子回答说,"报告说我们的侦察兵已经见到了敌人。如我们所料,他们是维尔托皮斯马库斯人。我们前哨所一个强大的巡逻队穿过了敌人的侦察队伍。一个勇敢的战士甚至到了加托拉山的山顶,他看到了敌人的整个主体部队正在准备攻击。据说有两万到三万人。"

科莫多弗洛伦萨尔话音刚落,一股声音就从西边朝他们而来。

"他们来了!"王子宣告。

准备战斗 | 075

Chapter 8
战场被俘

秃鹫栖息在水牛尸体的牛角上,这时它猛地意识到附近的灌木丛中有点动静,把头转向声音的方位,看见母狮从树丛后面缓缓向它走来。秃鹫并不害怕,它打算优雅地离开。它将身体前倾,准备伸展硕大的翅膀起飞,不料没能成功,因为有什么东西挂住了它的脖子。这下它猛烈地挣扎想要飞走,但还是被拽回来了。秃鹫现在吓坏了——这么长时间以来一直挂在脖子上的那个鬼东西缠绕到了牛角上,不停把它拖向地面,金链条生生地将它困住了。它拍打着翅膀挣扎,用怪异的姿势来回扑腾。母狮不由得停下来看它发疯一样的窘态,它以前从未见过秃鹫这样。狮子是敏感多变的动物,母狮除了感觉到惊讶,还有些害怕。它又看了一会儿秃鹫莫名其妙的异常举动,然后转身溜回矮树丛,不时转头朝对手发出嚎叫,仿佛在说:"有种你就来!"但是秃鹫完全没有心思追赶母狮,它从此再也没法追逐任何东西了。

"他们来了！"特鲁哈纳达马库斯的王子科莫多弗洛伦萨尔向众人通报。

泰山朝敌人的方向望去，由于他的身高优势，他立刻看到了维尔托皮斯马库斯的军队正在逼近。

"我们的侦察兵正在撤退。"他对科莫多弗洛伦萨尔说。

"你能看见敌人吗？"王子问道。

"可以。"

"告诉我他们的动向。"

"他们的队伍排成了几条长龙在前进，前线力量部署得很充足，"泰山说，"侦察兵现在正往前哨站撤退，那里的士兵看上去已经准备好迎战了，但他们的阵线可能会被攻破，不是被第一行就是后面的队伍。"

科莫多弗洛伦萨尔发出了一个简短的命令，一千个士兵随即骑着小型羚羊跳跃着往前哨站前进，一次能跳五到七英尺，边前进边部署队形。

泰山又提供消息说敌人在接近前哨站之前兵分两路了，于是特鲁哈纳达马库斯骑兵部队的另外一千人迅速向右移动，还有一千人向左，环绕在左翼的方向。

"他们的进攻既猛烈又迅速，就是为战俘来的。"王子对泰山说。

"他们的第二行和第三行队伍直接朝我们来了，"泰山说，"他们到了前哨站，我们的人已经冲出去用长剑和他们激战了。"

科莫多弗洛伦萨尔向后方派了一些通讯员。"我们就这样战斗，"他说，显然在解释前哨的行动，"现在你该回到后方了，否则再过一会儿你就会被敌人包围的。他们攻过来的时候我们会跟他们短兵相接，如果他们想进城，那我们就得先和他们赛跑；如

战场被俘 | 077

果他们的目的是带走俘虏,那我们就得打一场硬仗了。

"他们的人数占了很大的优势,所以他们肯定会俘虏一些人,而我们也会俘虏对方的人——但是,你必须快点回到城里了,趁现在还来得及!"

"我想我就留在这里。"泰山回答。

"但是他们会把你俘虏的,或者杀了你。"

人猿泰山笑了笑,晃了晃他那根树枝。"我不怕他们。"他简单地说。

"那是因为你不了解他们,"王子说,"你的庞大体型让你过于自信了。但你要记住,你的身高只有米努尼人的四倍,而对方却有三万人与你为敌。"

维尔托皮斯马库斯人在迅速向前推进,王子没有时间继续说服泰山撤退,尽管他钦佩这个异族客人的勇气,但他同样悲悯他的无知。如果时间允许,他一定会尽力解救泰山,但他现在必须指挥部队了,因为敌人已经快要逼近他们了。

泰山注视着对面的小人,他们骑着敏捷的坐骑向他袭来,一层又一层,就像海浪拍打着沙滩,只是组成海浪的是一滴滴柔软无害的水滴,而这些数不清的小人却凝结成了一股可怕的力量,即将无情地摧毁他们。泰山瞥了一眼他手里的大树枝,笑了出来,带着一丝伤感。

但现在他的注意力全部放在了前两排进攻的敌军身上,他们正在和特鲁哈纳达马库斯的前哨站部队以及数千名增援战士战斗。每个战士都选择了一个他想从马鞍上砍下来的敌人,大部分决斗的双方都用的是锋利的短剑,但偶尔也有一些人挥舞着长矛。有几只坐骑没了主人,它们跟着先锋战士跳了起来,而其他人则试图从侧翼进攻,把羚羊和骑手都打倒在地,但更多战士则直接和坐骑一起跳到受惊的野兽身上。即便面对这群受惊的动物，米努尼人还是可以轻松驾驭，这简直不可思议。有一个战士将他的坐骑高高地牵引到半空中，在高处举起短剑狠狠地将敌人从马鞍上砍下来。不过，在这样蜂拥成一团的队伍中，也只能浮光掠影地看到万花筒般短暂的景象，没有更多时间可以捕捉到具体细节。

泰山本想用手里那根粗壮的树枝把小人们从道路上推走，但现在两军士兵完全混杂在了一起，他难以分辨敌友，不敢贸然行动，以免伤到自己人。他把树枝举过头顶，等着第一行的人先走，只剩下敌人的时候再横扫过去，打散他们的阵营。

泰山看到维尔托皮斯马库斯人走近他的时候脸上露出惊讶的表情——只有惊讶，却没有恐惧。他听到他们在呼喊，其中一个幸运儿比他的同伴更快地骑到他的脚下，在他飞驰而过的时候恶狠狠地砍向泰山的双腿。为了自保，泰山试图用树枝挡开他们。原本当第一行士兵队形较为松散的时候他还有可能做得到，但维尔托皮斯马库斯人很快排列成紧凑的队伍向他冲来，一列一列地朝他逼近。他将那根无用的树枝扔在他们面前阻碍其前进，然后将那些骑兵从坐骑上揪下来扔到其他敌人身上。可是，他们还是源源不断地拥上来。

骑手们跨过了所有的障碍物。有一个骑士直扑向他，在他的肚子中央重重一击，把他打得后退了一步，还有人击中了他的腿和身侧。刀剑像针一样反复扎到他身上，他从臀部到双脚都已经鲜血直流，成百上千的后继者不停地压在他身上。他的武器对他们毫无用处，他也没有打算使用，只好徒手和他们搏斗，但是每当他抡走了一些人，总有上百个人再次拥上来。

他这下意识到了，他，堂堂的丛林之王泰山，居然在这些只有他四分之一大的小人身上遭遇了滑铁卢。发现自己已经被维尔托皮斯马库斯人完全包围,他冷冷地笑了。此时,特鲁哈纳达马库斯战士一起向七千名从坐骑上下来的人冲去,他们将遭到猛烈的回击。泰山很想目睹这个阶段的战斗,但他已经没有力气了,只能勉强把注意力放在自己身上。

他的腹部再次遭遇了冲上前的骑手的攻击,这让他摇摇晃晃没法站稳。还没来得及复原,又有人袭击了同样的部位,这一次他倒下了,那些像蚂蚁一样的战士和坐骑立即潮水般涌上来淹没了他。他只记得他想要站起来,然后就不省人事了。

在一片开阔的林地中,一个简陋的庇护所里,乌哈正蜷缩着身子躺在一小堆干草上。天黑了,但她并没有入睡。她把眼睛紧紧地眯成一条缝,从中看见一个魁梧的白人男子蹲在外面的一团篝火前。女孩的眼神里燃烧着熊熊怒火,她的目光一直停留在那个人身上。她一点都不害怕,唯有憎恨——深入骨髓的恨。

乌哈早就不觉得埃斯特班是河妖了。不论是丛林里的野兽还是黑皮肤的野人,这个人什么都怕。她一开始觉得奇怪,后来才确信他就是一个冒牌货,因为真正的河妖无所畏惧。她甚至开始怀疑这家伙连泰山都不是,乌哈小时候听过很多关于泰山的传奇故事,以至于在她心目中泰山也算得上是鬼怪。在他们族人的概念里没有"神"这个说法,他们觉得妖怪即神仙。

当埃斯特班最终用行动证明他害怕狮子,并且在丛林中迷了路的时候,所有的这些都和乌哈想象中的人猿泰山相去甚远。

在失去对他的敬畏的同时,乌哈也几乎告别了所有的恐惧。他的确比她更加强壮和残忍,如果乌哈激怒了他,一定会受到毫不留情的伤害。不过,他没法对她做出精神上的伤害,假使她能逃离他的魔爪,那么其他威胁也将不复存在了。她曾多次在脑海中上演过逃跑计划,但她总是打不定主意,因为她害怕独自一人在丛林中。然而,她最近越来越清楚地意识到这个白人对她几乎没有保护作用,可能没了他会更好。每次一遇到危险,埃斯特班的第一反应就是蹿上最近的树,当周围树木不多的时候,他的这个逃生习惯常常将小乌哈置于不利的境地,她必须和他赛跑才能自保。由于埃斯特班更加强壮,如果乌哈妨碍到他,他会一把将她推开。

是的,如果离开这个她强烈鄙视和憎恨的男人,她一个人会更自在——但是,她未开化的小脑袋坚决认为走之前一定要先实施报复,因为他不仅利用自己逃出了食人族的村子,甚至还胁迫她一起上路。

尽管他们已经长途跋涉了一段时间,但乌哈确信她能找到回家的路,以她的生存手段,也可以在途中躲开凶猛的野兽。她害怕人类,这一点她和其他动物是一样的。在上帝创造的所有生灵中,只有人既被食物链顶端的肉食动物猎食,同时还遭遇同类的追杀,也只有他们会为同伴的死亡欢呼;讽刺的是,最怕死的恰恰是人类。

乌哈躺在那儿看着西班牙人,她的眼睛突然放光了,因为她从埃斯特班的行径中找到了报复的手段——男人蹲在篝火前,身子前倾,对着一个打开的小鹿皮袋沾沾自喜,把袋子里的部分东西倒在一只手里。尽管小乌哈完全不清楚这些闪闪发光的石头价值几何,但她知道他有多看重它们。她根本没听说过钻石为何物,只记得埃斯特班一再强调过自己宁死也不要和它们分开。

埃斯特班一直在把玩钻石,乌哈也一直在注视他。最后,他终于把钻石放回袋子,牢牢地系在腰间。他爬到荆棘树枝搭建的避难所,将一堆荆棘堵在入口,防止野兽的入侵。接着,他在乌哈旁边的草堆上躺下来。

这个小女孩怎么才能从旁边魁梧的西班牙人那里盗取钻石呢？她不可以偷，因为袋子被紧紧地裹在他的缠腰带里，把它摘下来肯定会弄醒对方；当然，孱弱的小乌哈也没法用蛮力从埃斯特班手中夺走钻石。不行，她必须将整个计划扼杀在萌芽状态。

在避难所外面，摇曳的火光投映在草丛间，制造了许许多多闪动的影子，在夜晚的丛林中跳跃和舞蹈。有什么东西正在茂密的植被中悄然移动，离小营地只有几步之遥。那是一个庞然大物，长势较高的草被它推挤到了前面。草丛分开的时候，里面探出来一个狮子的脑袋，黄绿色的眼睛不安地盯着篝火。对面传来人的气味，狮子感觉到饿了。它吃过人，喜欢那种滋味，而且，在所有的猎物中人跑得最慢，也最不擅长自卫。不过，狮子不喜欢这里，所以它转身消失在刚才来的地方。它不怕火，要怕它也只会害怕太阳，因为它看着太阳会觉得很不适应。对狮子来说，火和太阳可能没有什么区别，因为它没法辨别它们距离自己六十英尺还是九千三百万英里——真正让它不安的是那些舞动的树影，像是许多未知的巨大生灵从四面八方跳过来威胁它。不过，乌哈没有注意到跳舞的影子，她也没有看到狮子。她躺着一动不动，侧耳倾听。随着时间慢慢推移，火苗变得没有那么高了。乌哈并没有躺很久，但对她来说似乎过了很长时间，她觉得她的计划已经成熟，可以执行了。一个文明世界的十二岁少女可能也会产生这样的设想，但她不一定将其付诸实践；然而，乌哈是原始部落的小孩，所以她不会觉得有什么值得担心的地方。

不久，西班牙人的呼吸逐渐沉稳，他已经睡着了。乌哈又等了一会儿，确认他熟睡之后，她爬到旁边的草堆，拿出一根又短又结实的棍棒。她小心翼翼地慢慢站起来，跪在睡着的西班牙人旁边，将武器举过头顶，然后重重地落在埃斯特班的头盖骨上。

她没有继续打他,只要一下就够了——她希望没有杀死对方,因为他必须活着,这样她的复仇计划才能实现,否则他不会知道乌哈偷走了他那袋心爱的石子。乌哈用埃斯特班挂在腰间的刀割断了他的缠腰带,拿走鹿皮袋和里面的东西。然后,她把荆棘从入口处移开,溜进了外面的夜色中,消失在丛林里。在她和西班牙人四处游荡的时候,她从始至终都牢牢地掌握着方向感,现在她自由了,于是她坚定地朝西南方向走去,那是奥贝贝的村庄所在的方向。她快速沿着一条小径大步朝前走,满月的光辉穿过稀疏的树叶照着她前进的道路。虽然她很害怕漆黑的丛林和夜行的猛兽,但她知道自己必须在埃斯特班恢复意识之前抓住这个机会,尽可能跑远一点。

在她前面一百码远的灌木丛中,狮子朝乌哈的方向嗅了嗅,竖起耳朵仔细倾听。这里没有跳舞的阴影,只有人类的气味离它越来越近——是一个年轻的雌性生物,属于人类中最脆弱最柔软的群体。狮子舔了舔它流出口水的下颌,等待着对面的生物。

那个女孩沿着小路飞快地前进,现在她和狮子并排了,但万兽之王并没有立即跳上前去,因为这个人的气味和奔跑的样子唤起了狮子心中一丝莫名的恐惧。当它跟踪野猪或鹿的时候,附近没有这样让它敏感的东西,它可以毫不迟疑地一跃而起,但眼前的这个东西使它在关键时刻有些犹豫不决。

乌哈跑过去了,她并不知道有一只饥饿的雄狮就在离她两步远的地方。她经过时,狮子悄悄地溜进她身后的小路上,尾随着这个纤弱的猎物,等待合适的时机。于是,他们一起在夜晚的丛林里各自向前——一头大狮子,踩着肉垫无声地潜行;在它前面是那个小姑娘,全然没有意识到死亡正在这个月影斑驳的夜晚悄悄向她逼近。

Chapter 9
初入敌国

　　人猿泰山恢复意识之后，发现自己躺在一个大房间的水泥地板上。他刚刚睁开眼睛，知觉还未完全复原，只注意到房间里点了灯（虽然灯光不算特别亮），还发现这里并非只有他一人。之后，他努力让自己精神集中，看到两根巨大的蜡烛正在燃烧，尽管已经融化了一部分，可它们的直径看上去足足有三英尺，高度至少有五英尺。这两根蜡烛的烛芯和人的手腕一样粗，燃烧方式虽然没什么特别的，但没有发出一点烟，上方天花板的横梁和木板也没有被熏黑。

　　这个房间里最引人注目的地方就是这些光源了，也是泰山最先注意到的东西。现在他的目光开始转向屋子里的其他人。这里大约有五十到一百人，所有人都和自己差不多高，但他们的穿着却和特鲁哈纳达马库斯城和维尔托皮斯马库斯城的小人一样。泰山皱起眉头，久久地凝视着他们。他们是谁？他在什么地方？

初入敌国 | 085

他开始慢慢恢复知觉,这才感觉到了疼痛。他觉得手臂又沉又麻,想要试着移动,但双手被牢牢地绑在了背后,怎么都动不了。他移动了一下没有被绑起来的双脚。挣扎一番之后,他发现自己很虚弱,于是只好坐起来向四周望去。房间里到处都是卫兵,他们看上去就像米努尼人,但是却和正常人一样大。房间本身也很大,地板上有许多长凳和桌子,人们大多坐在长凳上或者躺在坚硬的泥地上。有几个人在他们中间走来走去,貌似在为他们工作。泰山看到房间里的人几乎都受伤了,其中很多人伤口比较严重,而那些在他们中间走动的人显然是在照顾伤员,他们穿着像特鲁哈纳达马库斯的高阶层奴隶那样的白色长袍,这些人可能是护工。除了伤员和护工外,这里还有六名没有受伤的武装战士,其中一个在泰山坐起来之后首先看到了他。

"哟!"他喊道,"巨人醒过来了。"他穿过房间,走到泰山跟前,双脚分开,幸灾乐祸的笑容荡漾在脸上,瞪着泰山。"你白长了这么大的块头,"他嘲弄道,"现在我们和你一样大了,我们也是巨人,不是吗?"他笑着转身朝同伴们走去,其他人也跟着放声大笑。

泰山发现自己沦为阶下囚,于是他开始沉默,重新变回那个性格缄默的野人。他没有回应士兵,只是坐在那里用野兽般凶狠的目光盯着他们。

"他是个哑巴,就跟洞穴里的那些女人一样。"那个士兵对他的同伴说。

"也许他就是其中一员呢。"另一个人说。

"是啊,"第三个人随声附和,"也许他就是个泽塔拉克洛人(他们这样称呼哑人)。"

"但是他们一族的男人都是懦夫,"第一个发言者说,"而这个人打起仗来就像一个天生的勇士。"

"是的,他赤手空拳,一直打到自己倒下为止。"

"你没看到他是怎么把羚羊和战士们甩在地上的,就像捡起小石子扔出去一样。"

"他寸步不让,也没有弃逃,还一直面带微笑。"

"他看起来不像泽塔拉克洛人——问一下他是不是。"

第一个跟泰山说话的人向泰山抛出了这个问题,但是泰山只管继续盯着他们看。

"他没听懂我的意思,"那个士兵说,"但我不觉得他是泽塔拉克洛人。那他是什么人呢,我真的不清楚了。"

他过来检查泰山的伤口:"这些伤很快就会好的,不出七天他就能去采石场干活了。"

士兵们把棕色粉末撒在他的伤口上,给他带来食物、水和羚羊奶。泰山的手臂肿到已经变了色,于是他们拿来一根链条,一头通过笨拙的挂锁拴着他的腰,另一头系在石墙的铁环上,弄好之后,他们砍下了他手腕上的铁圈。

他们以为泰山听不懂,所以就畅所欲言。由于这个国家使用的语言和特鲁哈纳达马库斯人用的几乎一模一样,泰山理解了他们说的全部内容。他得知城外的那场战争进行得并不像维尔托皮斯马库斯国王埃尔科米哈戈想象的那样顺利,很多战士阵亡了,也有很多人被俘虏,他们杀敌和俘获的数目也不容乐观。尽管如此,埃尔科米哈戈国王还是认为这场短暂的战役没有白打。

人猿泰山想不通其他人是如何变得和自己一样大的,而他所听到的谈话也没有揭示任何这方面的信息。最不可思议的事情发生在几天之后,当时他穿过囚房所在的那条走廊,看到一排和他差不多大的战士每个人都骑着一只大羚羊——可从羚羊的轮廓来看,它们分明就是身形最小的王室羚羊!泰山狂躁地用深棕色的手指抓挠黑发，决定不在这个疑团上花心思了。

他和那些维尔托皮斯马库斯伤员的伤口很快就愈合了。第七天，有六个士兵来找他，取下他腰部的链条，带着他离开。他的看守们早就不跟他说话了，因为他们以为他就像哑人一样只会用自己种族的那套肢体动作沟通。他们带他沿一个环形走廊向前，他这才发现自己正在被带往埃尔科米哈戈国王那里，据说国王曾经表示过，等泰山伤好之后，他想见一见这个非同寻常的俘虏。

他们从长廊穿过，那里有的地方被装在壁龛里的小蜡烛照亮，有的地方借助旁边敞开的房门露出的亮光照明。奴隶和士兵在这条走廊里不断穿行，但他们分别在两条独立的队伍里面。穿白袍的高等奴隶的衣服上用红色印着主人的徽记和他们各自的职业象征；第二代绿袍奴隶前胸和后背上用黑色印着主人的徽记，第一代绿袍奴隶的前胸用黑色印着他们的出生地，后背印着其主人的徽记。走廊上的士兵也分不同等级和地位：年轻人和穷人戴着朴素的皮饰，富人则戴着珠宝镶嵌的挽具，还有一些士兵骑在巨大的羚羊上穿行于走廊的两个方向，速度很快。不得不说，这些羚羊是泰山在维尔托皮斯马库斯城被监禁以来看到的最大奇迹。

在走廊里，泰山每隔一段距离就能看到有梯子延伸到上面一层楼，但他从未看到有下去的梯子，因此他推断他们原先是在这层建筑的最底层。

他注意到，这幢建筑与阿登德罗哈基斯国王那座建造中的圆顶宫殿很相似，但他几乎不敢相信居然存在如此巨大的一个圆顶，容得下这么多和自己差不多大小的人。尽管比例相同，但这个更大维度的"复制品"的直径足足有八百八十英尺，高四百四十英尺。居然能有一个种族的人使用最原始的手段完成了这样的建筑壮举，简直让人想都不敢想。然而，这里的走廊带着拱形屋顶，墙是用一排排整齐的石块拼起来的,大房间的天花板上连着沉重的横梁和粗壮的柱子——一切就跟他在特鲁哈纳达马库斯看到的圆顶建筑一样,但规模却大得多。

他一路边走边看,思考着这些令他费解的事物。这时候,士兵带他从环形回廊走到了右边的另一条走廊,停在一个房间的门口。这个房间里摆满了一排排的货架,上面堆着各种各样的物品:大大小小的蜡烛、头盔、腰带、凉鞋、束腰外衣、碗、罐子、瓶子,以及其他上千种小人国日常生活的必需品。由于之前在特鲁哈纳达马库斯经历过一段时间的旅居生活,他现在多少已经熟悉了这些东西。

他们在房间的入口停下,一名护送者负责通报,接着一个白袍奴隶闻声走了过来。

卫兵说:"给这个特鲁哈纳达马库斯奴隶一件绿色的袍子。"

"他背上写谁的名字?"奴隶问道。

"他是佐恩斯罗哈戈的人。"士兵回答说。

奴隶飞快地跑到一个架子前,从中挑选了一件绿色的外衣,又从另一个架子上拿出两个大木块,每一块的表面都刻了不同的标记。他在木块表面均匀地覆盖了一层颜料或墨水之类的东西,往束腰外衣里面衬了一块平整的木板,然后将其中一个模型面朝下放置在布料上面,用木槌熟练地在上面敲击了几下,然后用另一块印章在衣服背面重复刚刚的操作。当他把那件衣服递给泰山的时候,泰山看见衣服的前胸和后背上都有一个黑色的标记,但他看不懂那是什么意思,毕竟到目前为止他学到的那些知识还不足以让他识字。

奴隶给了他一双系带凉鞋,他穿好之后战士们示意他继续沿着走廊往前走。他很快发现周围的装饰风格变了,粗糙的石墙上现在涂了一层泥灰，上面还装饰着彩色手绘图案，一般是战斗或狩猎的场景，通常嵌在设计繁杂的画框里。所见之处多是鲜艳的色彩。色调不一的蜡烛出现得愈加频繁，还有很多穿着华服的战士。这里几乎看不到绿袍奴隶了，而高阶奴隶所穿的白色长袍则用了更加昂贵的面料，奴隶身上还常常装点着珠宝和精致的皮革。

沿着走廊越往前，途中的景致变得越壮观，灯光也越加辉煌，直到前面突然出现了两扇巨大的门。大门的把手是镀金的，门前衣着华丽的战士拦住了他们，向护送他们的指挥官询问来者何人。

"遵照国王陛下的命令，我们带来了佐恩斯罗哈戈的奴隶，"指挥官回答，"这个巨人是从特鲁哈纳达马库斯俘虏来的。"

那个拦住他们的战士转向他的同伴："将信带给国王！"

信使走了之后，战士们开始打量泰山，问了很多关于他的问题，但他的护卫基本只能给出一两个猜测性的回答。这时，信使回来告诉他们来者可以立即进去拜见国王，于是沉重的门被推开了。泰山从门槛处看到这个房间很大，墙壁向对面汇集靠拢，那里的台子上是王座。天花板用巨大的木柱支撑着，中间隔着很多横梁，横梁和柱子上面都有浮雕，而天花板上涂灰泥的部分则用鲜艳的色彩装饰着华丽的图案。墙壁上镶的板子高度大约是他们身高的一半，镶板上方是彩绘的木板，泰山猜想上面描绘的是维尔托皮斯马库斯的大事记，以及历代国王的肖像。

房间里空荡荡的，只有两个士兵站在王座两旁的门口。一行人从宽阔的中心通道朝王座走去，其中一个战士示意护卫首领走到他站着的地方。然后门被打开了，里面是一个小接待室，六个衣着华丽的战士坐在雕花小长椅上，第七个人懒洋洋地靠在一把高背椅上，当他听别人讲话时，他的手指在椅子宽阔的扶手上轻轻敲击，偶尔发表一下意见，但他每次说话总能让所有人全神贯注地倾听。如果他说话的时候皱起眉头,其他人就会更深沉地皱眉;如果他露出微笑,别人就会笑出声来。他们的目光片刻不离他的脸,生怕错过了他喜怒无常的微妙表情。

带领泰山的战士停下了,他们沉默地站在那里,直到高背椅上的人注意到他们。领头的人单膝跪地,将双臂高举过头顶,手掌向前,身体尽可能地往后仰,用单一刻板的语调吟诵他的见面语:

"啊,埃尔科米哈戈,维尔托皮斯马库斯的君主,万人之王,万物之主,全知、全勇、至尊的陛下!我们依照您的吩咐带来了佐恩斯罗哈戈的奴隶。"

"起来吧,把奴隶带过来,"高背扶手椅上的人命令道,然后转身对他的同伴们说,"这就是佐恩斯罗哈戈从特鲁哈纳达马库斯带回来的那个巨人。"

"我们听说过他,至尊的陛下。"他们回答。

"听说过佐恩斯罗哈戈的赌注吗?"国王问道。

"也听说过佐恩斯罗哈戈的赌注,全知的陛下!"一个人回答。

"你们觉得怎么样?"埃尔科米哈戈问道。

"和您想的一样,万人之王。"另一个人迅速说。

"那是什么样的呢?"国王问。

这六人很快难为情地看了看其他人。"他是怎么想的?"离埃尔科米哈戈最远的那个人向他旁边的人低声问道,他的邻座耸耸肩,望向另一个人。

"怎么了,戈夫洛索?"国王问道,"你刚才说什么?"

"我正要说,除非佐恩斯罗哈戈第一时间询问了我们威武的陛下,否则他肯定会输掉他的赌注。"戈夫洛索从容不迫地说。

"当然,"国王说,"你说得有点道理,戈夫洛索。佐恩斯罗哈戈确实咨询过我,正是我发现了振动原理,促成了这件事情;也

初入敌国 | 091

是我决定了最初的试验该如何进行。此前它的持续时间并不长，但我们相信新配方至少能够持续三十九个月——这就是佐恩斯罗哈戈打的赌，如果他输了，他得赔给达尔法斯托马洛一千个奴隶。"

"好极了！"戈夫洛索喊道，"有了像您这样博学和睿智的国王，我们比其他民族的臣子幸运太多了。"

"你有很多要感谢的，戈夫洛索，"国王表示同意，"不过，等我说的这个研究成果成功运用之后，那才是真正的辉煌。到时候的试验结果和我们迄今为止所取得的成果会是截然相反的。我们一直在努力尝试，总有一天，我会把新的配方给佐恩斯罗哈戈，然后这个发明会给米努尼带来伟大的革命，我们用一百个人就可以去征服世界！"

这时，埃尔科米哈戈突然把注意力转向站在他面前的绿袍奴隶身上。他仔细端详了泰山几分钟，没有说话。

"你从哪个城市来？"国王终于问道。

"啊，至尊的埃尔科米哈戈，"护卫队的首领说，"这个无知的可怜虫不会说话。"

"他能发出什么声音吗？"国王问道。

"自从他被捕之后从未有过，万人之王。"

"他是泽塔拉克洛人，"埃尔科米哈戈说，"为什么对这些低能的哑巴生物如此大惊小怪？"

"看啊！"戈夫洛索大声说，"我们的智慧之父这么快就掌握了一切的真相，揭示了所有的深层奥秘。这难道不值得惊叹吗？"

"现在知识的光辉已经照耀在他的身上，哪怕最迟钝的人也看得出来这个生物的确是泽塔拉克洛人，"另一个国王的侍臣喊道，"这多简单啊，我们怎么这么愚蠢呢！啊，要不是有全知的陛下的伟大智慧，我们其他人该怎么办才好？"

埃尔科米哈戈还在仔细打量泰山,他似乎没有听到侍臣们的称赞。然后,他又开口了。

"他没有泽塔拉克洛人的特征,"他深思熟虑后说道,"看他的耳朵,这不是那些哑巴的耳朵,他的头发也不一样。他的体型和他们的也有区别。另外,他头的形状看上去是用来储存知识和思考的。不,他不可能是泽塔拉克洛人。"

"太神奇了!"戈夫洛索喊道,"我没有告诉过你们吗?我们的国王埃尔科米哈戈总是对的!"

"国王用他神圣的智慧解释之后,我们当中最愚蠢的人也能轻易看出来他不是泽塔拉克洛人。"第二个侍臣说。

这时,和泰山进来的那扇门相对着的另一扇门打开了,一个武士出现在房间里。"啊,埃尔科米哈戈,维尔托皮斯马库斯之王,"他用单调而低沉的声音唱出,"您的女儿詹扎拉公主已经来了。她想见见佐恩斯罗哈戈从特鲁哈纳达马库斯带来的异族奴隶,希望得到陛下的恩准。"

埃尔科米哈戈点头应允。"把公主带进来!"他命令道。

公主一定是在听得到的地方等着,因为国王话音未落她就出现在了门口,后面跟着两个侍女,她们后面有六个侍卫。朝臣们看到她都站了起来,但国王没有。

"进来吧,詹扎拉,"他说,"看看这个奇特的巨人,他的名气现在可是比维尔托皮斯马库斯的国王都大。"

公主穿过房间,径直站在了泰山面前。泰山从进屋之后就一直站着,双臂交叉在宽广的胸前,脸上流露出漠不关心的神色。公主走近他时,他瞥了她一眼,发现她姿色动人。除了从远处偶然看到的一些特鲁哈纳达马库斯妇女之外,她是泰山见到的第一个米努尼女人。她的面部轮廓完美无瑕,华丽的珠宝头饰将柔滑的深色头发服帖地箍起来,皮肤晶莹剔透。她身穿一袭白衣,很符合出现在父王宫殿的纯洁公主的形象,柔软的长袍紧贴在身上,笔直地落在她的弓形脚背上。泰山看着她灰色的眼睛,长长的睫毛垂下来让它们显得比原来更黑。他试图从中发现她的性格特征,因为他的朋友科莫多弗洛伦萨尔希望有朝一日能娶她作特鲁哈纳达马库斯的王后,泰山这才产生了兴趣。这时,他看到她美丽的眉毛突然打了个结。

"这个畜生怎么回事?"公主叫道,"他是木头做的吗?"

"他不会说任何语言,也听不懂别人说的话,"她的父亲解释道,"他从被俘之后就没有发出任何声音。"

"真是个沉闷又丑陋的畜生,"公主说,"我要让他发出声音,并且立刻发出来。"她从腰带上抓起一把薄匕首刺进泰山的手臂。她的动作如此敏捷,以至于所有目击者都大吃一惊——尽管她没说几句话,她却给了丛林之王一个警告,这对他来说已经足够了。他没法避开这个残忍的攻击,但他确实可以避免让她如愿以偿,因此他没有发出任何声音。也许她还想再来一次,因为她现在很生气,但是国王厉声制止了她。

"够了,詹扎拉!"他喊道,"我们不能伤害这个奴隶,因为我们正在进行的试验对维尔托皮斯马库斯的未来意义重大。"

"他竟敢盯着我的眼睛看!"公主叫道,"他明明知道发出声音可以取悦我,可他却不从。我要杀了他!"

"他不该由你来杀,"国王说,"他属于佐恩斯罗哈戈。"

"我要把他买下来,"她转身对一个侍卫说,"去找佐恩斯罗哈戈!"

Chapter 10
民心涣散

埃斯特班醒过来的时候，简陋的避难所前面只剩一堆冷却的灰烬。黎明快要来临了。埃斯特班感觉到虚弱和眩晕，头很疼。他伸手去摸浓密的头发，不料手里沾了一团已经凝固的血，还发现头上有块很大的伤口，这让他不寒而栗，由于害怕和恶心，他一下子晕了过去。再次睁开眼睛时，天已经亮了。他看向四周，不知道自己身在何处。他用西班牙语叫了一个音乐般动听的名字，那是一个女人的名字，但不是"弗洛拉·霍克斯"，而是一个弗洛拉从未听过的西班牙名。

他现在坐了起来，惊讶地发现自己赤身裸体。埃斯特班捡起一条从自己身上割下来的缠腰布，坐在地上向四处看。他的眼神呆滞、愚昧，似乎对一切都感到很困惑。他找到了自己的武器，从地上捡起来，然后皱起眉头思考。他长久地坐在那里把玩刀、矛、弓和箭，反复地摸索和查看。

他望了望眼前的丛林，脸上的困惑不减反增。他直起身，还是膝盖着地。一只受惊的啮齿动物从空地上跑过，他立刻抓起弓，装上一支箭，但还没来得及松手，动物就已经跑远了。他还是跪着，脸上的表情更加迷茫了。他手握武器的姿势很娴熟，可他盯着武器看的时候却不明所以。他站起来，收拾好他的矛、刀和剩余的箭，迈步向丛林中走去。

他在离棚屋一百码远的地方看到一头狮子正在啃咬猎物的尸体，猎物被它拖进了小径旁的灌木丛中，这条小路正是埃斯特班将要经过的地方。狮子的咆哮给人不祥的预感，他停下来聚精会神地听着，仍然觉得很困惑。不过，他只在小路上停留了几秒钟的时间，然后立刻跳到了最近的树枝上，像美洲豹一样迅捷。在那里他蹲了几分钟，看见狮子在吃某个动物的尸体，但不确定那是什么。过了一会儿，他轻轻地从树上跳下来，朝相反的方向走去。他没有穿衣服，可他没有察觉；他的钻石不见了，但他甚至不知道钻石为何物；乌哈已经离他而去，可他完全不想念她，因为他不记得曾经有这样一个女孩。

遵照本能反应，他的肌肉可以对每种需求做出盲目但恰当的判断——虽然他并不知道自己为什么听到狮子的咆哮会跳到树上，也不知道他为什么见到狮子吞食猎物就要往相反的方向走，同样不知道自己为什么听到丛林里的响动会触碰武器。

乌哈判断失误了。埃斯特班并没有受到惩罚，因为他再也记不起他犯下的错误和其他的一切了。她杀死了他的大脑，从此他脑海中储存记忆的区域永远不会派上用场。他现在就剩一个躯壳在丛林中行走，有时默默地走路，偶尔用西班牙语孩子气地胡言乱语，有时他还说英文，甚至会引用一整页莎士比亚的作品。

如果乌哈现在看得到他，即便是她这样野蛮的小食人魔可能也会对此感到懊悔,更可悲的地方在于她的受害人根本毫不知情。但是,乌哈不会出现了,那里也没有其他活人的踪影,只有他,一个曾经是人的可怜虫在丛林中漫无目的地移动,如同行尸走肉一般。他也会兴奋、睡觉、说话、走路,但是就好像在替别人而活。远远地,我们看到他消失在枝叶繁茂的丛林小径上。

维尔托皮斯马库斯的公主詹扎拉没能买到佐恩斯罗哈戈的奴隶,因为她的父亲不允许。她气急败坏地离开那里,刚脱离她父亲的视线,她就转身朝那个方向做了一个鬼脸,她的侍卫和侍女们看到都笑了。

"愚蠢!"她朝着隔壁不知情的父亲低声说,"如果我愿意,我会得到这个奴隶并且杀死他。"侍卫和侍女们点头应承。

埃尔科米哈戈国王懒洋洋地站起来。"把他带到采石场,"他朝泰山指了指,说道,"告诉负责的头领,国王希望他不要受累,也不要受到伤害。"然后,泰山从一个门口被带走了,国王通过另一扇门离开房间,六个侍臣用米努尼人独有的方式为他鞠躬送行,等他完全走掉才起身。这时,其中一个人立刻踮起脚尖走到埃尔科米哈戈离开的那扇门旁边,贴在墙上听了一会儿。他显然满意了,然后小心翼翼地把头伸到门框外,以便用一只眼睛去看隔壁的房间。接着,他转身向他的同伴们走去。

"那个老糊涂走掉了。"他低声告诉其他人。这个音量在墙外不会被听到,因为即使是在米努尼,人们也知道隔墙有耳,只不过他们表述的方式不同,他们会说"不要信任你房间里的那堵墙"。

"你们见过如此虚荣的生物吗?!"一个人惊呼道。

"他觉得自己不是比任何人都聪明,而是比所有人加起来都要聪明,"另一个人说,"有时我简直不能容忍他的傲慢。"

"但是你必须这么做，格法斯托，"戈夫洛索说，"作为维尔托皮斯马库斯的士兵长官，这么多金的职位可不能说扔就扔。"

"如果连命都不要的话就行。"石矿场长官托恩达利补充道。

"可是那个人多么厚颜无耻啊！"另一个叫马卡哈哥的建筑长官说，"他和我一样跟佐恩斯罗哈戈的成功没有任何关系，但他却声称成果属于他自己，却把失败的原因归咎于佐恩斯罗哈戈。"

"他的自我膨胀正在威胁着维尔托皮斯马库斯的荣辱兴衰，"农业部长官斯罗瓦尔多说，"他选择我们六个做他的顾问，原本我们对各自部门掌握的知识应该是最多的，我们的集体智慧本可以解决维尔托皮斯马库斯的国家大事，并且避免那些他常犯的严重错误，但他绝不会听的——对他来说，我们提意见就是篡夺王权，坚持主张差不多就是叛国，而质疑他的决定更意味着自我毁灭。我们对维尔托皮斯马库斯有什么用呢？人民又会怎么看待我们？"

"众所周知，他们对我们是有看法的，"戈夫洛索说，"他们说我们被选中不是因为我们所知道的，而是因为我们不知道的。你也不能怨他们，因为我作为羚羊饲养员掌管了一万名负责耕种的奴隶，为这个城市提供了一半的口粮，而我却被选作首席长官，这个职位我既不喜欢也不擅长；斯罗瓦尔多也一样，他看到蔬菜的根茎基本不能辨别那是什么蔬菜，而他却被选作农业部长官；马卡哈哥在采石场工作过一百个月，可他最终却当了建筑长官，而我们这个时代最伟大的建筑者托恩达利却被选作石矿场长官；只有格法斯托和维斯塔科当上了自己部门的首领。国王选维斯塔科当王宫长官是很明智的，也只有这样，他的舒适和安全才能得到保证；但选格法斯托作士兵长官对于他来说却是莫大的悔恨，因为他本以为自己将一个爱寻欢作乐的年轻人提升成了维尔托皮斯马库斯军队的指挥官，没想到他的新士兵长官身上却有史上最优秀的军事才能。"

格法斯托对他的恭维鞠躬致谢。

"要不是因为格法斯托,前几天特鲁哈纳达马库斯人就会把我们困住。"戈夫洛索继续说。

"我当时建议国王停止进攻,"格法斯托插嘴说,"因为我们既然偷袭失败就应该撤回,但直到军队前进之后我才可以不受他干涉地自由指挥,然后就像你们看到的那样,我迅速把军队解脱出来,这才尽可能保住了我们的士兵和声望。"

"做得好,格法斯托,"托恩达利说,"战士们很崇拜你,他们想要一个像你这样能带领他们作战的国王。"

"还允许他们像过去那样喝酒。"马卡哈哥插嘴道。

"我们得扶持一个允许我们喝酒的国王。"戈夫洛索说,"你觉得呢,维斯塔科?"

从始至终,国王的大管家,也就是王宫长官维斯塔科一直保持沉默。他摇了摇头。"现在说这些叛国的话是很不明智的。"他说。

其他几人瞥了他一眼,然后互相看了看。

"谁说了叛国的事,维斯塔科?"戈夫洛索问道。

"你们都在玩火。"狡猾的维斯塔科说道,他说话的声音比其他人都大得多,仿佛他不害怕被人听到,或者说他宁愿被听到,"埃尔科米哈戈对我们很好,他给我们带来了荣誉和财富,在座的个个位高权重。他是一个明智的统治者,我们何德何能才敢质疑他的智慧呢?"

其他人不安地四处看,戈夫洛索紧张地笑了笑。"你对笑话的理解太慢了,我的好维斯塔科,"他说,"你难道看不出我们在开玩笑吗?"

"我看不出来,"维斯塔科回答,"不过国王的幽默感不错,不如我把这个笑话讲给他听，如果他笑了，那我也会跟着笑，这样我就知道这确实是个笑话了。但我不知道谁会这么想！"

"噢，维斯塔科，不要对国王复述我们的话，他可能不懂。我们是好朋友，这些话只在朋友之间说。"戈夫洛索显然心神不安，他语速很快，"顺便说一句，我的好维斯塔科，我刚好想起来前几天你看上了我的一个奴隶，我打算把他送给你。如果你不嫌弃，他就是你的了。"

"我看上了你的一百个奴隶。"维斯塔科轻轻地说。

"他们是你的了，"戈夫洛索说，"马上就跟我来挑选吧，我很高兴能送给我的朋友一份满意的礼物。"

维斯塔科定定地看着其他四个人，他们在短暂的沉默中不安地动了下身子，然后农业部长官斯罗瓦尔多率先打破了沉默："如果维斯塔科能接受我可怜的一百个奴隶，我将感激不尽。"

"我希望他们是白袍奴隶。"维斯塔科说。

"会的。"斯罗瓦尔多说。

"我不能比别人小气，"托恩达利说，"你必须从我这里带走一百个奴隶。"

"还有我的！"建筑长官马卡哈哥喊道。

"如果你们能在太阳照到战士长廊之前把他们送到我的住处，交给我的奴隶首领，我将不胜感激。"维斯塔科边说边揉搓他的手掌，露出油滑的微笑。然后，他立即意味深长地望着士兵长官格法斯托。

"我对高贵的维斯塔科表达友情的最佳途径，"格法斯托面无表情地说，"那就是向他保证，如果可能的话，我会阻止我的战士们在他的肋骨间插一把匕首。不过，万一我有什么三长两短，我恐怕不能对这些人的行为负责了，因为我听说他们都很爱戴我。"

他直直地盯着维斯塔科的眼睛看了好一会儿，然后转身大步走出房间。

在王室委员会的六个成员中，格法斯托和戈夫洛索是最无所畏惧的，但即使是他们也得奉承骄傲的埃尔科米哈戈，因为他的专制王权不容小觑。不论是习俗使然还是对王室与生俱来的效忠，加上自我利益的重要驱使，这些都裹胁着他们不得不为国王做牛做马。但是，他们长期以来一直想扳倒他，百姓也普遍对国王感到不满，现在每个人都觉得国王比之前更加无所顾忌了。

国王选中托恩达利、马卡哈哥和斯罗瓦尔多是因为他们比较容易受摆布，而格法斯托和戈夫洛索则不同，毕竟他多少还需要借助他们两人的能力。前三个长官和埃尔科米哈戈政权下的大多数贵族是一丘之貉，他们早已腐败和堕落，个人利益永远指引着他们的行为和思想。格法斯托不相信他们，他知道那些人任何时候都可以用钱收买。自从他发现自己的领兵能力出乎意料地出色后，他同时还对人性有了很深刻的认识。另一方面，他意识到人们在心底越来越焦躁不安了，这说明维尔托皮斯马库斯改朝换代的时机已经差不多成熟了。

格法斯托早就知道维斯塔科是个自大而无耻的受贿者，他相信这个人头上没有一根毛发是诚实的，但他还是没想到他居然如此张狂地敲诈自己的同伴。

他离开国王的议会房间后和戈夫洛索走在战士长廊上，转身对后者说："维尔托皮斯马库斯确实气数将尽了。"

"怎么看出来的呢？"首席长官问。

"从维斯塔科的丑行。他既不关心国王也不关心人民，可以为奴隶或黄金背叛任意一方，而他代表了我们绝大多数人。友谊不再珍贵了，即便是他昔日的挚友斯罗瓦尔多，他也毫不犹豫地让他付封口费。"

"我们为什么会沦落到这般田地呢，格法斯托？"戈夫洛索若有所思地问道，"至于究竟是什么造成的，人们说法不一。在维尔托皮斯马库斯似乎没有人比我自己更适合回答我的问题，但我承认我一筹莫展。有很多可能的答案，但我想真正的原因还尚待发掘。"

"既然你这么问，戈夫洛索，我的答案是维尔托皮斯马库斯的问题在于太过和平了。和平会带来繁荣，也会带来大把无所事事的时间。时间不能白白流走。试想，既然有福可享，有乐可寻，谁还会干活呢？哪怕是用劳动去换取自身的和平与繁荣。和平带来了物质上的富足，我们几乎可以满足自身的每个念头，而昨日的欲望已经不再新鲜，人们越来越难得到真正的满足。因此，为了持续满足人的需求，新奇的点子不得不再次被创造。你不必怀疑，这些东西只会在形式和理念上变得越来越奢侈和夸张，甚至到后期，繁荣的经济必须通过征税来匹配我们的欲望和野心。

"人们太想过奢侈的生活了，而这是一种精神压力，已经重重地施加在国王和政府身上。为了减轻对财政的负担，这个压力以税赋的形式从政府转移到老百姓的肩上。由于太过沉重的税额让有些人没法拿闲钱纵情享乐，于是他们将其通过某种手段传递给那些更加不幸或不太精明的人。"

"可是富人的税赋最沉重啊。"戈夫洛索提醒他。

"理论上如此，但实际上不是这样，"格法斯托回答，"的确，富人把很大一部分税金上缴到国王的金库，但他们首先从穷人那里收取了更高的价格，数额是他们税金的两倍。如果算上筹集税款的成本、禁酒令给他们带来的经济损失，以及他们非法制酒售酒的违规成本，这些总额如果都由国家来承担，那对他们来说将是极大的解脱。"

"你觉得这可以解决我们的问题,并且给我们的百姓重新带来幸福吗?"戈夫洛索问。

"不能,"他的同伴回答,"我们必须打仗,因为持久的幸福不会在和平或美德中产生,我们不妨适当地制造一点战争和罪恶。用单一的配料制成的布丁尝起来令人作呕,必须给它加点香料。人们要想尽情享用美食就不得不为之努力奋斗。这个世界上没有什么事情比战争和劳动更让人讨厌,但它们却是人民得以生存和得到幸福的两大要素。和平减少了劳动的必要性,造成人们的倦怠,而战争迫使人们去劳动,因为只有这样才能抵消它带来的破坏。和平把我们变成了肥胖的蠕虫,战争却让我们成为真正的人类。"

"那么,你觉得战争和美酒会使维尔托皮斯马库斯恢复往日的荣光吗?"戈夫洛索笑着问,"自从你指挥我们全城的战士之后,你真是变成了一个好战分子啊!"

"你误会我了,戈夫洛索,"格法斯托耐心地解释,"只有战争和美酒只会造成我们的毁灭。我对和平、美德和节制都没有意见,但我不赞成那些误导人的理论家,他们认为仅仅有和平、美德或者节制中的某个要素就能促成一个充满活力的强国。不是这样的,这些要素必须和战争、美酒以及罪恶混杂在一起,并且还需要大量艰苦卓绝的劳动——尤其是艰苦的劳动——国泰民安的时候人们没必要努力干活。只有不同凡响的人才会自发地努力工作。"

"好了,你得赶快把那一百个奴隶送到维斯塔科那里,不然他会把你的小笑话讲给埃尔科米哈戈听。

戈夫洛索悲伤地笑了笑。"总有一天,他要为这一百个奴隶付出代价,"他说,"很大的代价。"

"如果他的主人垮台的话。"格法斯托说。

"没有'如果',这只是时间问题。"戈夫洛索纠正。

士兵长官耸耸肩,不过他心满意足地笑了。等他的朋友从旁边交叉的走廊离开之后,他的笑容还挂在脸上。

Chapter 11

沦为苦力

维尔托皮斯马库斯城共有八个已建成的圆顶建筑，第九个正在建设中。泰山直接从王宫被带到了石矿场，那里距离八个穹顶建筑中最近的一个只有不到半英里的距离。一列负重前行的奴隶队伍正从石矿场的出口走向在建的圆顶结构。在地底下一个灯火通明的房间里，他被交给了采石场的守卫军官，护送泰山的士兵将国王的指示传达给了那个军官。

"你叫什么名字？"那军官问，然后打开他面前桌子上的一本大册子。

"他和泽塔拉克洛人一样不会说话，"护卫队的指挥官解释道，"所以他没有名字。"

"那我们就叫他'巨人'了，"军官说，"自从他被俘之后我们都是这么听说的。"他在他的册子中写了"巨人"，还写了泰山主人的名字"佐恩斯罗哈戈"，以及他的来源地"特鲁哈纳达马库斯"。

然后，他转身对旁边椅子上的一个懒洋洋斜靠着的士兵下达命令：

"把他带到三十六层第十三号地道延长线的劳工队伍里，跟负责的监工说不要给他安排重活，确保他不会受到什么伤害，这是国王陛下的命令。等等！这是他的编号，把它系在他的肩膀上。"

士兵拿起一块写着黑色文字的圆形布料，用一个金属扣将其固定在泰山的左肩上，然后示意泰山走在他前面，离开了房间。

泰山此时发现自己位于一条又短又暗的走廊里，接着走进了另一条更宽更亮的回廊，这里有许多空着手的奴隶也在朝他和警卫行走的方向前进。他注意到走廊的地面一直都在向下倾斜，并且向右转弯，形成了一个巨大的螺旋通道，向下深入到地底。这里的墙壁和天花板是木质的，石头铺成的地板由于被成千上万双脚踩踏过，现在已经磨得很平滑。回廊左手边墙上的壁龛里每隔一段距离就会有几支用来照明的蜡烛，隔一段距离还会有通向其他走廊的出入口，旁边刻着小人国独特的文字。泰山后来了解到，这些文字指示了当前的地道处在哪一层，通过这些开口可以到达围绕着主螺旋通道的环形走廊。这些环形走廊间穿插着许多水平的通道，可通向每一层的工作区域。这些地道在不同的地方都有通风井和紧急出口从中穿过，从地表一直穿到采石场的最底层。

几乎每一层都会有几个奴隶下到侧边的地道里。这里虽然不像螺旋通道那样明亮，但照明还算充足。自从开始往下面走之后，具备敏锐观察力的泰山就在留心计算他们经过的隧道入口的数量。不过，他只能推断出他们之间深度的差别，粗略估计每层的高度有十五英尺。但是，等他们到达三十六层准备转身进去的时候，泰山觉得自己一定是算错了——他不相信在地面以下五百四十英尺的地方可以点蜡烛，同时还没有强制的通风措施。

离开螺旋通道之后，他们进入了一个水平的走廊，走廊左右两端都穿插在螺旋主通道里。过了一会儿，他们穿过一条宽阔的圆形走廊，里边有许多奴隶在走动，有的负重行走，有的两手空空。他们分成两个队伍各自前进，一队人背着石块，他们去的方向和泰山来时的方向相反；另一队人背着木材，移动的方向和他的方向一致。这两条队伍中都夹杂着一些没有负重的奴隶。

穿过这个水平隧道之后，他们终于到了干活的地方。在这里，护送泰山的士兵将他交给了一个监工，也就是米努尼人军事层级中负责指挥十个人的士兵。

"原来这就是'巨人'啊！"监工喊道，"我们还不能对他太苛刻。"他的语调很刺耳，令人不快。"真是个庞然大物啊！"他大叫，"凭什么呢？他块头不比我大，他们却不敢让他干活。小心点！他要么好好干，要么等着吃鞭子。我卡尔法斯托班手下没有懒惰的人。"他骄傲地拍着胸脯吹嘘。

把泰山带来的人露出厌恶的表情。"你自己看着办，卡尔法斯托班，"他说着，转身准备返回警卫室，"注意国王下达的命令。要是这个奴隶有什么三长两短，我可不会替你受罚。这个哑巴俘房现在可是维尔托皮斯马库斯城茶余饭后的谈资，因为他，埃尔科米哈戈嫉妒死了佐恩斯罗哈戈——要不是他还想再借助这个巫师的魔法给自己谋取赞美，佐恩斯罗哈戈早就去见阎王了。"

"我卡尔法斯托班不怕国王，"监工咆哮道，"维尔托皮斯马库斯的宝座上坐了一个废物。他只骗得了他自己，人人都知道，佐恩斯罗哈戈是他的大脑，格法斯托是他的剑。"

"不管怎样，"另一个人警告说，"照顾好巨人。"他离开了。

监工卡尔法斯托班让新奴隶在隧道的支线上工作，那里是从巨大的冰碛层中挖掘出来的，是采石场的一部分。空手的奴隶从地面走下来，从隧道的一侧排着队走到底，轻一点的石头每个人背一块，重一点的两人背一块，然后他们背着重物重新回到螺旋通道，离开工地，去往在建的穹顶。

这里的泥土是一种轻型黏土，填满了冰碛石之间的空隙，隧道为此专门扩宽了。有些奴隶专门是做这项工作的，其他人负责抬着切割到合适尺寸的木材，泰山就是其中一员。一个小队伍中的三人只需要挖一条狭窄的浅沟渠，把每一块墙板嵌在那里放好，然后把屋顶的板子滑到这个的顶端。在天花板的底端有楔形加固角，可以防止墙壁板在固定的位置上掉下来。他们身后填充好的泥土此时已经牢固了，迅速充当起坚实的支柱。

因为伤口的影响，尽管泰山的身体仍然虚弱，但他的活儿对他来说并不重，因此他有机会能够不断地观察周围的一切，了解那些暂时掌握他命运的人。他很快发现卡尔法斯托班是一个大嗓门的吹牛大王，在平素的工作中奴隶们不需要怕他，但他一有机会就喜欢在上级面前展示他的权威或勇猛。

他周围的奴隶们一直在干活，但似乎并没有超负荷工作。看守们始终跟着这些劳工，差不多每五十个奴隶就有一个士兵在看管。泰山到目前为止还没有发现这些人对奴隶使用过暴力。

从他恢复意识的那一刻起，最让他感到困惑的事情就是这些人的身高——他们不是俾格米人，而是体型和欧洲人相仿的种族。他们中没有人和泰山一样高，但是很多人的身高和他相差不过一英寸。他知道他们是维尔托皮斯马库斯人，也就是他亲眼所见的和特鲁哈纳达马库斯人战斗的人；他们也提到了在战争中抓到了他；另外，他们叫他"巨人"，可他们明明和他一样大；从王宫到采石场的路上，他看到他们巨大的圆顶建筑在他头顶上足足升起四百英尺。所有的一切都很荒谬，令人难以置信，然而他的所有感官和思维都向他证明这是真实的。他越想越困惑，于是只好放

沦为苦力 | 109

弃解开这个谜团，把注意力放到收集信息上。他相信无论是关于他的俘虏者还是这个监狱的信息总有一天会在逃跑的时候派上用场，他还会利用自己警觉和狡猾的野兽本能——从心底里，他一直认为自己是只野兽。

无论他在维尔托皮斯马库斯的什么地方，无论他听到的是什么样的谈话内容，他都发现人们普遍对他们的国王和政府不满意。他知道，一个人民怨声载道的社会往往效率低下，风气败坏。这样一来的话，如果他仔细观察，他肯定能寻求到机会，借助警戒的松懈实现逃跑计划。他没有期待今天或明天就能成功，但今天和明天正是耐心观察和奠定基础的日子，总会有一条合适的途径浮出水面。

一天漫长的工作结束之后，奴隶们被带回他们的住处。泰山发现他们住的楼层都紧挨干活的地方，他和其他几个奴隶被带到三十五层。他们进入一个隧道，隧道尽头连接着一个大房间，因此这个隧道越往里走越宽。房间的门被石头堵了起来，只留了一个狭窄的口子，奴隶们只好四肢着地进出这个洞口。所有的人都进去后，大门重重地在外面被关上了，两个士兵负责彻夜守卫。

泰山进去之后站起来，发现自己置身于一个巨大的房间里，里边容纳了五千多个男男女女。女人们正在小火上准备食物，炊烟顺着天花板上的洞口排到了外面。这么多火炉在同时做饭，但看上去烟很少，这是由于他们使用了一种清洁的硬质木炭。但是，为什么这些释放出来的气体没有使这些人窒息呢？这个谜题就像地底下为什么会有明火和新鲜空气一样，让泰山百思不得其解。墙上的壁龛里点着很多蜡烛，地板上还至少有六支大蜡烛。

这里的奴隶从幼年到中年各个年纪都有，却没有年老多病的。这些女人和小孩的皮肤是泰山见过最白皙的，他感到很惊讶。后来他才了解到，这些人中间，所有的孩子和一部分女人从出生起就从未见过白昼。在这里出生的孩子到了一定的年龄之后才会到地面上去，为主人替他们选择的职业接受技能培训。但是，从其他城市俘虏来的女人则一直留在这里，直到她们老死——除非奇迹发生，比如在很罕见的情况下，维尔托皮斯马库斯的战士把她们选作自己的妻子。之所以这种情况很少发生是因为士兵日常接触的基本都是地面上的白袍奴隶，因此他们一般从白袍奴隶中选择伴侣。

女人们的脸上烙印着深深的悲伤，这样的神情在泰山内心激起了一股强烈的同情心。他还从未在任何人的脸上见到过如此深刻的绝望。

他穿过房间时，很多人的目光投在他身上，毕竟从他晒得古铜色的皮肤很明显可以看出他是新来的，并且他的外形也和众人不同。很快，人群中有人窃窃私语，因为和他一起进来的奴隶向其他人透露了他的身份。就算远在地表之下，但只要在这座城市，谁不知道和特鲁哈纳达马库斯人打仗时佐恩斯罗哈戈俘虏了一个巨人呢？

这时，一个跪在火盆旁边正在烤肉的年轻姑娘与泰山四目相对，她示意泰山过来。泰山走近的时候发现她很漂亮，皮肤苍白，一头蓝黑色的柔软秀发更加衬托出了她几乎如同半透明陶瓷一样的白色皮肤。

"你是巨人吗？"她问。

"我是。"他回答。

"他跟我说起过你，"女孩说，"我为他做饭，我也会为你做饭。除非……"她略带尴尬地补充道，"你更愿意让其他人给你做饭。"

"我没有其他人选，"泰山对她说，"但你是谁，他是谁？"

沦为苦力 | 111

"我是塔拉斯卡,"她回答说,"但我只知道他的编号。他说他既然是个奴隶,那他就没有名字,他的编号是'800^3+19'。我看到你的编号是'800^3+21'。"她正在看绑在他肩上的文字,"你叫什么名字?"

"他们叫我'巨人'。"

"啊,"她说,"你是个大块头,但我不应该叫你巨人。他也来自特鲁哈纳达马库斯,和你差不多高。除了泽塔拉克洛人之外,我还从来没听说过米努尼有什么巨人。"

"我还以为你是泽塔拉克洛人呢。"一个男人的声音传到泰山耳边。

泰山转过身去,看见之前和他一起干活的一个奴隶疑惑地盯着他看,对他露出笑容。

他回答说:"对我的主人来说,我是一个泽塔拉克洛人。"

那个人抬起了眉毛。"我明白了,"他说,"我想你这样做是正确的。放心,我不会背叛你的。"他转头继续做原来的事情。

"他是什么意思?"塔拉斯卡问。

"从被捕之后直到刚才,我还没有说过话,"他解释说,"他们以为我不会说话。虽然我自己知道我长得不像泽塔拉克洛人,但他们中有些人坚持认为我是。"

"我从来没见过泽塔拉克洛人。"塔拉斯卡说。

"你很幸运,"泰山告诉她,"最好不要见到他们或遇到他们,不会有好事的。"

"但我想看看他们,"她坚持说,"我想见到任何与这些奴隶不同的事物,我整天面对的都是他们。"

"不要失去希望,"他鼓励她说,"谁知道呢,也许你很快就可以回到地面上去。"

"回到，"她重复，"我从来都没有去过那里。"

"从来都没有到过地面上？你的意思是自从你被抓来之后吧。"

"我出生在这个房间里，"她对他说，"我从来没有离开过它。"

"你明明是第二代奴隶，却仍被囚禁在这里，我不明白这是为什么。据我所知，在所有的米努尼城市里，第二代奴隶都被赋予了白色长袍，在地面上有相对更多的自由。"

"我不一样，因为我母亲不允许。她宁愿我死，也不愿我与维尔托皮斯马库斯人或奴隶结为连理，而我如果到了地面上就不得不这样做了。"

"但是你怎么避免呢？你们的主人可不会让奴隶自主选择的。"

"这里人口太过庞杂，所以有时候也会有那么一两个奴隶一直没有被官方记录。而对于女人来说，如果她们的容貌不出众，主人就不会对其多加关注。我的出生就从来没有被记录在案，我母亲将一个死去的人的编号用到了我的身上，这样一来，我就几乎不会吸引到什么注意力，除非在少数情况下我们的主人或士兵进入到这个房间。"

"但你不会不受欢迎的——你的脸肯定会吸引所有人的注意。"泰山提醒她。

她立刻转过身去，把她的手放在她的脸和头发上，接着又转身面对他。这一次，泰山看到他面前有一个满脸皱纹的老女人，乱七八糟的头发不会使人再多看一眼。

"天哪！"泰山大叫道。

塔拉斯卡的脸慢慢放松下来，恢复了她原本美丽的容颜。她灵巧而迅速地拢好了凌乱的头发，嘴边似乎萦绕着一抹不易察觉的微笑。

"这是我母亲教我的，"她说，"所以他们来了看到我之后就不会想带我走了。"

"但是，和他们的人在一起之后就可以在地表过上舒适的生活，难道不比在地下过这种非人的生活更好吗？"泰山问道，"毕竟，维尔托皮斯马库斯的战士肯定和你们国家的战士没什么区别。"

她摇了摇头。"对我来说，这是不可能的，"她说，"我的父亲来自遥远的曼达拉马库斯，我的母亲还在怀孕时就被人掳走，来到这个可怕的房间几天之后我就出生了。这里没有空气和阳光，但我的母亲一直都在跟我描述它们。"

"你母亲呢？"泰山问道，"她在这里吗？"

塔拉斯卡伤心地摇摇头："他们二十个月以前把她带走了，从那之后我就再也没听说过她的下落了。"

"那么你身边的这些人，他们从来没有背叛过你吗？"他问道。

"从来没有！出卖别人的奴隶会被他的同伴撕成碎片。好了，来吧，你一定饿了。"说着，她把烹饪好的肉给了他。

泰山原本更喜欢吃生肉，但他并不想冒犯她，因此他表达了感谢，蹲在对面的火盆旁边吃了她给的东西。

"真奇怪，他怎么还没有来，"她说，泰山知道她说的是那个编号"800^3+19"的人，"他从来没有这么晚过。"

一个强壮的奴隶从她身后走到近旁，停了下来，目光阴沉地盯着泰山。

"也许这就是他。"泰山对女孩说，用手指向那个人。

塔拉斯卡迅速转过身来，眼睛里闪烁着幸福的光芒，但当她看到站在她身后的是谁时，她立刻站起身来后退了几步，脸上的表情变成了厌恶。

"不，"她说，"不是他。"

"你在为他做饭吗？"那家伙指着泰山问道，"而你却不为我做饭。"他指责道,并不期待对方做出回答,因为答案是显而易见的,"他是谁?你凭什么给他做饭?他比我厉害吗?你也得为我做饭。"

"有很多人可以给你做饭,克拉夫塔普,"塔拉斯卡回答说,"我不想,去找别的女人。我们有权利选择我们要为之做饭的人,我选择不为你做饭。"

"如果你知道什么对你有好处,你就会为我做饭,"那人咆哮着说,"你还会成为我的伴侣。我有权利拥有你,因为我已经在其他人来之前问过你很多次了,没有让他们占有你。既然这样,我明天就会告诉监工真相,他会把你带走的。你知道卡尔法斯托班是什么人吗?"

女孩瑟瑟发抖。

"我一定会让卡尔法斯托班逮到你的,"克拉夫塔普继续说,"一旦他们发现你抗拒生育,他们就不会允许你留在这里。"

"我宁可跟着卡尔法斯托班也不要跟着你,"塔拉斯卡冷笑着说,"但你们谁也别想得到我。"

"话别说得太绝对了。"他喊道,然后迅速走向前,在她躲开之前抓住了她的胳膊。他想要吻她,但没有成功,因为有一双大手紧紧地攥在了他的肩膀上面,将他从他的猎物身上粗鲁地撕下来,狠狠地甩开十几步远的距离。他跌跌撞撞地摔倒在地上。在他和那个女孩之间,站着一个灰眼睛黑头发的陌生人。

克拉夫塔普在愤怒的咆哮声中爬起来,像一头公牛那样疯狂地向泰山冲过来,低着头,眼睛里布满血丝。

"你死定了。"他大叫起来。

沦为苦力 | 115

Chapter 12
同为囚犯

第一个女人的儿子大步穿过森林,一副神气活现的样子。他欢快地举着一支矛,背上挂着弓箭,身后还跟着十个和他一样全副武装的同族男性,个个走起路来就像拥有脚下的土地。在这条小径上,一个女人也迈着大大咧咧的步伐向他们走来,只是这些人暂时都没有看到、听到或闻到她。很快,女人眯起了眼睛,她停下脚步,竖起扁平的大耳朵,同时嗅着空气中的味道。是男人!她加快步伐朝他们逼近。前面不止有一个男人,如果她突然出现,对方一定会大吃一惊,她一定可以抓住其中一个。如果追不上,她腰间的翎毛石子会派上用场。

她们已经有一段时间没有看到男人了,部落里许多女人纷纷出去猎捕男伴,但她们居然一去不回。她在森林里亲眼见过几具尸体,她很好奇究竟是什么杀死了这些人。现在,她终于找到了男人的踪迹,这是两个月来的头一次,她绝不会空手回去。

在森林小道的转弯处她看到了那些人,可惜还有一段距离。她担心他们看到她会立刻跑掉,正打算藏起来,但是来不及了,因为其中一个人已经用手指向她。她从腰带上解下一枚石子,握紧棍棒,飞快地朝他们跑去。当她发现男人们没有试图逃跑时,她既惊讶又高兴,心想他们是有多害怕才能站在那里乖乖不动。但这是怎么回事?他们正向她走来,脸上没有恐惧,只有愤怒和威胁!他们手里拿的是什么奇怪的东西?一个离她最近的人停了下来,向她扔了一根长长的尖木棍。那个武器很锋利,擦到她肩膀的时候她流了血。另一个人也停下来,把一根短一些的小木棍放在一根长棍上,长棍的末端用弯头将其向后弯曲。他猛地松开短木棍,木棍从空中飞过,刺穿了她的一只胳膊。在这两人后面,其他人也都拿着类似的武器向她冲过来。她回忆起在森林里看到的女尸,又想起最近几个月她们严重缺乏男俘虏的事实,虽然她天资愚钝,但也不是没有推理能力,她将这些事实和过去几秒钟的遭遇做对比,得出的结果让她立即笨拙地朝来的方向奔去。她拼命加快速度,途中没敢停下来喘一口气,直到筋疲力尽地倒在自己的洞口。

男人们没有追上前,因为他们尽管摆脱了女性带来的束缚,但还没有勇气和信心完全克服对女人天生的恐惧。能赶走一个就不错了,再上去追就是跟老天作对。

部落的其他女人看到同伴跌跌撞撞地逃回洞穴,她们感觉她受到了惊吓,还因为长途跋涉耗尽了体力,于是她们抓起木棍跑出来,准备击败她的追逐者。她们的第一反应觉得那是一头狮子,但狮子并没有出现。有些人走到躺在门槛上的女人身边。

"你跑什么?"她们用简单的手语问她。

"男人。"她回答。

每个人的脸上都流露出厌恶的表情,其中一个踢了她一脚,另一个朝她吐口水。

"有很多男人,"她告诉她们,"他们差点儿用飞棒杀死我。看!"她向她们展示她的伤口,那支箭还插在她的胳膊下面,"他们没有躲避,反而迎上来攻击我。这就是为什么过去的几个月我们会在森林里看到有些女人被杀害了。"

这让她们感到困惑,于是她们不再骚扰地上的那个女人。她们的首领,也就是当中最凶猛的那个人不停地走来走去,脸上的表情凶神恶煞,她忽然停了下来。

"来!"她用手语说,"我们一起去找这些人,把他们带回来教训他们。"她将棍棒高举到头顶猛烈地摇晃了一下,扮出一副狰狞的怪相。

其他人都围着她跳舞,模仿她的表情和动作,跟着向森林中走去,组成一支杀气腾腾的原始人队伍——除了地上的那个女人,她还躺在她倒下的地方,她觉得自己这辈子都受够男人了。

在维尔托皮斯马库斯城,埃尔科米哈戈国王的采石场里,克拉夫塔普尖叫道:"你死定了!"他冲向泰山,两人此时正在奴隶营房的长廊里。

泰山迅速闪到一边,伸出一只脚把克拉夫塔普绊倒,让他脸朝下摔倒在地上。他站起来之前四处张望,似乎在寻找一件武器。他的目光落在火盆上,伸手去抓住它。在旁边看他们争执的奴隶看到了这场争执的起源,发出一阵不满的咕哝声。

"不要用武器!"有人大喊,"我们当中不许有人这样。要么徒手搏斗,要么不要打。"

但是,克拉夫塔普被愤怒和嫉妒冲昏了头脑,根本顾不得听别人说什么。他抓起火盆,站起来冲到泰山面前,准备把火盆扔到他脸上。这时另一个人绊倒了他,还有两个奴隶跳到他身上,从他手中夺走了那个火盆。"公平搏斗!"他们警告道,说着把他拖了起来。

泰山满不在乎地站在那里,面带微笑。其他人的愤怒把他逗乐了,因为他觉得现在还没这个必要惊慌。他等待克拉夫塔普再次上前进攻,他的对手这时看到了他脸上的笑容,于是更加气急败坏,疯狂地跳到泰山身上想了结他。然而,克拉夫塔普作为一个习惯欺负其他奴隶的恶霸,这次却见识了一种他始料未及的防御姿势——泰山伸直手臂,用握紧的拳头勾住他的下巴,将他整个人提了起来。这时候,旁边已经聚集了一大群观战的奴隶,他们发出尖利的"耶——"声来表达他们的赞同和欢呼。

克拉夫塔普头晕目眩,再一次跟跟跄跄地站了起来。他低着头,环顾四周,仿佛在寻找他的敌人。塔拉斯卡来到泰山身边,站在那里望着他的脸。

"你很强。"她说,但她那双会说话的眼睛似乎表达的不止这些——或者至少在克拉夫塔普看来是这样的,看上去这似乎表达了强烈的爱,可事实上这只是一个普通女人对力量的赞美和钦佩。

克拉夫塔普的喉咙里发出了一声吼声,听着像是愤怒的猪发出的尖叫,他再一次冲向了泰山。在他们身后,有一些奴隶被放进了走廊,因此后面的门是开着的,一个士兵恰巧弯下腰来,刚好看到了里面。他没有看到多少内容,但他看到的那些已经足够了——一个高大的黑发奴隶将另一个魁梧的奴隶高举到自己的头顶,然后把他摔到坚硬的地板上。士兵推开边上站着的奴隶,爬进走廊,向中心跑去。很快,在其他人还没发现他的时候,他就已经站到了泰山和塔拉斯卡的对面。他是卡尔法斯托班。

同为囚犯 | 119

"这是什么意思?"他大声喊道,然后,他说,"啊,哈!我明白了!原来是我们的巨人,他想让我们瞧瞧他的本领,对不对?"他瞥了一眼克拉夫塔普,后者正挣扎着从地板上站起来。他的脸瞬间变得阴沉,因为克拉夫塔普是他的心腹。"这是不允许的,伙计!"他大叫,在泰山的脸上挥舞着拳头,由于愤怒而忘记了这个新奴隶既不会说话也听不懂别人说话。不过,他很快想起来了,于是示意泰山跟着他。"打他一百个鞭子他就知道这里不能打架斗殴了。"他大声喊,没有特定对谁说这句话,但眼睛却看着塔拉斯卡。

"不要惩罚他,"女孩哭着说,她没有意识到自己的容貌并未伪装,"这都是克拉夫塔普的错,巨人只是出于自卫。"

卡尔法斯托班目不转睛地盯着她的脸,女孩很快意识到了自己身处危险,于是脸红了。不过,她仍然没有退让,还在为泰山求情。卡尔法斯托班嘴角露出了坏笑,手轻车熟路地搭在她的肩膀上。"你多大了?"他问。

她告诉了他,身体止不住地颤抖。

"我要去见你的主人,把你买下,"他宣布说,"但不是作为配偶。"

泰山望着塔拉斯卡,他似乎看到了她枯萎的样子,就像一朵花在有毒的空气中凋零。然后,卡尔法斯托班转向他。

"你听不懂我说的话,你这头蠢驴,"他说,"但我可以告诉你,也许你周围的人听到之后会引领你脱离危险——这次我放了你,但如果下次再犯,你可能就不止会得到一百下鞭子了。还有,要是我听到你和这个女孩扯上什么关系,你会更加不好过。我打算买下她,把她带到地面上。"说完,他大步走到门口,穿过了外面的走廊。

监工走了之后,房门被关上了。这时候,有一只手从泰山身后伸出来,放到了他的肩膀上,一个男人的声音呼唤了他的名字:"泰山!"听到这个声音,他感到很吃惊——在一个深埋在地下的屋子里,在陌生的城市里,在素未谋面的人群中,没有人会说他的名字。他转身面对那个和他打招呼的人,认出了他,脸上随即洋溢着快乐。

"科莫——!"他脱口而出,但那个人将一只手指放在了他的嘴唇上。"不,"那个人说,"在这里我是奥波纳托。"

"但你的身形!你和我一样大,我不明白这是为什么。到底发生了什么,让米努尼的人一下子变高了?"

科莫多弗洛伦萨尔笑了。"人类的自我中心论没能让你往相反的方向想。"他说。

泰山皱着眉头,久久地凝视着他的王室朋友。然后,他脸上渐渐露出一种混杂了不可置信和兴趣盎然的表情。

"你的意思是,"他慢吞吞地问道,"我的身高变得和米努尼人一样了?"

科莫多弗洛伦萨尔点点头。"这样难道不是更好理解吗?否则他们所有人和他们的随身物品,甚至是住宅和建筑用的石头,以及他们的武器和羚羊都得随着你的身高而增加了啊!"

"但我告诉你,这是不可能的!"泰山喊道。

"几个月前的我也是这么认为的,"王子答道,"当我听说他们缩小了你的尺寸时我也不信,很久之后我还是有点怀疑,直到我走进这个房间亲眼看到你,我才彻底信了。"

"这是怎么办到的?"泰山问道。

"是佐恩斯罗哈戈做到的,他是维尔托皮斯马库斯最伟大的天才,可能在所有的米努尼城市中也是最厉害的,"科莫多弗洛伦萨尔解释说,"很多个月以前我们就知道他了。在我们和维尔托皮斯

同为囚犯 | 121

马库斯和平共处的日子，两个城市之间有一些思想和贸易上的交流，我们因此听说了许多他的事情，他被认为是最伟大的奇术士。"

"到现在为止，我还从来没有在米努尼听人说起过巫师呢。"泰山说，他以为这就是"奇术士"这个词的意思。也许可以这么讲，因为这个词差不多能这样翻译成英语——更准确地说，称他为"创造奇迹的科学家"可能更合适一些。

"是佐恩斯罗哈戈抓到你的，"王子托接着说，"他用神奇的科学手段造成你的失败。你倒下之后，他使你失去了知觉，你在那种状态下被放到一个由树干牢牢拼接在一起的担架上，那是他们临时做的，由一群羚羊拖着走。他们将你安全送到维尔托皮斯马库斯之后，佐恩斯罗哈戈开始用他自己发明的设备缩小了你的身体。我听别人讨论过这件事，他们说并没有花费他很长时间。"

"我希望佐恩斯罗哈戈可以逆转这个结果。"泰山说。

"他们说这个不一定。尽管他在不少实验中成功缩小了许多低等动物，但他从来没能够增加生物的大小。"王子继续说道，"事实上，他一直在想办法放大维尔托皮斯马库斯人的尺寸，这样他们就可以去征服米努尼的其他民族，但到目前为止他只做到了相反的效果。如果他不能将别人变大，我怀疑他能否让你恢复正常大小。"

"如果有一天我回到了我自己的世界里，我该怎样面对我的敌人呢？"泰山沮丧地说。

"不必担心，我的朋友。"王子温和地说。

"为什么？"泰山问道。

"因为你基本上没有机会回到自己的世界了，"科莫多弗洛伦萨尔略带伤感地说，"我也回不去特鲁哈纳达马库斯了，除非我父亲的战士彻底攻克维尔托皮斯马库斯，否则没有人能攻下采石场入口的守卫。我们虽然经常在敌人的城市抓到白袍奴隶,但我们很少能抓到绿袍奴隶——只有在极少数情况下,比如在白天突击的时候,这种机会极其罕见。"

"你觉得我们会在这个地洞里度过余生吗?"泰山问。

"除非我们偶尔有机会白天在地面上干活。"特鲁哈纳达马库斯的王子苦笑着回答。

泰山耸耸肩。"但愿。"他说。

卡尔法斯托班离开后,克拉夫塔普一瘸一拐地走到屋子尽头,嘴里一直喃喃自语,丑陋的脸上布满阴云。

"我怕他会给你添麻烦,"塔拉斯卡对泰山说,将头转向那个心怀愤恨的奴隶,"我很抱歉,这都是我的错。"

"你的错?"科莫多弗洛伦萨尔问。

"是的,"女孩说,"因为克拉夫塔普威胁我,所以'$800^3 + 21$'才会干预,并且惩罚了他。"

"'$800^3 + 21$'?"科莫多弗洛伦萨尔问。

"那是我的编号。"泰山解释说。

"所以你是因为塔拉斯卡才打架吗?谢谢你,我的朋友!很抱歉我没能保护她,塔拉斯卡为我做饭,她是个好女孩。"他跟泰山说话的时候注视着那个女孩,泰山看到女孩的眼睛在科莫多弗洛伦萨尔的注视下低垂着,她的脸颊上出现了淡淡的红晕,于是他脑海中闪现出了一个念头,他笑了。

"这就是你跟我说的那个人?"他对塔拉斯卡说。

"是的,就是他。"

"他被抓了,我感到很抱歉,但是在这里能找到一个朋友是件好事,"泰山说,"我们三个应该想想怎么逃出去。"但他们二人摇了摇头,悲伤地笑了。

他们吃完饭之后一起坐着聊天,偶尔会有其他奴隶加入,因为泰山教训了克拉夫塔普之后立刻在这里结识了很多朋友。要不是泰山提了奴隶们怎么睡觉的问题,他们可能会彻夜交谈。

科莫多弗洛伦萨尔笑了起来,指着横躺在硬泥地上的躯体——男人、女人和小孩,他们都睡在刚刚吃饭的地方。

"绿袍奴隶可不是娇生惯养的。"他简单地说。

"我可以在任何地方睡觉,"泰山说,"但天黑了更容易睡着。我要等灯灭了再睡。"

"那你得等一辈子了。"科莫多弗洛伦萨尔告诉他。

"烛光永远不会熄灭吗?"泰山问。

"要不是因为这些蜡烛,我们早就死了,"王子答道,"这些烛火起到两个作用——它们不光驱散黑暗,还吸收了原本会让我们迅速窒息的有害气体。普通的蜡烛消耗氧气,而这种蜡烛是古代米努尼科学家的发明,它可以消耗致命气体,释放氧气。正是因为这一点,而非它们发出的光,你才会在米努尼的各个角落见到它们。如果没有这些蜡烛,我们的圆顶建筑将会是阴暗并且散发毒气和臭气的地方,在采石场干活也绝不可能了。"

"那我就不等它们熄灭了。"泰山说着,便在泥土地上伸了个懒腰,朝塔拉斯卡和科莫多弗洛伦萨尔点点头,用米努尼语说了一句"晚安"。

Chapter 13
瞒天过海

第二天早晨,塔拉斯卡准备早餐的时候,科莫多弗洛伦萨尔对泰山表示,他希望他们最好能干同一份工,这样就可以一直待在一起。

"如果像你说的,万一某天我们有逃出去的机会,"他说,"我们得一起才行。"

"离开的时候,"泰山回答说,"我们一定要带上塔拉斯卡。"

科莫多弗洛伦萨尔迅速瞥了一眼泰山,对其提议不置可否。

"你要带我一起走!"塔拉斯卡喊道,"啊,如果这样的梦想可以实现,我愿意和你去特鲁哈纳达马库斯做你的奴仆,因为我知道你不会伤害我。唉,不过这只是一个短暂又愉悦的白日梦罢了,因为卡尔法斯托班已经说了要带走我,我的主人肯定很乐意把我卖给他,我听奴隶们说他为了交税,每年都要卖很多奴隶来筹钱。"

"我们会竭尽全力,塔拉斯卡,"泰山说,"如果我和奥波纳托找到了逃生手段，我们会带着你一起——但首先，我和他必须先想办法让我们在一起的时间更多。"

"我有一个计划，"科莫多弗洛伦萨尔说，"这计划可能会成功。他们现在认为你既不会说也不能理解我们的语言。事实上，让一个他们不能与之交流的奴隶在这里工作怎么说都是令人不快的。我要告诉他们我可以和你沟通，这样一来他们很可能会把我们分配到同一个地方干活。"

"但是，如果不使用米努尼语，你怎么和我沟通呢？"泰山问道。

"交给我吧，"科莫多弗洛伦萨尔说，"除非他们用别的方式发现你其实会说我们的语言，否则我可以一直欺骗他们。"

科莫多弗洛伦萨尔的计划不久之后就派上用场了。卫兵们来找奴隶，泰山和上千个其他奴隶一起从走廊向他们的干活场地蜿蜒前进。泰山加入了三十六层第十三条地道的木工队伍，他将单调的工作干得很出色，甚至得到了粗暴的卡尔法斯托班的赞扬。不过，在他前方搬岩石的克拉夫塔普却时不时回头，向泰山投来恶毒的目光。

就这样，他们干了两三个小时的活，这时有两个士兵走下隧道，护送着一个绿袍奴隶，三人停在卡尔法斯托班旁边。泰山并没有过多关注这个奴隶和他身边的士兵，直到战士和监工的谈话断断续续地传到他的耳朵里。然后，他匆匆看了一眼他们所在的方向，发现那个奴隶正是科莫多弗洛伦萨尔——特鲁哈纳达马库斯的王子，在这里被叫作"奥波纳托"，即米努尼的数字"800^3+19"。

泰山的编号贴在他绿色外衣的肩膀上，代表"800^3+21"。

泰山肩上的数字用阿拉伯数字表达是512000021，用米努尼的语言的形式写下来占用的空间要少很多，而如果用文字来描述的话会十分难读，因为它会是"十乘以十乘以八，结果的三次方加上七乘以三"。但是,小人们并不这样翻译这个数字,"奥庞坦多"对他来说就是一个整数,它乍一看是单个特定的、明确的数量单位,就像数字三十七对于我们来说代表一个不变的量,我们从来不会觉得这是"3×10+7",虽然事实上它就是。尽管从欧洲人的角度看,小人国的计数系统既麻烦又笨拙,但它并非一无是处。

泰山看向他们的时候,科莫多弗洛伦萨尔和他四目相对,对他使了个眼色,然后监工示意泰山过来。于是他穿过走廊,在监工面前沉默地站着。

"让我们听听你和他说话。"卡尔法斯托班对科莫多弗洛伦萨尔喊道,"我不相信他会理解你,他要是听懂你说的话,为什么听不懂我们说的呢?"他想象不出除了自己的本族语之外还有另一种语言。

"我要用他自己的语言问他话,"科莫多弗洛伦萨尔说,"如果他听得懂,你会看到他点头表示肯定。"

"很好,"卡尔法斯托班大声说,"问他。"

科莫多弗洛伦萨尔转向泰山,一口气说了十几个乱七八糟又难以理解的音节。他说完的时候,泰山点了点头。

"你看。"科莫多弗洛伦萨尔说。

卡尔法斯托班挠着头。"居然就像他说的一样,"他沮丧地承认,"泽塔拉克洛人也是有语言的。"

科莫多弗洛伦萨尔的巧妙骗术成功使维尔托皮斯马库斯人相信了他可以用一种异域语言和泰山交流。泰山原本是要笑的,但他没有。只要科莫多弗洛伦萨尔可以设法把所有对话变成能用"是"或"否"回答的问题,那么他们的伎俩就可以一直维持下去;但是总会存在一些情况可能不方便这样做,那么尴尬的局面就会产生。他很好奇这个足智多谋的特鲁哈纳达马库斯人会怎样处理那种场面。

"告诉他，"一个士兵对科莫多弗洛伦萨尔说，"他的主人佐恩斯罗哈戈已经派人来找他了，你问他是否彻底明白他是个奴隶，如果他表现好的话他就有好果子吃——是的，包括活命的机会，因为佐恩斯罗哈戈掌握着他的生死大权，其他的王室成员也有这个权利。如果他对主人温顺听话，他就不会有麻烦，但如果他懒惰、无礼，或者威胁到了他的主人，他就可能尝到剑的滋味。"

这一次，科莫多弗洛伦萨尔用了一串更长的无意义音节，最后表情严肃地表达了他的意思。

"告诉他们，"泰山用英语说，当然他们中没有一个人听得懂，"我一有机会就会折断我主人的脖子；另外，我还会毫不犹豫地抓起这些木材中的一根，刺穿卡尔法斯托班和其他战士的头盖骨。一有机会我就带着你和塔拉斯卡跟我一起逃跑。"

科莫多弗洛伦萨尔专注地听着，直到泰山说完，然后他转身面对那两个和他一起找到泰山的士兵。

"巨人说，他完全明白他的身份，他很乐意为高贵而杰出的佐恩斯罗哈戈服务，但他只有一个小小的请求。"王子自顾自地翻译道。

"什么样的请求呢？"一个士兵问。

"我需要被允许陪同他一起去，这样他就可以更好地满足主人的愿望，要是没有我，他甚至都不知道他需要干些什么。"科莫多弗罗伦萨尔解释说。

泰山现在明白科莫多弗洛伦萨尔为什么说他可以克服任何交流上的困难了，只要他继续假装听不懂米努尼语，他就能在他机智的朋友手中安然无恙。

"当我们听说你可以和这个家伙交流的时候，这个想法在我们的脑海里也出现了,"这名战士说,"你们两个都要被带到佐恩斯罗哈戈那里去,当然,他做任何决定都不需要征求你或者其他奴隶的同意。来,卡尔法斯托班监工,我们交接一下这个巨人奴隶吧。"他们把一张纸递给了监工,上面写着一些奇怪的文字。

然后,他们抽出剑,示意泰山和科莫多弗洛伦萨尔走在他们前面,因为泰山教训克拉夫塔普的传闻已经传到了采石场的守卫室,这些士兵不敢冒险。

那条路穿过笔直的走廊,沿着一条蜿蜒的螺旋通道延伸到地面。在那里,泰山几乎带着感激之情迎接阳光和新鲜空气。对泰山来说,即使只被关在黑暗的地方一天,那也是非常残酷的惩罚。他在这里又看到数不清的奴隶背着沉重的负担来回走,神气活现的士兵走在长队的侧面。地面上还能看到高等贵族和许多白袍奴隶,他们有的为主人跑腿,有的为自己的生意或乐趣奔波,因为他们中许多人有一定的自主权,享受着和自由人几乎一样的待遇。白袍奴隶都有主人,但是,有一小部分人,特别是那些熟练的技工,他们只需要付给其主人一定比例的收入就可以。他们是米努尼的资产阶级成员,也是奴隶阶级中的高阶群体。和绿袍奴隶不同,这些人身边没有警卫,因为他们没有逃跑的必要,毕竟去了任何一个其他城市他们的状况都不会好于这里,相反他们在别的地方就成了外来的囚犯,因为他们不是在那里出生的,只会立即穿上绿色上衣,开始一辈子的苦役生活。

和特鲁哈纳达马库斯一样,维尔托皮斯马库斯的穹顶也很壮观。事实上对泰山来说,由于他的体型只有离开特鲁哈纳达马库斯时的四分之一大,这些建筑看上去似乎更加宏伟了。有八个穹顶建筑已经住满了人,第九个正在建造的过程中,因为维尔托皮斯马库斯的地表已经有四十八万人口,除了国王的宫殿之外,剩下的七个现在都挤满了人。

泰山和科莫多弗洛伦萨尔正在被带往王宫,但他们没有走国王长廊,那个地方的门前飘扬着白色和金色相间的王室旗帜,他们走的是通往西边的战士长廊。不同于特鲁哈纳达马库斯,维尔托皮斯马库斯的圆顶建筑之间种了鲜花、灌木和其他树木,景致很美,其间还穿插着蜿蜒的石子路和宽阔的道路。王宫穹顶对面是一个大型阅兵场,一群骑兵正在那里操练。他们一共有一千人,由四个二百五十人的小队伍构成,而这些小队伍是由五个五十人的小分队组成的,每个小分队又由五个十人小组构成。大部队的军事队形千变万化,他们的羚羊非常敏捷,受过良好的训练。泰山经过那里的时候,他对其中一种队形变化特别感兴趣——在阅兵场的一端,两个二百五十人的小队伍排列成行,另外两个小队伍位于阅兵场的另一端,他们在总指挥官的命令下一同冲到战场朝对面的队伍逼近,速度堪比一列特快列车。看上去,一场严重的事故似乎不可避免了,骑手和羚羊一定会相撞,血腥的一幕就要上演。但是,战士们飞快地牵引敏捷的坐骑,从对面战士的头顶飞过,落在另一边的地面上,整个队形没有被打破,他们共同骑到了场地的尽头。

他们继续沿着战士长廊向前走,泰山对科莫多弗洛伦萨尔评论维尔托皮斯马库斯的军事演习和美丽景观,他的声音很低,两人较远地走在前面,领先护送他们的士兵,以防被他们发现他使用了米努尼语。

"这种位置变换确实很出色,"科莫多弗洛伦萨尔回答说,"训练的精准程度几乎无人能及。我听说埃尔科米哈戈的部队因完美的演练而闻名,而且你也看到了,维尔托皮斯马库斯的人行道和花园也很美——但是,我的朋友,这些东西正是这座城市的弱点。

埃尔科米哈戈的战士在条件优越的城市里训练他们军队同时,我父亲阿登德罗哈基斯的战士却远赴营地,在艰苦的条件下实战演练,那里找不到痴迷的妇女和像我们这样偷看的奴隶。如果要比拼阅兵队的造型,埃尔科米哈戈的军队可以轻易取胜。但是,不久之前你见过特鲁哈纳达马库斯人用不到一万五千名战士就击退了三万维尔托皮斯马库斯人,敌军那天甚至都没有接近我们的步兵阵营。不过,既然这些人勤勤恳恳地在这里操练,他们就是勇敢的——所有的米努尼人都很勇敢——问题在于他们接受的训练一点都不严苛,因为这不是埃尔科米哈戈的行事风格。他懦弱而昏聩,耽于享乐,只采纳自己爱听的建议。弱者和女人劝他完全规避战争,他觉得很中听。不过,如果他能说服其他人也休战,那他才能高枕无忧。

"维尔托皮斯马库斯的乔木和灌木确实很美观,它们几乎组成了一片森林。你很欣赏这些植被,我何尝不是呢?尤其在敌人的城市里,我更加喜爱它们。在晚上,特鲁哈纳达马库斯人的军队在美丽的树丛的掩藏下,要想偷偷摸摸地爬到维尔托皮斯马库斯圆顶建筑的门口是多么容易啊!我的朋友,你现在应该知道为什么你在我们的阅兵场上看到的动作不那么完美了,也知道为什么我们尽管喜欢乔木和灌木,却没有在特鲁哈纳达马库斯城种植哪怕一棵树了吧?"

其中一个士兵快速从后面跑到他们身旁,碰了碰科莫多弗洛伦萨尔的肩膀。"你不是说巨人不懂我们的语言吗?那你为什么还要跟他说他听不懂的话?"那个士兵问他。

科莫多弗洛伦萨尔不知道他对面的人听到了多少——如果这个士兵听到了泰山用米努尼语说话,那他将很难说服他泰山不懂这门语言;不管怎样,他不得不假设对方没有听到泰山说话。

"他想学习，我正在试着教他。"科莫多弗洛伦萨尔迅速回答。

"他学到了什么吗？"士兵问。

"没有，"科莫多弗洛伦萨尔说，"他很蠢。"

之后他们沉默地走着，在又长又平缓的斜坡上蜿蜒向前。有时候建筑的上一层和下一层之间没有斜坡连接，他们就会登上人们搭建的原始梯子。在战争期间，出于防御目的，这些梯子时常会被拿掉，在高处捍卫领地的人可以很轻易地在上方将梯子收起来，他们还可以更直观地观察敌人的进攻动向。

埃尔科米哈戈国王的宫殿非常恢宏，如果按照正常人类的比例来算，王宫最顶端的高度已经超过了四百英尺，泰山如今距离地面的高度差不多和他在地下石矿场时一样了。虽然建筑底层的走廊里挤满了人，但他们现在所走的地方却冷冷清清。他们偶尔会经过一个住人的房间，但更多的时候他们路过的屋子都是用来存放东西的，尤其是食物，很多腌制好的食物被仔细地包好放在那里风干，许多大房间里的食物已经堆到了房顶。

整体来说，较之底层，这里墙壁的装饰没有那么华丽，走廊也变得更窄了。但是，他们经过了许多装饰得富丽堂皇的大房间和大厅，其中几间里有各种男女老少，有的在从事家政活动，有的则在做不同种类的手工活计。

一个银匠好像正在打磨一个精致的金银丝手镯；另一个人正将秀丽的纹饰刻在皮革上面；还有制陶人、织布工、金属印章匠人、油漆工，以及制造蜡烛的人，最后者在数量上似乎最为庞大，因为蜡烛对米努尼人来说是生活中最不可或缺的一部分。

最后，他们到达了最顶端，这里远远高出了地面。由于顶层墙壁的厚度减小了，因此这些房间离自然光更近。但是，即使是这里也有蜡烛的存在。突然间，走廊的墙壁变得华丽，蜡烛的数量增加了,泰山因此感觉到他们正在接近一个有钱或有权的贵族的住处。他们在门口停下来,那里有一个人在站岗,卫兵向他通报情况。

"告诉佐恩斯罗哈戈大人,我们带来了巨人和另一个可以用陌生的语言和他交流的奴隶。"

哨兵用长矛重重地敲击了一下锣,然后,一个人从房间里面出来,哨兵向他重复了刚刚那个士兵通报的信息。

"让他们进去吧,"新来的白袍奴隶说,"我光荣的主人佐恩斯罗哈戈大人正等着他的巨人奴隶!跟我来!"

他们跟着他穿过了几个房间,最后来到一个衣着华丽的战士面前,那个战士坐在一个大桌子后面,桌上摆着许多奇怪的仪器,还有又大又笨重的书册,一沓厚厚的纸,以及其他必备的书写工具。他们走进房间时,那个人抬起头来。

"大人,这是您的奴隶巨人。"领他们到这里来的人说。

"那另一个呢?"佐恩斯罗哈戈指向科莫多弗洛伦萨尔。

"他可以讲巨人说的奇怪语言,如果您愿意的话,您可以借助他和巨人交流。"

佐恩斯罗哈戈点点头,他转向科莫多弗洛伦萨尔。

"问问他,"他命令道,"我缩小了他的尺寸之后,他有没有觉得什么不同。"

当科莫多弗洛伦萨尔用编造的语言抛出这个问题之后,泰山摇了摇头,用英语说了几个字。

"他说没有,杰出的大人,"科莫多弗洛伦萨尔假装翻译道,"他问你他什么时候能恢复正常体型,并可以回到他自己的国家,那里离米努尼很远。"

"他应该知道,"佐恩斯罗哈戈说,"他永远都不会被允许回到

瞒天过海 | 133

特鲁哈纳达马库斯了。"

"但他不是特鲁哈纳达马库斯人，他也不是米努尼人，"科莫多弗洛伦萨尔解释道，"他自愿来到我们那里，我们没有让他做奴隶，而是把他当作朋友，因为他来自一个我们从未发动过战争的遥远国度。"

"那是什么国家？"

"我们不清楚，但他说那个伟大的国家远在荆棘林之外，那里居住着数百万和他一样大的人。他说他的同胞不会亏待我们，因此我们不应该奴役他，应该把他当作客人对待。"

佐恩斯罗哈戈笑了。"如果你相信这一点，那你一定是个简单的人，"他说，"我们都知道，在所有人居住的蓝色穹顶外面只有无穷无尽的荆棘森林。我可以相信这个人不是特鲁哈纳达马库斯人，但他肯定是米努尼人，因为所有的生物都住在米努尼。毫无疑问，他是一种奇怪的泽塔拉克洛人，属于居住在偏远山脉的部落成员，我们以前从未发现过；但不管怎样，他永远不会——"

这时，佐恩斯罗哈戈的话被门外巨大的锣声打断了，他停下来，数了数敲击的次数，当锣声达到五下并停止之后，他转向那几个带泰山和科莫多弗洛伦萨尔来到这里的战士们。

"把这两个奴隶带到那间屋子里去，"他吩咐道，指着房间后面的一扇门，"国王走了以后，我会再派人去找他们。"

当他们正往佐恩斯罗哈戈指的那扇门口走的时候，一名战士在大厅的正门前停住了。"埃尔科米哈戈，"他宣布道，"维尔托皮斯马库斯的国王，万人之王，万物之主，全知、全勇、至尊的陛下！为国王行跪拜礼！"

泰山退出房间时回头瞄了一眼，看到佐恩斯罗哈戈和房间里的众人都跪在地上，身体尽量后仰，双臂高举过头顶，埃尔科米

134

哈戈和身后十二个华服战士走了进来。泰山情不自禁地把眼前的这个君王和特鲁哈纳达马库斯的那个统治者做比较，后者朴素而高贵，到哪里都不讲形式和排场，有时候甚至身边只有一个随行奴隶；没有人向他弯曲膝盖，可他却受到了极度的爱戴和尊敬。

埃尔科米哈戈进来的时候看到了奴隶和战士们离开。他向臣民们挥手致意，命令他们起来。

"我进来的时候，谁离开了房间呢？"他问道，用怀疑的目光打量着佐恩斯罗哈戈。

"奴隶巨人和另一个负责翻译他的语言的人。"佐恩斯罗哈戈解释说。

"让他们回来，"撒格斯托命令道，"我刚好想和你谈谈巨人。"

佐恩斯罗哈戈命令一个奴隶去把他们带回来，这期间埃尔科米哈戈坐在了佐恩斯罗哈戈刚刚坐的桌子后面的椅子上。当泰山和科莫多弗洛伦萨尔进入房间，陪同他们的卫兵将他们带到离国王坐的桌子的几步远的地方，他吩咐他们向国王行屈膝礼。

科莫多弗洛伦萨尔是特鲁哈纳达马库斯人，他从小就知道奴隶制的传统是怎样的，他意识到战争带给他的宿命，接受了被奴役的现状，所以毫不犹豫地单膝跪地，向这个异国君王行礼致敬；但泰山没有，他想他之前都没有向阿登德罗哈基斯行礼，那他也不打算向这个侍臣和奴隶都鄙视的维尔托皮斯马库斯国王屈膝。

埃尔科米哈戈怒视着他。"那个家伙没有下跪。"他低声对佐恩斯罗哈戈说，后者的身体还是后仰的姿势，因此他没有注意到这个新奴隶的不敬行为。

佐恩斯罗哈戈望向泰山。"跪下，奴隶！"他叫道，然后回想起泰山听不懂米努尼语，所以命令科莫多弗洛伦萨尔叫泰山跪下，但是当特鲁哈纳达马库斯的王子假装这样做时，泰山只是摇了摇头。

埃尔科米哈戈示意其他人站起来。"这次就饶过他了。"他说，因为他从这个奴隶的态度中发现他是不会向自己下跪的，而既然这个奴隶对试验还有价值，国王便宁可委屈一次，而不是轻易赐死他，"他不过是个无知的泽塔拉克洛人。确保我们下次见到他之前有人能教他怎么做事。"

Chapter 14
目睹试验

　　五十个强壮的女哑人一同向森林前进,准备去惩罚那些不听话的男人。她们带着沉重的棍棒和很多翎毛石子,不过这些武器都不及这群人燃烧的愤怒可怕。从来没有一个男人敢于质疑她们的权威,也从来没有哪个男人敢对她们表达除了恐惧之外的其他情绪。但是现在,男人们不仅逃走了,居然还敢反抗她们、攻击她们,甚至杀死她们!这种情况实在太荒谬了,它的存在原本就有违常理,因此不会持续多久的——如果她们会说话,她们一定会这么说,并且还会说很多其他事情。男人们不会有好果子吃的,因为这些女人的情绪很糟糕。话说回来,对于那些被剥夺了语言能力的女性,她们还能做什么呢?于是她们带着熊熊怒火来到一大片空地上,叛逃的男人在那里生了火,他们正在烹煮羚羊肉。女人们从来没有见过她们的男人被喂养得这么好,他们过去总是显得骨瘦如柴、形容枯槁,因为在人猿泰山赋予第一个女人的儿子武器之前他们的伙食从来没有这么好。他们曾经在女人的追逐下逃跑，生活在持续的恐惧中，从来没有时间去寻找像样的食物。现在他们有了很多闲暇时间，还获得了内心的安宁，手里的武器能给他们带来之前一年里都吃不上的美味。曾经以毛毛虫和蛆为食，但他们现在很快过渡到了有羚羊肉作为稳定食物来源的富足生活。

但是，这些女人几乎没有注意到男人们的外表。她们发现了敌人，这就够了。当女人们慢慢走近的时候，其中一个男人抬起头发现了她们，他一直以来的习惯让他忘记了新获得的独立和自由，于是立即跳起来躲藏到树林里。其余人发现了同伴急躁的原因之后，紧跟着他跑了。女人跑过空地，看着他们消失在对面的树丛中。她们知道男人们接下来会怎么做——一旦进入森林，他们就会躲在最近的树后面，回头看他们的追赶者是否跟了上来。正是这种愚蠢的习惯让那些不如他们敏捷的女性很容易就能抓住他们。

但是，这些男人并没有离开，其中一个人原本拼命奔跑，但他突然停住脚步，转过身朝着迎面过来的女人。那是第一个女人的儿子，从泰山那里他不仅学会了如何使用新武器，对丛林之王的崇拜之情更是给了他勇气的来源。所以，当他胆小的同伴们躲在树后面的时候，他们看到眼前的这个人孤零零地面对五十个愤怒的女人。所有人都看到他把箭放到弦上，但只有女人们不明白这是为何——不过她们很快就会知道了——然后是弓箭发射的声音，站在最前面的那个女人应声倒地，因为箭射中了她的心脏。即使这样，其他人并没有立即停下来，因为这一切发生得太快了，她们缓慢的脑回路还没有搞清楚这是什么意思。很快，第一个女人的儿子将第二支箭发射出去，另一个女人立刻倒下了，在地上翻来覆去地滚。看到这些,其余的人开始迟疑,不知道该如何是好。正是这个短暂的停顿给了树后面张望的男人们进攻的勇气。如果他们中的一个人能让五十个女人停下来,十一个男人又有什么不能完成的事情呢?他们拿着矛和箭冲了出去,这时女人们重新发起了攻势。翎毛石子飞得很快,但更快更准的是男人们射出的箭。领头的女人们勇敢地向前冲去,她们试图近距离地将厚重的棒槌砸过去,同时用强有力的双手抓住那些男人,但是她们试过才知道原来长矛比棍棒更可怕,那些没有受伤的人赶忙落荒而逃。

就在那时,第一个女人的儿子显露出了一种难能可贵的将帅风度,他一瞬间的行为决定了那一天,甚至从今往后每一天哑人的生活,都将具有划时代的重大意义。他没有满足于把对手击退,也没有为赢得的荣誉沾沾自喜,取而代之的是,他扭转了男女性别的优劣势——他上去追逐那些逃窜的女人,并示意他的同伴们跟着他。其余的男人看到女人纷纷躲避他们,面对这样的大逆转每个人都激动不已,迅速跳上前追赶她们。

他们以为第一个女人的儿子想杀死所有的敌人,因此当他们看到他拦住一个秀气的年轻女子,抓住她的头发,并且拿下她的武器时,他们感到很惊讶,停下来围着他,用手势语问他问题。

"你为什么拉着她?"

"为什么不杀了她?"

"你不怕她杀你吗?"

"我要留着她,"第一个女人的儿子回答,"我不喜欢做饭,她以后得为我做饭。如果她拒绝我,我就用这个扎死她。"他用手里的矛朝着那个女人的肋骨做出刺的动作。她害怕地退缩,吓得单膝跪地。

其余的男人立即看到了这个计划的价值所在,他们兴奋地上

目睹试验

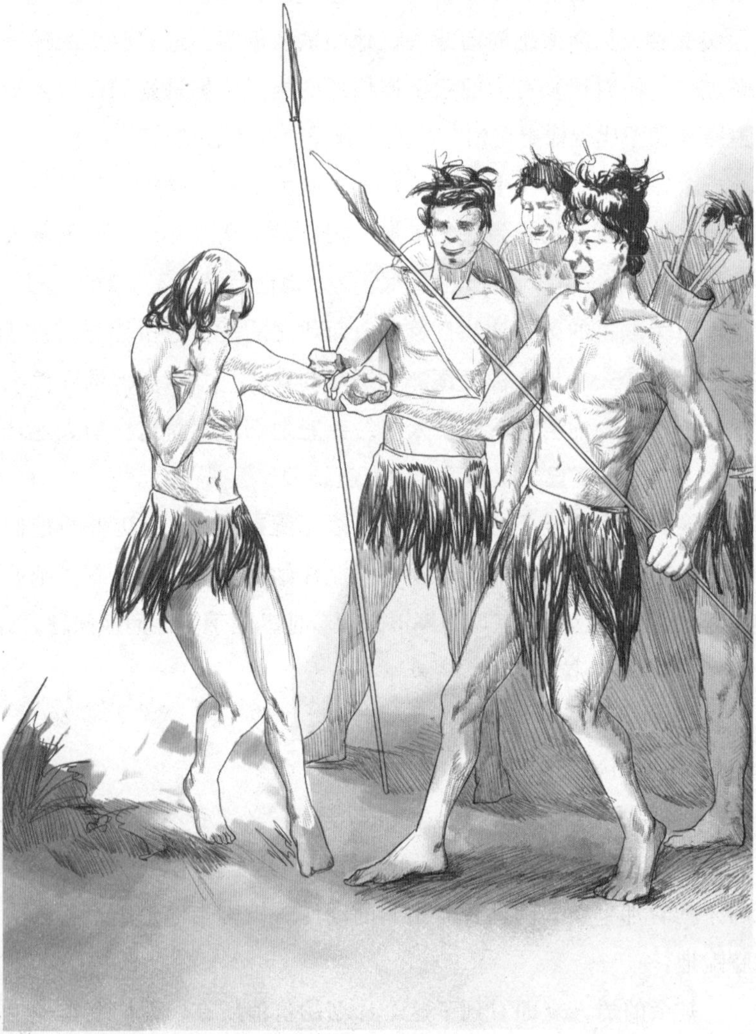

蹿下跳。

"她们去哪儿了?"男人们互相询问,他们发现那些女人已经消失了。

其中一个人向她们逃跑的方向动身。"我去找!"他表示,"我要带一个自己的女人回来给我做饭!"其他人也跟着他飞快地跑开,留下第一个女人的儿子和那个他选择的女人。他转身面对她。"你会为我做饭吗?"他问道。

女人只是阴沉着脸发出咆哮声。第一个女人的儿子举起他的长矛,用沉重的矛杆击中了这个年轻女人的头,将她打倒在地。他站在旁边俯视她,咆哮着,对她怒目而视,进一步发出恐吓和威胁,而她则蜷缩在刚刚倒下的地方。他踢了她一脚。"站起来!"他命令道。

她慢慢地爬起来跪在那里,抱着他的双腿,用狗一样讨好和忠实的表情凝视他的脸。

"你会为我做饭的!"他再次坚持道。

"永远!"她用哑人族的手语回答。

泰山只在佐恩斯罗哈戈和埃尔科米哈戈会面隔壁的小房间待了一会儿,他很快就被单独召唤到他们面前。他走进房间时,他的主人示意他靠近他们二人坐着的桌子前。屋内没有其他人,就连士兵也被支走了。

"你确定他一点都不懂我们的语言吗?"国王问道。

"自从被捕后,他都没说过话,"佐恩斯罗哈戈回答说,"我们原以为他是泽塔拉克洛人,直到后来才发现他会用一种语言,并可以借此和一个特鲁哈纳达马库斯的奴隶交流。在他面前我们完全可以畅所欲言,全知的陛下。"

埃尔科米哈戈快速向他的同伴狐疑地瞥了一眼。在所有人中,他唯独希望佐恩斯罗哈戈能称他为"至尊的陛下",至少这个称呼没有那么明确的含义。他的智慧程度也许能欺骗得了别人,甚至包括他自己,但他很清楚他骗不了佐恩斯罗哈戈。

"我们至今还没有充分讨论过这个试验的细节,"国王说,"我今天来实验室正是出于这个目的。现在我们就针对这个现成的主题彻底讨论这个问题,决定一下我们接下来应该采取什么行动。"

"是的,全知的陛下。"佐恩斯罗哈戈回答。

"叫我撒格斯托。"埃尔科米哈戈厉声说。

"是的,撒格斯托,"佐恩斯罗哈戈说,他遵循埃尔科米哈戈的吩咐,使用了小人国语言中意为"王室统治者"或"国王"的这个称谓,"我们来充分地讨论一下这件事吧,它对您治理这个国家极为重要。"事实上他知道埃尔科米哈戈想讨论这个问题仅仅是因为他想让自己给出一个详细的说法,阐释他如何将巨人的身形缩小到了原来四分之一的大小。如果可能的话,国王会尽可能地向他索取情报,然后利用这些信息来强化自己的力量。最终,无论佐恩斯罗哈戈为这个伟大的科学奇迹付出了多少日日夜夜,无论这项试验的成果多么辉煌,他自己的全部功劳都会归国王所有。

"在我们开始讨论之前,伟大的国王陛下,"他说,"我请求您赐予我一个恩惠。一直以来我都没有底气说出我的这个心愿,因为我知道我才疏学浅,不配得到您公正规则的嘉奖。"

"你想要什么恩惠?"埃尔科米哈戈冷冷地问道。他打心眼里害怕这个聪明绝顶的人,而他自己是个懦夫,因此对他来说害怕即嫉恨。如果他能杀死佐恩斯罗哈戈,他不会等到今天,而他之所以没有这么做是因为这个伟大的奇术士几乎可以实现国王的所有科学创想,且不说他还做了很多重要的发明来保护国王的人身安全。

"我想成为王室议会的成员。"佐恩斯罗哈戈说。

国王有点坐立不安。在维尔托皮斯马库斯所有的贵族中，面前的这个人是他最不希望成为王室议员的，因为他选择议员的标准就是看谁的头脑最愚笨。

"没有空缺了。"他终于说道。

"对万人之王来说，您创造一个空缺应该很容易，"佐恩斯罗哈戈建议，"或者创造一个新的职位，比如首席长官助理之类的，这样一来，戈夫洛索缺席的时候就有人可以顶替他的位置。其他时候，我不需要参加议会的集会，而是会把时间花在完善我们的科学发明上。"

这不失为一个退路，埃尔科米哈戈抓住了它。他并不反对佐恩斯罗哈戈通过成为王室议员来摆脱沉重的所得税，税收的制定者们早就谨慎地不让这个负担落到自己头上，他知道这可能是他想成为议员的唯一原因。不，只要能安排新议员不出席任何会议，那国王就对这项任命没有异议——如果佐恩斯罗哈戈在场的话，即使贵为君主，埃尔科米哈戈也会稍微顾忌将对方的伟大发明全部归功于自己。

"很好，"国王说，"从今天开始你就可以接受任命。我需要你参加会议时，我会派人去叫你。"

佐恩斯罗哈戈鞠了一躬。"现在，"他说，"谈到我们的试验，我们希望它能提供一种方法放大士兵的体型，让他们去和敌人作战，等到他们归来时再将他们缩小到正常大小。"

"我讨厌谈及战争。"国王战栗着说。

"但当敌人攻上前的时候我们必须做好准备，这样才能取胜。"佐恩斯罗哈戈建议。

"我想是的,"国王同意道,"不过,一旦我们完善了这个方法,我们只需要一小部分战士就足够了,剩下的人可以去从事和平又有用的职业。好了,继续讨论吧。"

佐恩斯罗哈戈在心里默默笑了,他站起来,走到桌子尽头,停在泰山旁边。"在这里,"他说着,把一根手指放在泰山的头骨底部,"你要知道,这里有一个略微发红的灰色物质,很小,呈椭圆形,它里面含有一种可以影响身体组织和器官生长的液体。我很久以前就想过,如果我干扰这个腺体的正常运作,那么它所在的主体的生长也会发生改变。我在小老鼠身上做过试验,效果很显著,但我想要增加它的身形,这个却怎么都实现不了。我已经尝试过很多次了,相信总有一天可以找到正确的办法,我觉得我离成功已不远矣。如您所知,用一块光滑的石头轻轻敲打人的脸部会产生愉悦的感觉;用同样的方法和同样的石头继续敲打脸颊,但是如果力度大大增加,这时产生的感觉却完全相反。同样,用石头在脸上慢慢地来回摩擦多次,之后重复相同的动作和相同的次数,但是增加速度,你会发现结果也是完全不同的。现在我离一切水落石出已经很近了,我的方法没有问题,只是暂且还不能正确地运用它。我可以缩小生物的体型,但我不能放大它们。另外,虽然我可以很轻松地办到这一点,但我还不能控制它们缩短的周期或持久性。某些情况下,被试验者在三十九个月之后将恢复正常大小;而在另外一些情况下,他们在短短三个月之内就可以复原;还有几次,被试验者在七天之内逐渐恢复了正常的身高;但是另有几次,它们被缩小之后心跳还没跳一百下就突然恢复了原来的体型——在清醒状态下,后面这种情况还通常伴随着昏厥和无意识。"

"当然,"埃尔科米哈戈评论道,"现在让我们看看,我相信事情比你想象的要简单。你说要缩小受试者的体型,你需要用一块石头击中他头骨的底部,那么,要想扩大他的体型,最科学的做法自然就是在他的前额给他类似的一击。去拿块石头来,我们试试看就能证明我的理论是正确的。"

佐恩斯罗哈戈一下子不知道该怎么劝国王放弃这个馊主意,他需要恰到好处,不能伤及他的自尊或者激起他的怨恨。好在,埃尔科米哈戈的朝臣都擅长在这样的紧急情况下迅速动脑筋,于是佐恩斯罗哈戈很快就找到了摆脱困境的方法。

"陛下,您的睿智是所有子民的骄傲,"他说,"而您卓越的夸张手法也让臣子们望尘莫及。您用灵巧的比喻道出了这个问题的解决方案——的确,通过颠倒我们把巨人缩小的步骤,我们应该能够放大它;不过,唉,我试过了,可惜失败了。但是,等等,让我们细细地把这个实验重复一遍,先用原来的办法操作,然后尝试扭转它,我们或许就能发现为什么我之前会失败了。"

他快步穿过房间,对面的墙边立着一排大柜子,他走到其中的一个柜子旁打开门,里面露出来一个笼子,笼子中装着一些啮齿动物。他选了其中一只回到桌子旁,在那里用木栓和绳子把啮齿动物固定在一个光滑的木板上,伸展开它的腿,放平它的身体,将其下颚牢牢地搁在一个和木板表面齐平的小金属板上。然后,他拿出一个小木箱和一个大金属圆盘,圆盘垂直安置在支架之间,可以通过一个曲轴快速旋转。在可以转动的圆盘的同轴线上,还固定着一个静止的圆盘,后者看上去是由七个部分组成的,不同的区域用的是不同的材料,且每个部分都有一个衬垫或者是刷子从中凸起,轻轻地抵在旋转的圆片上。

在静止的圆盘的反面,七个区域分别通过一根金属丝和木箱上表面伸出来的七根柱子相连接。在盒子上方的一根柱子上有一根金属丝，它的另一端有一个小而弯曲的金属板，附着在一个皮质项圈的内侧。佐恩斯罗哈戈把项圈套在动物的脖子上，使得金属板和头颅下面的皮肤接触，并尽可能使其靠近垂体腺。

接着，他又把注意力转移到木箱上，上面除了七个柱子之外还有一个圆形仪器，中间镶嵌着一个边缘刻有文字的表盘。从这个刻度盘的中心伸出七根管状的同心轴，每个上面有一个针头，颜色和形状很特别。在刻度盘的下方，七个小金属圆盘放置在木箱的上表面，这样当金属轴旋转的时候，它不系物的自由端就可以根据操作者的意愿移到七个金属盘中的任意一个上。

做好这些连接之后，佐恩斯罗哈戈把轴的自由端从一个金属盘移到另一个金属盘上，同时目不转睛地盯着刻度盘，上面的七根针随着他把轴从一个点移动到另一个点而相应移动。

埃尔科米哈戈观察得很仔细，虽然他有些不明所以；这时泰山已经悄悄移到了桌子旁，观摩这个对他来说意义重大的实验。

佐恩斯罗哈戈继续操纵着旋转轴，指针从一组文字移动到另一组，直到最后他终于露出满意的表情。

"要想把仪器调整到我们赖以生存的器官的频率，"他说，"这并不总是容易的。所有的物质，包括像思想这样无形的东西都是由同样的粒子构成的，其中的差别很细微，以至于我最精密的仪器都很难探测到它。这些粒子组成了所有事物的基本结构，无论是有生命的还是无生命的，有形的还是无形的物质都适用于此，辐射的频率、数量和节奏决定了每种物质的性质。因此，圆盘上放置的这个垂体腺很重要，如果干扰了它的正常运转，器官所属的生物不仅会停止生长，实际上还会发生逆生长。因此我们降低辐射的频率，增加数量，调整它的节奏。我现在就开始做这个。"

说着，他立刻在木箱的一个表面操纵了几个小按钮，抓住那个可以转动的圆盘的曲柄,迅速转动起来。

结果瞬间就产生了,而且令人难以置信。在他们的眼皮底下,国王和泰山亲眼看到啮齿动物迅速缩小,而比例却保持不变。泰山一直用心关注着这个奇术士的每一个动作和每一句话,他俯身向前想要看清楚七个指针的位置,好在自己的记忆里留下永不磨灭的印象。这时候,埃尔科米哈戈抬起头,发现了泰山正盯着这一切。

"我们现在不需要这个家伙了,"他对佐恩斯罗哈戈说,"打发他走吧。"

"好的,陛下。"佐恩斯罗哈戈回答,他随即召唤了一个士兵,命令他把泰山和科莫多弗洛伦萨尔转移到一个房间里关起来,等下一次需要的时候再传唤他们。

Chapter 15
逃出囚室

士兵带着他们穿过几个房间和走廊,向圆顶的中心走去。这里与国王和奇术士会面的房间在同一层。他们最后被推到一个小房间里,一扇沉重的门在身后"砰"地关上了,从外面封锁起来。

房间里没有蜡烛,只有一束微弱的光线,因此室内不至于太昏暗,至少可以辨识周围。仅有的物件是两张长凳和一张桌子。那光线显然是日光,从一扇用铁条紧紧封锁的窗户照进来。

"这里没有外人了,"科莫多弗洛伦萨尔低声说,"我们终于可以说话了——不过必须得小心,"他补充道,"'不要信任你房间里的那堵墙!'"他引用了那句俗语。

"我们在哪里?"泰山问道,"你比我更了解米努尼人的住宅。"

"我们在埃尔科米哈戈王宫的最顶层,"王子答道,"国王要是拜访其他宫殿的话不会这样不拘礼节的,所以你基本可以确定这是埃尔科米哈戈的穹顶宫殿。我们现在在最靠里的一个房间里,紧挨着从顶端贯穿到底层的中央风井,这也是为什么我们不需要蜡烛来维持生命,因为这个窗洞提供了足够的空气。好了,你现在可以告诉我你跟埃尔科米哈戈和佐恩斯罗哈戈在房间里时发生了什么事情吧?"

"我发现了自己的身材是如何被缩小的,"泰山回答说,"而且,我在任何时候都有可能恢复我原来的尺寸,因为这个变化会在我缩小之后的三到三十九个月之间发生,不过就算是佐恩斯罗哈戈本人也不确定到底是什么时候。"

"但愿不要发生在这个小房间里。"科莫多弗洛伦萨尔惊呼。

"短时间内我确实出不去。"泰山同意道。

"你永远也逃不出去的,"他的朋友向他保证,"虽然你缩小之前可能可以爬过第一层的宽走廊,甚至其他低层的一些走廊,但是你却不能挤进高层的小走廊。我们接近顶层的时候,由于屋顶的高度增加了,这里的走廊也顺应着减少了宽度。"

"那我们就得尽快离开这里。"泰山说。

科莫多弗洛伦萨尔摇了摇头。"我的朋友,希望是美好的,"他说,"但如果你也是米努尼人,你就会知道,在这种情况下我们做什么都是在浪费精力。看看这些栅栏吧,"他走到窗边,握住沉重的铁条做了做摇晃的动作,"你觉得你可以除掉这些吗?"

"我还没有查看它们呢,"泰山回答说,"不过我永远都不会放弃逃生的希望;我与你们不同,这也是你们一直以来将自己囚禁在小角落的主要原因。你真是个宿命论者,科莫多弗洛伦萨尔。"

他一边说着一边穿过房间,站在王子身边,抓住了窗口的栏杆。"它们看上去不算特别重。"他说,同时向其发力。铁条居然弯曲了!泰山现在兴致来了,科莫多弗洛伦萨尔也一样。泰山使出全身的力气继续努力,结果有两根铁棒几乎弯曲成了两截,从固定的地方被揪下来了。

科莫多弗洛伦萨尔惊讶地看着他。"佐恩斯罗哈戈缩小了你的体型,但没想到你还保留着之前的力量。"他几乎是叫了起来。

"只能这么解释了。"泰山回答,说着把其余的铁栅栏从窗户上一个一个地取下来。他把一个短一些的铁条弄直了之后递给科莫多弗洛伦萨尔。"这会是一把不错的武器,"他说,"如果我们不得不为自由而战的话。"然后,他给自己也捋直了一个。

特鲁哈纳达马库斯人好奇地望着他。"你打算只带着一小截铁棒去挑战一个四十八万人口的城市吗?"他问道。

"还有我的智慧。"泰山补充。

"你确实需要用到智慧。"王子说。

"我会好好动脑筋的。"泰山向他保证。

"你准备什么时候开始行动?"科莫多弗洛伦萨尔打趣地问。

"也许今晚,也许明天,或者下个月——谁知道呢?"泰山回答,"必须等到条件成熟。我一直都在观察着、计划着,可以说从我一恢复意识,发现自己成了阶下囚之后,我就开始打算逃离。"

科莫多弗洛伦萨尔摇了摇头。

"你对我没有信心?"泰山问。

"我恰恰是有信心的,"科莫多弗洛伦萨尔回答说,"我的判断告诉我你不会成功,但我愿意将我的命运押在你的身上,希望你成功,没错,相信你能成功。如果这都不叫信心,那我不知道什么是。"

泰山微微一笑——他几乎从不笑出声来。"我们开始吧,"他说,"首先得把这些棍子摆成原来的样子,这样别人就不会从门口发现我们动过了它。我觉得我们偶尔会有客人到访的,起码有人会带来食物,而来到这里的人绝对不能发现任何蛛丝马迹。"

他们一起摆弄好了铁棍，以便之后可以很快地将其移走。这时候，屋子里已经开始变得一片漆黑。他们刚放好栅栏之后不久，门就开了，两个士兵用蜡烛照亮道路，带领一个奴隶送来食物。他们的食物盛放在像桶一样的容器里，水装在釉面陶器做成的瓶子里。

奴隶和士兵把东西放在门边，正要拿着蜡烛再次离开，这时候科莫多弗洛伦萨尔叫住了他们。

"我们没有蜡烛，武士，"他说，"你不给我们留一个吗？"

"在这个房间没必要用蜡烛，"那人回答说，"在黑暗中待上一晚对你们有好处，明天你们就会回到采石场，佐恩斯罗哈戈不需要你们了。在采石场，你们会有大把的蜡烛。"然后，他走出房间，关上身后的门。

两个奴隶听到门的另一边传来沉重的插销合上的声音。房间里现在很暗，他们费了好大的劲才找到盛有食物和水的容器。

"现在呢？"科莫多弗洛伦萨尔问道，他的手伸进一个食物罐子里，"你认为这样一来会很容易吗？明天你就会回到采石场了，那里可能距离地面五百华尔。"华尔是小人国的长度单位，大约等于我们的三英寸（以米努尼人的标准看是十二英寸）。这个长度单位和我们"英尺"的概念最接近（在我们看来一华尔却只有四分之一英尺）。

"但我不会回去的，"泰山答道，"你也不会。"

"为什么不呢？"王子问。

"因为既然他们打算明天叫我们到采石场去，那我们今晚就得逃走。"泰山解释说。

科莫多弗洛伦萨尔笑而不语。

泰山吃完了他那份食物之后站起来，走到窗前移除了栅栏，拿起自己选好的那一根，爬行着穿过通道，到了窗口的另一端。即便在如此接近穹顶的地方，墙壁还是很厚。高层的窗洞比低层的要小得多，低层几乎所有的窗洞都能让一个战士在里面直立行走，但在这里，泰山只能匍匐前进。

在窗口的最远端，泰山看到外面是一片黑色的虚空，上方有星星在闪闪发光，建筑的侧面则有室内模糊的光亮反射出来。他的头到穹顶的最高处只有一小段距离，而下方却是黑暗中深不见底的悬崖。

泰山从窗洞上看到了他能看到的一切后回到了房间。"科莫多弗洛伦萨尔，"他问道，"从这个窗洞到下一层的屋顶有多远？"

"可能有十二华尔。"科莫多弗洛伦萨尔说。

泰山从窗洞上取出最长的铁条，尽可能地测量它。"太远了。"他说。

科莫多弗洛伦萨尔问："什么太远了？"

"屋顶。"泰山解释道。

"屋顶在哪里又有什么区别呢——你不会是想从屋顶上逃走吧？"

"如果够得着的话当然可以，"泰山回答说，"但是现在我们只能通过中央通风井了，也就是说从通风井内部通到建筑外部，途中穿过整个穹顶建筑。这一条路线被发现的可能要小一些。"

科莫多弗洛伦萨尔大声笑起来："你似乎认为，要想逃离一座米努尼城市，你只需要走出去就行了。这是不可能的。哨兵是干什么的？还有外面的巡逻呢？你在半路上就会被发现，前提是你没有掉下去摔死，而且能走那么远。"

"那么也许中央通风井更安全一些，"泰山说，"我们到达最底端之前被发现的可能性很低，因为那里漆黑一片。"

152

"爬到井里去！"科莫多弗洛伦萨尔感叹道，"你疯了！你甚至都不可能从这一层安全爬到下一层，而这里到底部一定有整整四百华尔。"

"等一下！"泰山对他说。

科莫多弗洛伦萨尔可以听到他的同伴在黑暗的房间里走动，他还听到金属在石头上的刮擦声，然后他听到一声重击，声音虽然不大，却很沉重。

"你在干什么？"他问道。

"等一下！"泰山说。

科莫多弗洛伦萨尔等待着，带着好奇。然后泰山先开口说话了。

"你能找到采石场里囚禁塔拉斯卡的房间吗？"他问道。

"为什么要问这个？"王子不解。

"我们要去找她，"泰山解释说，"我们答应过不会抛下她离开的。"

"我能找到。"科莫多弗洛伦萨尔说。泰山感觉到他的语气相当沉闷。

在这之后的一段时间里，泰山一直在默默地干活，空气里只有铁块和石块之间撞击的闷响和刮擦声。

"你认识特鲁哈纳达马库斯的每一个人吗？"泰山突然问道。

"为什么这么问，我不认识，"科莫多弗洛伦萨尔回答，"特鲁哈纳达马库斯住着一百万人，其中包括奴隶。我不可能全都认识。"

"你能认得出来住在王宫里的所有人吗？"泰山继续问。

"不能，即使是住在那里的人也一样，"这位特鲁哈纳达马库斯的王子说，"当然了，我倒是认识所有的贵族，还有战士阶级的人我也都认得，虽然我不一定叫得出来他们的名字。"

"有人可以认出来所有人吗？"泰山问。

逃出囚室 | 153

"我猜没有。"他回答。

"很好！"泰山喊道。

然后又是一阵沉默，但这个英国人很快再次开口了。

"一个士兵在自己的城市可以去任何一个穹顶建筑吗？他是否会受到质疑？"他问道。

"一般情况下，在白天他可以去任何地方，但是不包括国王的宫殿。"

"那么晚上他就不能到处走动了？"泰山问道。

"不能。"他的同伴回答道。

"士兵在白天可以随意去采石场吗？"

"如果他看上去是去办差的，那他一般不会受到质疑。"

泰山再次陷入沉默，这次时间稍微长了一些。"来吧！"他很快说，"我们可以出发了。"

"我要和你一起去，"科莫多弗洛伦萨尔说，"因为我喜欢你，而且我宁死也不愿意当奴隶。至少，我临死之前还可以享受一些生活的乐趣，尽管眼下的生活不会长久了。"

"我想我们会发现一些乐趣的，我的朋友，"泰山回答，"我们不能逃避。和你一样，与其做一辈子奴隶，我宁可去死。我把今晚选作我们迈向自由的第一步，因为一旦回到采石场，我们再也不会有任何机会逃生了，而今晚是我们在地面上唯一的夜晚。"

"你说我们该如何离开这个房间？"

"通过中央通风井，"泰山回答说，"不过，你先告诉我，白袍奴隶白天可以自由进入采石场吗？"

科莫多弗洛伦萨尔不知道这些看似无关紧要的问题和逃生有什么关联，但他还是耐心地回答："不行，白袍奴隶从未在采石场出现过。"

"你拿着我给你拉直的铁条吗?"

"拿了。"

"那就跟我从窗洞走吧。我过会儿留一些铁棍放在那里,你带着它们,我自己也会带一部分。来吧!"

科莫多弗洛伦萨尔听到泰山爬进了窗洞,手里的铁棒打破了小房间的寂静。然后他跟在后面,在洞口找到了泰山留给他的那些铁棍——一共有四根,每根的末端都弯成钩子的形状。原来泰山刚刚在黑暗中一直在干这个,科莫多弗洛伦萨尔不知道这样做的目的何在。他现在被泰山挡住了身体,暂时无法向前。

"等等,"泰山说,"我正在窗台上挖一个洞,弄好之后我们就可以走了。"过了一会儿,他把头转向他的同伴。"给我递一下铁棍。"他说。

科莫多弗洛伦萨尔将带钩子的铁棍交给泰山后,他听到后者正在使用它们,声音很轻。就这样过了几分钟,然后他听见泰山在狭窄的窗洞移动他的身体。泰山再次开口说话的时候,科莫多弗洛伦萨尔意识到他已经转过身,他们的头相互靠得很近。

"我先走,科莫多弗洛伦萨尔,"他说,"你来窗洞的边缘,听到我吹口哨的时候就跟过来。"

"去哪里?"王子问。

"从井里到第一个能让我们站稳脚跟的窗洞。让我们祈祷在五十英寸之内的地方有一个窗洞直接在这下面。我已经把铁棍串连在一起了,最上端钩着我刚刚在窗台上挖的洞,下面吊着的部分有五十英寸。"

"再见,我的朋友。"科莫多弗洛伦萨尔说。

泰山笑了笑,从窗洞的边缘滑下去。他一手拿着棍子作为武器,另一只手抓住窗台。在他下方五十英寸的距离悬挂着那条铁钩做成的细长梯子,再往下是一百英尺的黑暗,掩盖着底端铺着石板的地面,那也许是国王中央王座的屋顶,就像阿登德罗哈基斯的宫殿一样;也许只是一片空地。但是,假使这段脆弱的支撑物从上面窗台的浅孔里滑下来,或者万一其中一个钩子因为泰山的重量被拉直,那底下究竟是什么就再也不重要了。

　　现在,他用拿临时武器的那只手抓住梯子的上半部分,把另一只手从窗台上拿下来,再次握住钩子,继续向下。就这样,他一次性可以将身体下降几英寸。他移动得慢主要有两个原因,首先是因为他担心突然施力会让钩子变直,这样他就得掉进无限的深渊;另一个原因是他不方便发出声音。即使是在圆顶的最高处,可这里还是很黑——不过这其实是有好处的,因为夜色刚好掩盖了他的身影,此时假使通风井对面的屋子里恰巧有人朝外看,他们也绝不会发现外面的这个人。在他下降的时候,他向两边摸索是否有窗洞,不过等到他几乎快到了梯子底端的时候他才发现了一个。他下降了一点距离,望着洞口内部,看到里面漆黑一片,说明屋里没有人居住,由此他感到很庆幸。同时,他也希望窗洞没有从里面被锁起来,并且房门没有从外面锁上。

　　他轻声吹了下口哨,片刻之后,他感觉到铁梯在抖动,这说明他的同伴已经开始降落了。现在他站的这个地方比刚才离开的那里要高一些,他可以站得笔直。没过多久,特鲁哈纳达马库斯的王子就站在了他旁边的窗台上。

　　"唷!"王子低声说,"要是白天这样做我会吓死的,因为我可以一直看到最下面。接下来怎么办?到目前我们征服的困难已经超乎了我的想象,我开始相信我们也许会逃出生天。"

　　"我们还没开始呢,"泰山回答他,"不过现在要开始了,来吧!"
　　两人抓着简陋的武器,悄悄地爬下窗台。由于窗口没有封起来,

156

他们顺利地进入了房间。泰山小心翼翼地握着武器在房间里摸索，发现里面全是木桶和瓶子，瓶子装在木箱和柳条箱里。科莫多弗洛伦萨尔跟在他身后。

"这间屋子里放着很多酒，负责禁酒的贵族们把他们没收充公的酒私藏在这里，"科莫多弗洛伦萨尔小声说，"自从我被囚禁之后，我就听到不少关于这件事的议论，士兵和奴隶似乎只关心这个和高税收。这扇门很有可能被封得很死，因为他们对金银珠宝都没看守得这么细心。"

"我找到了门，"泰山低声说，"我能看到下面有灯光。"

他们蹑手蹑脚地走到门边，泰山轻握门闩的时候，二人都牢牢地握紧了手里的武器。门居然开了！泰山慢慢地推开门，透过门缝可以看到那边屋里的一部分：地板上铺着又厚又软的华丽地毯，墙上挂着颜色繁复的厚重织物，上面绣着奇怪的图案。他看到有个人脸朝下趴在地上，脑袋下面一摊红色的液体染脏了白色的地毯。

泰山把门打开了一些，里面露出了另外三个人的身体，其中两个躺在地板上，第三个横卧在低矮的沙发上。这个场景虽然色彩鲜艳无比，但却揭示了一个关于死亡的神秘惨剧。泰山的目光在上面逗留了片刻，然后他又将门打开了一些，迅速跳到房间的中央，举起武器，防止门后面有敌人出其不意攻击他。

他迅速瞥了一眼房间，发现角落里堆着六个人的尸体，而他刚刚在半开的门外没有看到。

Chapter 16

穿越王宫

科莫多弗洛伦萨尔站在泰山旁边,准备好武器,以防有人上来质疑他们为何在这里。但是,他很快将铁棒扔到地上,脸上露出了灿烂的笑容。

泰山看着他。"他们是谁?"他问道,"为什么被杀?"

"他们没有死,我的朋友,"科莫多弗洛伦萨尔回答,"他们是负责禁酒的贵族,都只是喝醉了。"

"可是,我脚边的这个人枕着一摊血!"泰山质疑道。

"这是红葡萄酒,不是血。"他的同伴向他保证。然后泰山笑了。

"他们把狂欢之夜选在今晚真是再好不过了。"他说,"我想,如果他们是清醒的,我们从储藏室进来的那扇门一定会是紧锁的。"

"当然了,那样的话还会有一个清醒的士兵来对付我们,而不是这十个喝醉的贵族。我们运气特别好,泰山。"

他刚说完,房间对面的一扇门打开了,两名战士立即走进了房间。他们注视着对面的两个人,然后打量了一眼屋里,看到不省人事的其他人。

"你们在这儿干什么,奴隶们?"进来的一个人问。

"嘘!"泰山把一根手指放在嘴唇上,提醒他们轻点声,"进来关上门,别让别人听见。"

"这里没人能听到,"其中一个说,但他们还是进来了,说话的这个人关上了门,"这是什么意思?"

"意思是你们成了我们的俘虏。"泰山一边喊一边越过他们,用自己的身体挡在门口,举起铁棒准备迎战。

这两个维尔托皮斯马库斯人脸上露出轻蔑的神情,他们亮出长剑,跳向泰山,却没有注意到此时科莫多弗洛伦萨尔正借机撇下手里的铁棒,从某个醉酒的贵族那里抢来一把剑。拿到武器之后,科莫多弗洛伦萨尔重新变回了那个米努尼数一数二的剑客——在特鲁哈纳达马库斯,任何人的剑术都无法与他匹敌,他的剑锋无人不知、无人不晓。

泰山手里只有一根铁棒,而他面前却有两名技艺纯熟的剑士,形势对他相当不利。还好科莫多弗洛伦萨尔在场,刚把武器拿到手里就立即跳过来,与其中一名战士交战,否则泰山这次可能会吃到苦头。另一个人此时猛烈地逼向泰山。

"奴隶,这下你逃不掉了吧?"他冷笑着说,冲向对手。泰山尽管不比这个士兵擅长剑术,但作为丛林之王,他也曾赤手空拳面对过巨猿和狮子。他的动作就像闪电一样快,他的力量还和缩小以前一样强大。士兵第一次砍向他的时候,他跳向一边躲开,但让他和对手都感到惊讶的是,他本来只想敏捷地跳到侧边上,不料却跃过了整个房间的宽度。士兵很快再次向他攻来,而另一个人此时还在忙着跟特鲁哈纳达马库斯的王子交战。

穿越王宫 | 159

有两次，泰山用手中笨重的铁条挡回了对方砍过来的剑。还有一次，对方的剑和他只有毫厘之差，还好他侧移一步躲开了。这是千钧一发的一刻，当时那个士兵已经要刺到他的下腹部了，他差点一命呜呼。毫发无伤之后，泰山举起铁钩砸向对方没有防备的头颅，维尔托皮斯马库斯人咕哝一声，重重倒在地上，头盖骨被刺穿到了鼻梁处。

然后，泰山转身去援助科莫多弗洛伦萨尔，但王子可以独当一面——他正将对手逼到墙边，用剑刺穿了对手的心脏。对面的人倒下之后，他向房间中央走去，看到泰山时脸上露出了笑容。

"你居然用一根铁棍战胜了米努尼人的剑！"他喊道，"我简直不敢相信这是真的。我还怕来不及，正打算速速解决了对手之后赶紧过来救你呢。"

泰山笑了。"我也对你有同样的想法。"他说。

"就算我失败了，你也一定能行的，"科莫多弗洛伦萨尔向他保证道，"但是现在怎么办？我们又一次做成了原本我以为不可能的事，今后再不会有什么让我感到惊讶的事了。"

"我们要和这两个倒霉的先生换衣服。"泰山说着，脱下了身上的绿色外衣。

科莫多弗洛伦萨尔一边效仿同伴换装，一边"咯咯"地笑了起来。

"这个世界上原来还有和米努尼一样伟大的民族，"他说，"不过在我遇见你之前，我的朋友，我是不会相信的。"

过了一会儿，两人穿着维尔托皮斯马库斯战士的衣服站在那里，泰山把他的绿色外衣套在刚刚杀死的那个人身上。

"咦？你为什么这么做呢？"王子问。

"照我这么做，你马上就会知道了。"泰山回答。

科莫多弗洛伦萨尔照做了。他们给死人穿好衣服之后,泰山把一具尸体扛进储藏室,他的同伴扛着另一个紧跟在他后面。泰山从窗户走到通风井的边缘,把身后的担子扔到空中,然后转过身,从同伴的肩上拿走另一个,接着刚刚的那个扔了出去。

"如果他们不仔细检查,"他说,"这个诡计可能会让他们觉得我们是在试图逃跑的时候不小心摔死了。"他一边说着,一边从爬下来的梯子上卸下两个钩子,顺着尸体扔到下面。"这些会给这个解释添砖加瓦的。"他补充道。

他们一起回到房间,科莫多弗洛伦萨尔的手伸进那些不省人事的男人胖鼓鼓的钱袋。

"既然我们要扮演维尔托皮斯马库斯士兵,那不管我们装扮多长时间,这些钱我们都会用得着的,"他说,"他们是什么样的人我之前早有耳闻。黄金能买到很多我们需要的东西,如果他们不太在意真相,警卫可以睁一只眼闭一只眼,官员可以对我们笑脸相迎。"

"这部分就得由你来负责了,"泰山说,"因为我不熟悉你们的处事方式。不过,此地不宜久留。这些绅士待我们和他们自己都不薄,他们道德败坏、玩忽职守,却无意中因此而逃过一劫;而那两个尽职尽责的士兵却因为他们的清醒而命丧黄泉了。"

"阴差阳错的事情真不少啊。"科莫多弗洛伦萨尔评论道。

"在米努尼如此,其他地方也一样。"泰山表示同意,接着带路走向房门。尽管这里是靠近中央风井的地方,但他们发现这扇门是通向走廊的,而不是二人原本以为的通往另一个房间。

他们默默地沿着走廊往前走,早晨这个时间的走廊里空无一人。他们经过亮堂堂的房间,那里的男人女人们在明亮的烛光下安稳地睡觉,还有一个哨兵在贵族住所的门前睡着了。没有人发

穿越王宫 | 161

现他们，因此他们一口气通过很多倾斜的走道和冗长的走廊，直到他们远离了那片被囚禁的区域。如果他们扔到中央通风井的尸体没有立刻被发现；或者假使尸体被发现了，但其真实身份得到了确认——那么在这两种情况下，他们刚刚逃离的那片区域正是在王宫中最有可能搜寻他们的范围。

这时，一个白袍奴隶沿着走廊向他们走来，但并没有对他们多加注意。很快又有其他人从中穿过，这时候他们才意识到马上就要到清晨了，走廊里很快会挤满住户。

"在更多的人出来之前，我们最好找一个藏身之所，"科莫多弗洛伦萨尔说，"在人群中要比在人少的地方安全，因为我们不会被注意到。"

他们路过的房间几乎都住着一户户人家，而那些没有住人的房间没有点蜡烛，因此不管藏多短的时间都不是安全的选择。不过，没过多久，科莫多弗洛伦萨尔碰了碰泰山的胳膊，指着他们正在靠近的那扇门旁边写着的象形文字。

"就这里了。"他说。

"这是什么？"泰山问，他们来到了敞开的大门外，"哎呀，里面全是人！他们醒过来就会发现我们的。"

"却不会认出我们，"科莫多弗洛沦萨尔说，"或者说被认出来的可能很小。这个房间是公用的，任何人都可以花钱在这里住一晚。当然了，这里也会有从别的穹顶建筑过来的访客，因此不会有人会对陌生人多加留意的。"

他走进房间，泰山跟在后面，一个白袍奴隶走过来接待他们。"请给我两个人的蜡烛。"科莫多弗洛伦萨尔说着，将他从睡着的贵族那里偷来的一枚小金币递给了奴隶。

那个人将他们领到房间的角落，那里有很大的空间，他点了

穿越王宫 | 163

两根蜡烛之后离开了。过了一会儿,他们伸直身子躺下,脸转过去朝着墙,防止被别人认出来。二人很快就睡着了。

泰山醒来的时候,他发现这里除了那个招待他们的奴隶之外仅剩下他和科莫多弗洛伦萨尔两个人。他叫醒了他的同伴,认为他们不能做任何引起别人额外注意的事情。他们在环绕着房间的水沟旁边,用面前一桶端来的水完成了洗漱。在米努尼有个固定的习俗,即每个房间的墙脚都环绕着排水沟,里边的废水通过管道被带走,浇到城外的农田灌溉庄稼。在穹顶建筑的不同楼层,由于所有的水源都需要用桶拎上楼去,因此作洗漱用途的水量被降到了最低额度。战士和贵族阶级可以分到一桶,而白袍奴隶则主要借助穹顶附近的河水来沐浴。情况最糟的要数那些绿袍奴隶,由于缺乏洗浴设施,他们遭遇着真正的苦难,因为米努尼人都很爱干净。不过,他们也有一种方式可以在一定程度上缓解困境,那就是用采石场底层那些不可饮用的地下积水洗澡,但什么时间可以沐浴不由他们自己决定。

洗漱之后,泰山和科莫多弗洛伦萨尔来到了一条宽阔的长廊,那里有两列整齐的队伍向相反的方向移动,其人数之多充分说明了他们防范措施的严密。每隔一段距离就能看到明亮的蜡烛在净化着空气;还有各式各样标识的商店,从敞开的门可以看到里面的人正在交换物品,泰山这才第一次见识到了维尔托皮斯马库斯人真实的生活。这些商店的店员是白袍奴隶,来光顾的人有奴隶,也有士兵,男女都有。泰山曾在宫中见过詹扎拉公主,也在穹顶建筑的不同角落瞥见了屋内的其他女人,但他第一次在公开场合近距离见到战士阶层的女人。她们的脸上涂着鲜艳的朱红色,耳朵涂成蓝色,左腿和左臂从衣服中裸露出来——如果她们的右脚踝或腰部不小心没有遮挡物了,她们会赶忙调整衣服将其遮住,带着些许困窘和尴尬。泰山看着她们,想起了他在故国看到的那些肥胖的贵妇人,她们晚礼服的胸口快要开到了肚脐眼,但她们宁死也不愿意露出膝盖。

店铺前面贴着精美的图画,一般描绘的是在售的商品,还用象形文字介绍商品的特征和店主的名字。最终,一个店铺引起了科莫多弗洛伦萨尔的注意,他碰了碰泰山的手臂,指向那家店。

"这里是提供食物的地方,"他说,"我们吃点东西吧。"

"没有什么比这个更合我意了,我特别饿。"泰山跟他说,于是二人走进了这家小店。几位顾客已经坐在了地板上,旁边放了几张小凳子,上面摆着盛有食物的木制餐具。科莫多弗洛伦萨尔在店里靠后的地方找了一个位置,距离通往另一家店的门口很近。隔壁的店铺是不同的性质——并不是所有的门面都有幸靠近走廊,有的就像旁边这家店一样从别的店面通进来。

他们坐下,将一张长凳拖到跟前。等餐的时候,他们环顾四周,科莫多弗洛伦萨尔告诉泰山这家店显然比较寒酸,其服务对象是奴隶和较穷的士兵,其中几个就坐在房间的不同角落。这些人的挽具和衣服破旧不堪,不难猜想他们的经济状况不佳。隔壁的店里也坐着几位同一阶层的可怜战士,他们正用从店主那里买来的材料修补自己的衣服。

一个身穿劣质面料服装的白袍奴隶端来二人的食物。当他们用金子付钱时,奴隶感到很吃惊。

"真难得,"他说,"拿得出金子的战士居然到我们这个寒酸的店里来吃饭。我一般只能收到铁块和铅块,还有木钱,很少看到黄金。我曾经是见得到的,我之前有许多顾客是这个城市最富有的人。看到那边那个满脸皱纹的高个子男人了吗?他原本很富有,是圆顶里最富有的武士,但是看看他现在的样子!再瞧瞧隔壁房

穿越王宫 | 165

间的那些人,他们做着卑微的活计,可每个人曾经都拥有奴隶,富裕到可以雇佣其他人给自己提供更加卑微的服务。这些人都是埃尔科米哈戈对工业征税的受害者。"

"穷人比有钱人更容易生存,"他继续说,"因为穷人没有缴税的义务,而那些努力工作积累财富的人却只有苦劳,因为政府通过税收把他们的所得都搜刮掉了。

"在那边有个曾经非常富有的人,他从始至终都很努力地工作,积累了大量财富。但是,在埃尔科米哈戈的新税法实施后的几年里,他拼命使自己挣到的钱足以覆盖他的税收和生活成本,可他发现就连这个也办不到。他有一个仇人,一个曾经冤枉他的人,这个人很穷,于是他把剩余的财产都给了这个仇人。这是一场可怕的报复。那个受到馈赠的穷人之前生活得心满意足,可他现在憔悴不堪,每天都要徒劳地工作十八个小时,只为抵消身上的税负。"

吃完饭后,两名逃犯回到走廊,一路向下穿过圆顶,朝首层走去。越往下,走廊越拥挤,他们被发现的概率也随之降低了。现在他们更加频繁地遇到骑行的士兵,虽然走廊很狭窄,但那些人的速度很快,并且无所顾忌,行人只好小心地避免被踩踏或绊倒,泰山很惊讶他们居然能够毫发无伤地走到各自的目的地。他们二人终于到了最低的那一层,正要寻找四条走廊中哪一条是可以出去的,不料在两条走廊的交叉口被一大群人堵住了。人群最后面的人个个伸长脖子探查前面发生了什么,每个人都在询问他旁边的人,但到目前为止外围还没有人知道究竟怎么回事,只能等只言片语传过来。泰山和科莫多弗洛伦萨尔不敢提问,但是他们一直仔细听着,很快他们听到了重复的说法,似乎是对发生了什么事情的权威描述。有个人一边从人群中心挤出来,一边回答别人的提问。他解释说,前面的人在看两个奴隶的尸体,那两个人是在试图逃跑时丧命的。

"他们原先被锁在最顶层佐恩斯罗哈戈的奴隶牢房里，"他告诉那个发问者，"原本打算用一个临时准备的梯子爬进中央通风井逃跑，可惜梯子断了，掉在了王宫的屋顶上，刚刚有人发现他们血肉模糊的尸体，现在正要被带到野兽那里。他们中的一个就是巨人，他对佐恩斯罗哈戈可是一大损失，因为佐恩斯罗哈戈正在拿他做实验。"

"啊，"一个听众叫道，"我昨天才见到他们。"

"你今天不会认出他们的，"那个消息灵通的人说，"他们的脸完全不成样子了。"

人群散了之后，泰山和科莫多弗洛伦萨尔继续赶路。他们发现奴隶长廊就在前面，而他俩昨晚的受害者就被带到了这条道路上。

"他们说这两个人要被带到野兽那里去？"泰山问，"这是什么意思？"

"这是我们处理奴隶尸体的方式，"特鲁哈纳达马库斯人回答，"他们被带到丛林的边缘，那里的野兽会把他们吃掉。在特鲁哈纳达马库斯附近，有一些牙齿掉光的年老狮子完全依靠奴隶的尸体存活。它们算是我们的清道夫，已经习惯了被喂食，经常远远地迎上来，跟着那些带来尸体的人，在一旁咆哮着踱步，一直到尸体被送到它们旁边。"

"你们都是用这种方式处置死人吗？"

"只有死去的奴隶用这种办法处置，战士和贵族的尸体通过焚烧来处理。"

"那么在短时间之内，"泰山继续说，"我们的身份不会暴露。"他用拇指指向前方的走廊，两个死去的士兵被放到羚羊背上，随着羚羊颠来颠去。

Chapter 17

重回矿场

"我们现在去哪里?"科莫多弗洛伦萨尔问。两人从奴隶长廊出来后在耀眼的阳光下站了一会儿。

"你带路去采石场,到我们被关起来的那个房间。"

"你一定是对短暂的自由感到厌倦了。"科莫多弗洛伦萨尔评论道。

"我们要回去找塔拉斯卡,我答应过她的。"泰山提醒他。

"我知道,"科莫多弗洛伦萨尔说,"我赞赏你的忠诚和勇敢,但我不赞成你的决定。我们不可能救得了塔拉斯卡,否则我一定第一个去救她;我和她都知道,永远出不去了。你和我只会再一次把自己的命送到主人手里。"

"让我们为自己祈祷吧,"泰山说,"但是,如果你觉得我们接下来的行动注定要失败,那你就不要陪着我了。我对你唯一的要求是告诉我怎么才能找到囚禁塔拉斯卡的房间,你能告诉我这个就足够了。"

"你以为我是在躲避危险吗?"科莫多弗洛伦萨尔反问道,"不是这样的!你去哪里我都会跟着去;如果你被抓住,那我也被抓住——我们会失败,但我们不会分开。我已经准备好了一路跟随着你。"

"很好,"泰山说,"那你现在带我去采石场吧。你熟悉米努尼的一切,尽可能用你的知识和智慧让我们不必说太多话就可以很快进去。"

他们顺利穿过了维尔托皮斯马库斯穹顶宫殿之间的林荫道,经过盛大的阅兵队伍。在那里,士兵们穿着盛装以最精确的步调变换着错综复杂的队形。距离宫殿较远的地方,年久失修的小径上有许多辛劳的奴隶排成长队向采石场前进,一旁跟着守卫。他们跟上了这条长队,随着侧面的守卫来到采石场的入口。

奴隶进去的时候,有人负责粗略地把人数记录在一本大册子上。让泰山觉得欣慰的是,守卫只需跟随奴隶走下去就可以了,并没有人注意他们,不需要核查,甚至不必清点人数。于是,特鲁哈纳达马库斯的王子科莫多弗洛伦萨尔和人猿泰山跟随着一起走了进去。

进入采石场,经过警卫室之后,这两人放慢步伐,逐渐到了队伍的后面,这样等他们想从某一层下去时就可以随时脱离队伍,不会被注意到。离开一列队伍之后又会立即加入另一列队伍,因为中间没有什么空隙,而且常常好几列并排移动。不过,等到了三十五层通往囚房的隧道那里,他们发现四周没有其他人了。这一带很少有什么活动,只有早晚时分守卫带着奴隶进出牢房时才会有人。

他们发现门口有一个卫兵靠墙蹲在地上,看到对面来的两人

重回矿场 | 169

之后立即站起身，质问他们的来意。

科莫多弗洛伦萨尔走在前面，在他身边停下来。"我们来这里找一个叫塔拉斯卡的女奴隶。"他说。

泰山站在科莫多弗洛伦萨尔后面，他看到士兵的目光里突然有什么东西动了一下——他认出他们来了吗？

"谁派你们来的？"士兵问道。

"她的主人佐恩斯罗哈戈。"科莫多弗洛伦萨尔回答说。

士兵的脸上多了一丝不易察觉的狡猾。

"进去找她吧。"他说着，把门闩去掉，打开了门。

科莫多弗洛伦萨尔手和膝盖着地，匍匐着身体爬进了低矮的门洞，但泰山仍然站在原地。

"进去！"卫兵对他说。

"我就留在这里，"泰山回答，"把一个奴隶女孩带到走廊上只需要一个人就够了。"

士兵迟疑了一下，然后赶紧关上门，挂上沉重的门闩。这时走廊里只有泰山一个人面对他，他转身时亮出了一把抽出来的剑，发现泰山也拔剑朝向他。

"投降吧！"士兵叫道，"我一眼就认出了你们。"

"我猜到了，"泰山说，"你很聪明，但你的眼睛不然，它们出卖了你。"

"但我的宝剑可不傻。"那家伙厉声说，一面狠狠地戳向泰山的胸膛。

法国海军中尉保罗·阿诺特被公认是最灵巧的剑士之一，他传授了他的朋友格雷斯托克很多剑术技巧，他们还在一起训练过很多个小时。此时此刻，泰山在内心默默地对他遥远的朋友心怀感激，因为他对泰山细致的训练在多年以后为其带来了极大的好处。泰山很快发现，虽然对手的剑术水平很高，但他毫不逊色，并且在力量和敏捷程度上还占了优势。

他们打斗了一两分钟，然后那个维尔托皮斯马库斯人意识到他不是泰山的对手，因为他此时被泰山逼到走廊尽头的墙上无法后退，形势对他很不利。他想将泰山逼到自己身后，但他失败了，反而在肩膀上被对方痛刺一剑。这时，他开始试图寻求帮助，泰山立即意识到他必须得让对手安静下来，于是他做了一个假动作，然后伺机一跃向前，将剑穿过了维尔托皮斯马库斯人的心脏。然后，他一边收回剑，一边打开了旁边的门。科莫多弗洛伦萨尔面色苍白地蹲在门后，但当他看到泰山和他身后警卫的尸体时，他的嘴角掠过一丝微笑，很快来到他的朋友旁边。

"怎么会这样？"他问道。

"他认出我们了。塔拉斯卡呢？她不跟我们走了吗？"

"她不在这里。卡尔法斯托班把她带走了，他从佐恩斯罗哈戈那里买走了她。"

泰山转过身。"把门锁上，然后我们离开这里。"他说。

科莫多弗洛伦萨尔关好门，并上了锁。"现在去哪里？"他问道。

"去找卡尔法斯托班的住处。"泰山回答。

科莫多弗洛伦萨尔耸了耸肩，跟在他朋友的后面。他们向地面返回，一路相安无事。但是等他们到了第十六层，这时一列正在穿过走道的奴隶中有一个人猛地向他们转过脸来，他的目光瞬间和泰山的目光交汇。随后，那个人走进侧面的入口，消失不见了。

"我们得快点。"泰山对他的同伴低声说。

"为什么突然这么说？"科莫多弗洛伦萨尔不解。

"你没有看见刚才那个人吗？他从我们身边经过之后又转过头来看我。"

重回矿场 | 171

"没看到,那是谁?"

"是克拉夫塔普。"泰山答道。

"他认出你了吗?"

"这个不好说,但他显然觉得我的外表有些熟悉。但愿他想不起我来了,虽然我不抱多大希望。"

"那我们得抓紧时间离开这里,也要尽快离开维尔托皮斯马库斯。"

他们加快了步伐。"卡尔法斯托班的住处在哪里?"泰山问。

"我不知道。在特鲁哈纳达马库斯,战士们会被分配到采石场服务一段较短的时间,他们在那里的时候,他们的住处或奴隶都不进行转移。我不知道这里的习惯是什么样的,卡尔法斯托班可能已经完成了他在采石场的职责。还有些时候,他们可能在一个地方服务很长时间,这样一来他的住所可能就在采石场的上层。我们得问一下才能知道。"

不久后,泰山遇到了一个和他们二人去往相同方向的士兵。"我在哪里可以找到卡尔法斯托班监工?"他问。

"如果这关乎你的职责,警卫室的人会告诉你的,"他答道,迅速瞥了一眼这两个人,"我不知道。"

他们经过那个士兵,到了第一个转弯处,在确保脱离那个人的视线之后加快了速度,因为他们都开始担心有坏事会发生,此时只求能够安全逃出采石场。接近出口的时候,他们混进一列奴隶队伍的侧面,这些人正背着沉重的石头朝在建的新圆顶前进。所有人都需通过警卫室走到外面,那里的军官和办事员在机械地履行他们的职责,看上去离开采石场和来到这里一样简单。不料,那个军官突然紧锁眉头,开始数数。

"有多少奴隶上来了?"他问。

"一百个。"其中一个陪着他们的士兵回答说。

"那为什么有四个卫兵?"他问。

"只有我们两个人。"那个士兵说。

"我们不是和他们一起的。"科莫多弗洛伦萨尔迅速说。

"你们在这儿干什么?"军官问。

"如果方便单独说话,我们可以很快解释其中的缘由。"科莫多弗洛伦萨尔说。

那军官挥手示意奴隶们继续前进,然后招呼科莫多弗洛伦萨尔和泰山跟他一起到隔壁的房间去。那是一个小型接待室,警卫指挥官在这里睡觉。

"现在,"他说,"让我看看你们的通行证。"

"我们没有。"科莫多弗洛伦萨尔回答。

"没有通行证!这就说不过去了吧?"

"这要看您怎么想,"科莫多弗洛伦萨尔回答道,无意中让口袋里的钱币发出"丁零当啷"的响声,"我们正在寻找卡尔法斯托班。我们知道他有一个我们想买下的奴隶,但短时间之内我们没法取得来采石场的通行证,于是我们就冒险来了,只为完成这项简单的任务。您能告诉我们哪里可以找到卡尔法斯托班吗?"他又把钱币弄得叮当作响。

"我很乐意帮忙,"军官回答说,"他的住所就在王室宫殿第五层的中央走廊上,大概位于国王长廊和战士长廊的中间。他今天早晨刚刚解除在采石场的职务,我敢肯定你们会在那里找到他的。"

"我们感谢您。"科莫多弗洛伦萨尔说着,身子向后仰,对他行了米努尼人的致敬礼。"现在,"他补充道,仿佛突然想到了什么一样,"如果您不介意收下我们这枚小小的钱币,我们将感激不尽。"然后,他从口袋里掏出一枚大金币送给军官。

"我不能忘恩负义,"军官回答说,"所以我必须接受你的馈赠,这样我才可以减轻穷人的痛苦。愿灾难的阴影永远不会降临到你的身上!"

三个人互相鞠了一躬,泰山和科莫多弗洛伦萨尔离开了警卫室,很快他们就来到了外面新鲜而自由的空气中。

"在米努尼也是这样!"泰山惊叹道。

"怎么了?"他的朋友问。

"我只是想到了我那简单而诚实的丛林,还有那些被人们称之为野兽的生灵。"

"那应该怎么称呼它们呢?"科莫多弗洛伦萨尔问。

"如果以人类自己的标准来判断,它们应该被称作半神。"泰山回答说。

"我想我明白你的意思了,"另一个人笑着说,"但是你想想!如果是一只狮子守卫着这个采石场的入口,就没有任何金币可以让我们顺利通过。人性的弱点并非没有它好的一面——正是得益于这些弱点,正义才战胜了邪恶,贿赂无意中披上了美德的圣衣。"

回到王室宫殿之后,他们从建筑的东侧绕到北侧,每个穹顶建筑的奴隶长廊都在那里。两人离开圆顶的时候走的是西边的战士长廊,而他们认为如果还走相同的路线一定会增加被认出的风险,因为如果有人第一次见到他们的时候觉得半生不熟,那第二次第三次就可能彻底认出来他们是谁。

进入宫殿之后,他们没过几分钟就到了第五层。两人大胆地朝守卫军官告诉他们的那个地方前进,每一步都走得非常谨慎,因为他们都意识到这里隐藏着巨大的风险。卡尔法斯托班很可能还记得他们的样貌特征,毕竟在所有的维尔托皮斯马库斯人中间,他跟他们见面的次数是最多的——尤其是和泰山,因为自从他穿上绿袍之后就被交给了卡尔法斯托班监管。

他们走到奴隶长廊和战士长廊中间的时候遇到了一个年轻的女奴,科莫多弗洛伦萨尔拦住了她,询问哪里可以找到卡尔法斯托班的住宅。

"你需要穿过哈马达尔班的住宅才能走到卡尔法斯托班的屋子,"女孩回答说,"到第三个入口去。"她沿着走廊朝他们前进的方向指了指。

他们离开那个女奴之后,泰山问科莫多弗洛伦萨尔他是否觉得进入卡尔法斯托班的住宅会比较困难。

"不会的,"他回答道,"难点在于我们进去之后不知道该怎么办。"

"我们知道此行的目的是什么,"泰山回答,"只要实施原来的计划就好了,尽力排除万难。"

"听上去很简单。"王子笑着说。

泰山艰难地笑了。"坦白说,"他承认,"我完全不知道我们进去之后要做什么,也不知道如果我们成功找到塔拉斯卡并带她离开之后该怎么做;但这并不奇怪,因为面对这个陌生的城市我什么都不懂,也不清楚下一步会面临什么。我们能做的就是尽最大的努力去争取。到现在为止我们处理完的事情远比预想的要轻松——也许我们会顺顺当当地走完这段路,也许我们顶多再走十几步就会被彻底困住。"

他们在第三个入口前停下,往里面瞥了一眼,发现有几个女人正蹲在地上,其中两个属于武士阶级,其他人是白袍奴隶。科莫多弗洛伦萨尔大胆地走了进去。

"这是哈马达尔班的住所吗?"他问。

"是的。"一个女人回答。

"卡尔法斯托班的住宅在这个后面吗?"

"是的。"

"那在卡尔法斯托班的后面呢?"

"一个通向外面走廊的长廊。在那条长廊上有许多房间,住着好几百个人,他们中的一些人我不认识。你找谁?"

"帕拉斯托卡。"科莫多弗洛伦萨尔迅速回答,选择了脑海中浮现的第一个名字。

"我记不起这个名字了。"女人皱着眉头说。

"不过多亏了你,我现在可以找到他了,"科莫多弗洛伦萨尔说,"因为我需要穿过哈马达尔班和卡尔法斯托班的住所到那条长廊上找到帕拉斯托卡的住处;如果卡尔法斯托班在,他就可以更准确地指引我了。"

"卡尔法斯托班和哈马达尔班出去了,"女人回答说,"不过我想他们很快就会回来。如果你愿意等,他们没多久就会出现在这里了。"

"谢谢你,"科莫多弗洛伦萨尔匆忙说,"不过我敢肯定我们一定能找到帕拉斯托卡的住所。愿你的蜡烛永远灿烂地燃烧!"说罢,他不等进一步寒暄便立刻穿过房间,走进卡尔法斯托班的住所,泰山紧跟在他身后。

"我的朋友,"王子说,"我想我们得加快速度了。"

泰山迅速扫视了一眼他们进入的第一个房间。这里是空的,房间里有几个出入口,有的用木门关上,还有的是用帷幔隔断的。泰山快步走到最近的那个门,试了一下门闩。门开了,里边漆黑一片。

"科莫多弗洛伦萨尔,拿一支蜡烛来。"他说。

王子从墙上的壁龛里拿了两根蜡烛。"这是个储藏室,"他说,蜡烛的光线照亮了房间的内部,"有食物、蜡烛和衣服。卡尔法斯托班可不穷,税吏还没有击垮他。"

泰山站在科莫多弗洛伦萨尔后面的储藏室门口,突然,他转身向另一个房间望去。他听到了哈马达尔班的住所那边传来了人声,是男人的声音。他马上辨别出来其中一个声音的主人正是卡尔法斯托班。

"来吧!"监工用粗犷的声音吆喝道,"哈马达尔班,到我的住处来吧,我要给你看看我的新奴隶。"

泰山把科莫多弗洛伦萨尔推进储藏室,跟着他进去后立即关上门。"你听见了吗?"他低声说。

"听到了,这是卡尔法斯托班!"储藏室的门上镶嵌着一个小小的网格,中间有很多空隙,屋内这边的门上挂着一些重物挡住了网格。两人把悬挂物拨到一边,这样他们就能看到外面的大部分区域,也可以清楚地听到监工与他朋友的对话。

"我跟你说,她是我买到最划算的东西,"卡尔法斯托班叫道,"不过等一下,我去找她过来。"他走到另一扇门口,用一把钥匙打开了门。"出来!"他吼了一声,把门推开。

一个女孩慢慢地走进了大房间,神态犹如一个傲慢的女王。她的下巴高高地抬起,目光平视前方,从她身上找不到半点奴颜婢膝的样子。她几乎带着轻蔑的目光瞥了一眼监工——这个美丽的女孩就是塔拉斯卡。科莫多弗洛伦萨尔发现自己之前从来没有注意到这个给他做饭的小女奴有多么迷人。卡尔法斯托班给她穿了一件质地优良的白色束腰外衣,这让她白皙的皮肤和浓密的黑发显得更加动人,比王子一直见到的那件廉价绿色外衣更加凸显出了她的美。

卡尔法斯托班向他的朋友解释道:"她是佐恩斯罗哈戈的人,

但我觉得他根本没见过她,否则他不会让我用那点微不足道的小钱把她买走的。"

"你会娶她,让她成为我们阶级的一员吗?"

"不,"卡尔法斯托班回答说,"那样一来她就不是奴隶了,我就不能再把她卖出去。女人太贵了。我会留她一段时间,然后趁她价值还很高的时候卖掉她。我应该可以从中捞到一大笔钱。"

泰山的手指紧紧地攥在一起,仿佛掐在了敌人的脖子上,而科莫多弗洛伦萨尔的右手也移到了他的剑柄上。

有一个女人从哈马达尔班的住处走过来,站在门口。她说:"有两个采石场的警卫带着一个绿袍奴隶来求见卡尔法斯托班。"

"把他们带进来。"监工说。

过了一会儿,那三个人进来了——那个奴隶是克拉夫塔普。

"啊!"卡尔法斯托班呼喊道,"我的好奴隶克拉夫塔普,采石场里最棒的家伙。为什么带他来这里?"

"他说他带来了一条价值连城的消息,"一个卫兵回答说,"但他除了你不愿意向其他人透露,他把自己的命押在了这条消息上,所以守卫的长官叫他把消息带到这里来。"

"你有什么要说的?"卡尔法斯托班问。

"这条消息很重要,"克拉夫塔普喊道,"高贵的佐恩斯罗哈戈和国王陛下都会想知道的;可要是我透露了消息之后还得回到采石场,其他奴隶肯定会杀了我。卡尔法斯托班监工,你对我一直很好,所以我乞求先告诉你。如果你认为我的贡献有价值,请你答应赐予我白色束腰外衣,那我就不会有生命威胁了。"

"你知道我办不到的。"卡尔法斯托班回答。

"但是国王可以,如果你代我向他求情,他就不会拒绝。"

"如果你带来的消息有价值,那我可以承诺为你说情;但我能做的只有这个。"

"如果你保证的话就可以。"克拉夫塔普说。

"好,我保证。那你觉得国王想知道什么?"

"在维尔托皮斯马库斯,消息传播得很快,"克拉夫塔普说,"两个奴隶——巨人和奥波纳托的尸体被发现之后没多久,我们就在采石场听说了这件事。我们都是佐恩斯罗哈戈的奴隶,被囚禁在同一个房间里,因此我对他们二人都很了解。试想,当我和其他奴隶穿过主螺旋通道的时候,我居然见到了巨人和奥波纳托,当时我多么惊奇啊!他们俩竟然穿着士兵的衣服,正在向地面行走。"

"这俩人的外形是怎样的?"一个从采石场来的士兵突然问。

那个奴隶尽其所能地描述了他们的外貌特征。

"是一样的!"那个士兵惊呼,"这两个人也在螺旋楼梯上拦住我询问卡尔法斯托班的下落。"

这时已经有一群男女聚集在了卡尔法斯托班的门前。由于采石场士兵带来了一个绿袍奴隶,他们都跑来看热闹,那中间有一个年轻的女奴。

"我也被这两个人问到了,"她惊叫道,"就在不久之前,他们问了我同样的问题。"

一个哈马达尔班住处来的女人发出了一声尖叫。"他们刚才从我们那里进入了卡尔法斯托班的房间,"她叫道,"但并不是问卡尔法斯托班住在哪里,他们提到的那个名字我不熟悉,是个很奇怪的名字。"

"帕拉斯托卡。"她的一个同伴提醒她。

"是的,是帕拉斯托卡,他们说他的住处在长廊上,需要从卡尔法斯托班的屋子里走出去。"

重回矿场 | 179

"王宫里没有这个人，"卡尔法斯托班说，"那只不过是他们想进入我房间的障眼法。"

"或者穿过这里。"一个采石场的士兵提醒道。

"我们必须赶紧去追他们。"另一个人说。

"卡尔法斯托班，在我们回来之前让克拉夫塔普留在这里别走，"第一个士兵说，"你也要仔细搜查你自己的住处和旁边的几个房间。来吧！"他做了个手势叫另一个守卫跟着他穿过房间，从长廊向外面跑去。跟在后面的不仅有他的同伴，还有哈马达尔班和其他聚集在这个房间的人，只留下卡尔法斯托班、克拉夫塔普，还有那个女奴在监工的房间。

Chapter 18
逃生隧道

卡尔法斯托班立刻转过身准备挨个搜寻住所的房间，但克拉夫塔普把一只手放在他的胳膊上。

"等等，监工，"他请求道，"如果他们就在这儿，那我们把出入口都封起来不是更好吗？这样他们就逃不掉了。"

"好主意，克拉夫塔普，"卡尔法斯托班回答，"那我们就可以不慌不忙地搜捕他们。你们这些女人，统统都出去！"他喊着，让那些女人回到哈马达尔班的住处。过了一会儿，从哈马达尔班的房间通向这里的门和这里通往走廊的门都被锁上了。

"现在，主人，"克拉夫塔普建议道，"既然他们有两个人，你最好还是给我一把武器。"

卡尔法斯托班拍拍自己的胸脯。"来十几个他们这种货色我都可以独自应付，"他喊道，"不过为了你自己的安全，你去那边的房间给自己物色一把剑，我来把这只骄傲的母猫锁进她的牢房里。"

卡尔法斯托班跟着塔拉斯卡来到囚禁她的房间时，克拉夫塔普正穿过房间往储藏室的门口走去，监工告诉他在那里可以找到武器。

监工跟在女孩身后到了门口，然后他凑上去抓住她的胳膊。

"别这么急，我的美人！"他喊道，"离开我之前先吻我一下。不要难过，等我们确保那些罪恶的奴隶不在这里之后，我就可以过来找你了，暂且不要想念你的卡尔法斯托班。"

塔拉斯卡转过身在监工脸上打了一拳。"把你的脏手从我身上拿开，畜生！"她大叫，挣扎着想要挣脱他的手。

"真是个小野猫！"那人喊道。他没有松手，两人纠缠着，消失在刚才禁闭女孩的房间里。与此同时，克拉夫塔普将手放在储藏室的门闩上，打开门一脚跨了进去。

这时候，黑暗中伸出几根钢铁般的手指掐住了他的喉咙。他本来会吓得惊声尖叫，但由于喉咙被紧紧卡住，没法发出声音。他挣扎着，朝挟持他的物体伸手反击——这东西太强大了，他知道那不可能是人类。然后，一个低沉的声音在他耳边响起，语气冰冷，让人胆战心惊。

"去死吧，克拉夫塔普！"那个声音说，"面对你应得的命运，你知道你是自找的。你说过你不敢回关押佐恩斯罗哈戈的奴隶的囚房，因为你背叛了自己的同伴。去死，克拉夫塔普！但你死之前最好知道，你背叛的人正是取走你性命的人。你不是在找巨人吗？他就在这里！"说完最后一个字，可怕的手指攥紧了奴隶的脖子。奴隶虽然拼命挣扎，但他的手脚只是在空中瞎扑腾。那两只卡住他脖子的大手向相反的方向转动，接着，这个叛徒的头就被拧了下来。

泰山把尸体扔到一边，跳到主厅，飞快地跑向囚禁塔拉斯卡的那间屋子，科莫多弗洛伦萨尔紧跟在他身后半步的距离。小房间里的两人一直在门后面纠缠，泰山推开门，看见女孩在监工巨大的魔爪下面挣扎，而监工显然已经恼羞成怒了，伸出手想打她的脸，她努力地避开，企图抓住他的手臂。

一只手重重地落在监工的肩膀上。"你在找我们！"低沉的声音在他耳边低语，"我们来了！"

卡尔法斯托班放开了这个女孩，他转身的同时伸手去拿剑。他面前的两个人都带着武器，不过只有王子拔出了剑，抓住他的泰山还没有拿出武器。

"'来十几个他们这种货色我都可以独自应付'，"泰山引用卡尔法斯托班说的话，"我们就在这里，牛皮大王，而且只有我们两个人。不过，我们等不了见识你的本领了。真是抱歉。如果你没有折磨这个女孩，我应该只是把你锁在房间里，然后你很快就会被释放；但是，你的暴行让我不得不杀了你。"

"克拉夫塔普！"卡尔法斯托班惊叫道，此时的他不再是那个骄傲的坏脾气监工，恐惧让他的声音变得尖利，他在泰山的手中瑟瑟发抖。"克拉夫塔普！救命！"他喊道。

"克拉夫塔普死了，"泰山说，"他因为背叛自己的同伴而死，而你会因为虐待这个手无缚鸡之力的女奴而死。科莫多弗洛伦萨尔，刺死他！我们没有时间浪费在这里了。"

科莫多弗洛伦萨尔从卡尔法斯托班的心脏抽出他的剑，监工的尸体滑到了地板上。塔拉斯卡跑上前，跌坐在泰山的脚边。

"巨人和奥波纳托！"她哭着喊道，"我从没想过会再次见到你们，发生了什么事？你们为什么在这里？你们救了我，但现在你们也被困住了。快跑吧——我不知道你们可以跑到哪里去，但是从这里离开吧，别让他们在这里找到你们！我还是不懂你们为

逃生隧道 | 183

什么会在这里。"

"我们原本计划逃跑,"科莫多弗洛伦萨尔解释道,"但巨人不愿丢下你不管。他去采石场找过你,现在又闯进了王宫。他做成了不可能的事,功夫不负有心人。"

"你为什么要为我做这个?"塔拉斯卡问泰山,她感到很诧异。

"因为我被带到佐恩斯罗哈戈的囚室后你对我很好,"泰山回答说,"而且我答应过你,如果有机会逃生,我们三个一定一起逃。"

他把她抱起来带到主厅,科莫多弗洛伦萨尔站在一旁,隔了点距离,眼睛盯着地板。泰山瞥了他一眼,眼神中带着些许困惑,但无论如何,他不得不把这个疑惑先放到一边,赶紧考虑更紧迫的事情。

"科莫多弗洛伦萨尔,你应该知道从哪里逃走最不容易被发现,是经过哈马达尔班的住处呢,还是通过他们提到的走廊呢?我不知道——哎,快看啊!"他的眼睛沿着房间里来回转动,"天花板上有个开口,这可能通向哪里?"

"可能通往任何地方,也可能哪里都去不了!"科莫多弗洛伦萨尔回答,"许多房间有这样的开口,有的时候它们通向小阁楼,但是不和其他房间相连;有时候通往密室;还有些时候甚至能通到另一层的走廊里。"

一阵敲门声从哈马达尔班的住处传来,一个女人的声音大声叫道:"卡尔法斯托班,开门!采石场的守卫来找克拉夫塔普,他们在佐恩斯罗哈戈的奴隶牢房门口发现有一个哨兵被杀了,他们觉得这些奴隶之间存在不为人知的阴谋,想审问克拉夫塔普。"

"我们必须到长廊去。"科莫多弗洛伦萨尔低声说,快步走到通向长廊的门口。

他走到那里时,外面有人把手放在门闩上,试图打开上锁的门。

"卡尔法斯托班!"长廊那边有个声音喊道,"让我们进去!奴隶们不在这边,快点,把门打开吧!"

人猿泰山迅速扫视四周,脸上带着接近咆哮的神情。他又一次沦落为被困的野兽,他讨厌这样。他丈量了从地板到天花板上开口的距离,然后借助小跑轻轻地跳了起来。他已经忘记了身形缩小对敏捷性产生了多大影响,原本只打算抓住洞口的某处,不料竟然完全穿过去了,双脚落在上方黑暗的房间里。他转过身,低头看地上站着的朋友——他们的脸上都写着难以置信。不用说,他自己也被吓了一跳。

"对你们来说是不是太高了?"他问。

"太高了!"他们回答说。

然后,他再次转身,头朝下从洞口探出来,用膝盖勾住洞口的边缘。这时,走廊那边的敲门声开始响个不停;而在哈马达尔班住所那边传来一个男人的声音,怒气冲冲地要求进来。

"开门!"他喊道,"我以国王的名义要求你们快开门!"

"你们自己来开!"那个在对面敲门的人喊,他以为这个要求开门的声音是从房间里面传来的。

"我怎么可能打开呢?"另一个人尖叫道,"门是从你们那边锁上的!"

"我这边没有被锁上,是从你们那边锁的。"另一个人生气地说。

"你撒谎!"哈马达尔班住处那边的人喊道,"等我把这件事报告给国王,你会吃不了兜着走。"

泰山头朝下伸进房间,双手伸向他的同伴。"把塔拉斯卡举起来递给我。"他向科莫多弗洛伦萨尔指示道。他的同伴照做了,泰山抓住女孩的手腕,尽可能地把她举高,直到她能抓住他的皮质盔甲,支撑着自己不掉下来。接着,他又抓住她身体下部,继续

逃生隧道 | 185

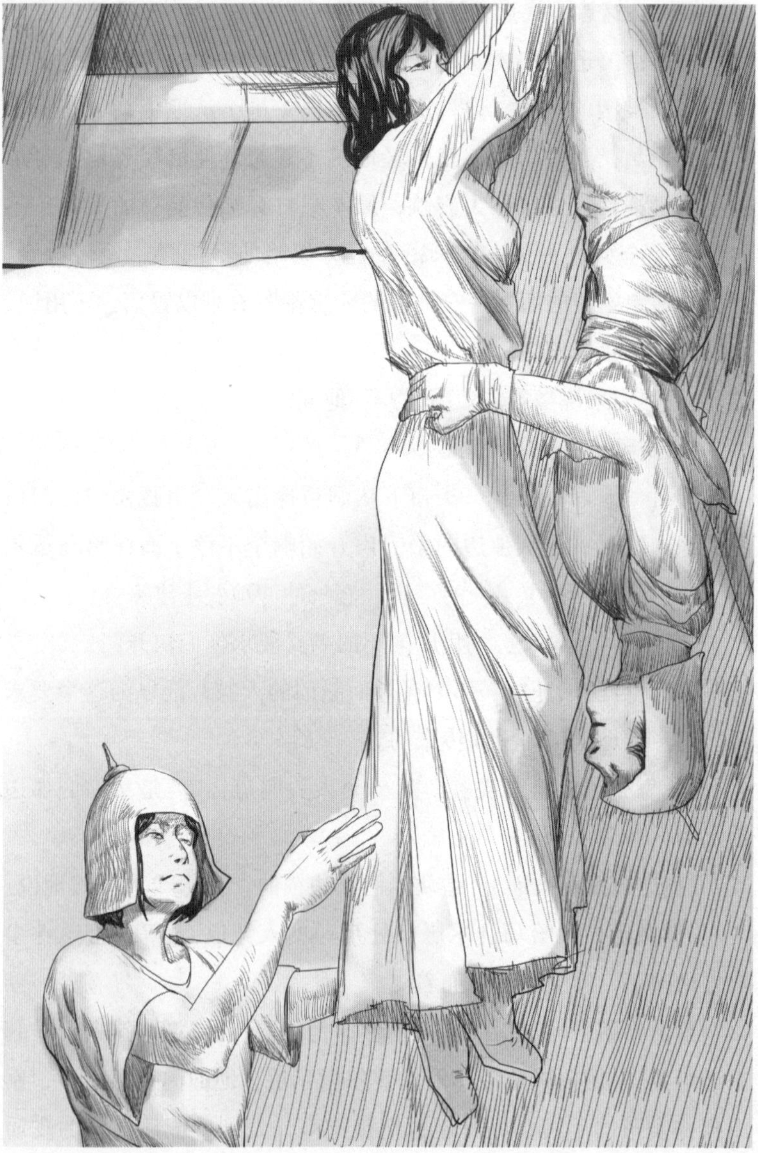

往高抬了一些,于是女孩就这样爬进了上面的房间。

此时,两扇门外愤怒的战士们开始试图撞破房门,他们重重地撞击大门板,随时都有可能将它们撞碎。

"科莫多弗洛伦萨尔,给你的口袋装满蜡烛,"泰山说,"然后跳到我的手上。"

"在储藏室的时候,我拿了所有能拿的蜡烛。"他回答说,"准备好!我要跳了。"

走廊那边的门上有一块板子裂开了,木块飞溅到房间地板的正中央,此时泰山正抓住了科莫多弗洛伦萨尔伸出的手。几秒钟之后,两人都跪在了黑暗的阁楼里朝下看,他们看到对面的门一下子被打开了,十个士兵跟在他们的监工后面冲了进来。

他们起初茫然地四处张望,不敢相信自己的眼睛。没过多久,另一扇门上传来的撞击声吸引了他们的注意力。监工的脸上露出了微笑,快步走过去打开了门。愤怒的战士朝他冲进来。不过,当他解释清楚双方都在努力试图进入房间时,他们不约而同地笑了,笑声中包含了一丝尴尬。

"但是刚才谁在这里呢?"那个从采石场带兵过来的监工问道。

"卡尔法斯托班和绿袍奴隶克拉夫塔普。"一个从属于哈马达尔班的女人说。

"他们肯定藏起来了!"一个战士说。

"搜查所有房间!"监工下了命令。

"找出一个人不会花多少时间的。"另一个战士指着储藏室的地板说。

其他人朝那里看去,只见地板上有一只手,手指似乎定格在了握爪的样子,无声地宣告了那个人的死亡。一名战士快步走到储藏室,打开门,拖出了克拉夫塔普的尸体。死者的脖子几乎完全被拧了下来，靠一丝血肉粘在下面的身体上。就连战士们也本能地后退了一步，全部惊得目瞪口呆。他们很快环顾了一圈房间。

"两扇门都是从里面锁上的，"监工说，"不管是什么，那个东西一定还在这里。"

"这不可能是人做的事。"隔壁房间跟过来的一个女人小声说。

"仔细搜查。"监工说道。他不是胆小鬼，他先进入一个房间，然后又进入另一个。在第一个房间里，他们找到了卡尔法斯托班的尸体，剑从他的心脏中间穿过。

"如果有路可逃的话，我们是时候离开这里了。"泰山对科莫多弗洛伦萨尔悄声说，"总有人会一下子看到这个洞的。"

他们俩沿着相反的方向，在黑暗又闷热的阁楼里小心翼翼地摸索着墙壁前进。成年累月的灰尘扬起来，弥漫在他们周围，几乎让人窒息。显然，这个房间已经很多年没有被使用过了。很快，科莫多弗洛伦萨尔听到了一个低低的嘘声，是泰山在叫他："你们两个都过来，我发现了一个东西。"

"你找到了什么？"塔拉斯卡问道，朝他靠近。

"靠近墙的底部有一个开口，"泰山回答说，"大到可以让一个人爬过去。科莫多弗洛伦萨尔，你觉得现在点蜡烛安全吗？"

"不行，现在不要点。"王子答道。

"那我就不带蜡烛进去了，"泰山说，"我们得看看这条地道通向哪里。"

然后，他双手和膝盖着地，降落到下面。站在他旁边的塔拉斯卡感觉到他走开了，但她看不见他，因为阁楼里太黑了。

两人在原地等待着，但泰山一直没有回来。他们听到楼下的房间里有人在说话，心想那些搜捕者会不会很快上来调查这个阁楼。不过，实际上他们没有必要担心，因为那些士兵已经决定包围这里，毕竟这样要比贸然爬进那个黑洞安全得多——那个未知的生物可是活生生地将人头拧了下来。既然它肯定要从上面下来，那么它下来的时候，他们就会准备好摧毁或捕获它；但目前为止，他们只需等待便可。

"不知道他怎么样了？"塔拉斯卡焦急地低声说道。

"你很关心他，不是吗？"科莫多弗洛伦萨尔问。

"为什么不呢？"女孩问，"你不也很关心他吗？"

"是的。"科莫多弗洛伦萨尔回答。

"他非常棒。"女孩说。

"是的。"科莫多弗洛伦萨尔说。

仿佛在回应他们的愿望一样，一阵低沉的口哨声从泰山刚刚爬进去的那个隧道下方传来。"过来！"泰山小声说。

塔拉斯卡在前，她和王子循着声音，双手和膝盖着地爬过蜿蜒的隧道，在黑暗中摸索前进。直到最后，他们看到前面有处亮光，是泰山在一个小房间燃了一根蜡烛，那间屋子的高度刚好可以让一个高个子的人在里面坐直。

"我寻到了这里，"他对他们说，"这里作为藏身之处还不错，至少点蜡烛不用害怕被发现，所以我就回去找你们了。这里相对还算舒适和安全，我们可以停留一会儿，等我继续探索后面的隧道。根据我的判断，还没有任何维尔托皮斯马库斯人来过这个地方，所以基本上不会有人到这里找我们。"

"你觉得他们会跟着我们吗？"塔拉斯卡问道。

"我想他们会的，"科莫多弗洛伦萨尔回答道，"既然我们不能回去，那我们最好立即往前走，因为隧道的另一端可能通向另一个房间，也许我们可以在那里找到逃生途径。"

"你说得对，科莫多弗洛伦萨尔，"泰山同意道，"留在这里只

逃生隧道 | 189

能等死。我第一个走，让塔拉斯卡跟着我，你来殿后。如果最终发现这个地方是一条死胡同，我们调查一下也没什么坏处。"

这次他们用蜡烛照亮前面的路，三人吃力地从凹凸不平的岩石地面爬过。这条巷子不时地拐来拐去，好像是在经过不同的房间，然后他们终于可以松一口气了，因为通道的宽度和高度突然间增大了许多，他们能够直立行走了。接着，隧道从一个陡峭的斜坡骤然下降到较低的水平，他们很快进入一个小房间里，这时塔拉斯卡突然抓住泰山的胳膊，微微地吸了一口凉气。

"那是什么，巨人！"她悄声说，指着前面的黑暗。

在房间的一侧，依稀可见一个蜷伏的人形贴在墙边的地板上。

"还有那个！"女孩指着房间的另一个地方喊道。

泰山把她的手拿开，快步向前，左手高举着蜡烛，右手放在剑上。他走近蹲着的人，弯下腰去查看。当他把手放在上面时，那个东西立即化作了一堆尘土。

"这是什么？"女孩问。

"是一个人，"泰山回答说，"但是它已经死了很多年了。它被锁在这堵墙上，链条甚至都生锈了。"

"另一个也是吗？"塔拉斯卡问道。

"那里有好几个，"科莫多弗洛伦萨尔说，"看到了吗？那里和那里都有。"

"至少它们没法扣留我们。"泰山说，然后又穿过房间朝对面的门口走去。

"但我们从中可以做出一些推测。"科莫多弗洛伦萨尔说。

"什么推测？"泰山问。

"这条走廊连接着一个非常有权的维尔托皮斯马库斯人的住所，"王子答道，"他的力量强大到可以不受约束地处置他的敌人；

另外，我们还可以得知，这一切都发生在很久以前。"

"从尸体的状况可以看出来？"泰山问。

"不完全是，"科莫多弗洛伦萨尔答道，"蚂蚁会在很短的时间内把它们变成那个状态。很久以前，死尸都是留在圆顶建筑里面的，而当时蚂蚁是我们的清道夫，它们很快就能处理掉尸首，但它们有时会攻击活人。它们曾经只是一个麻烦，后来却变成了不小的威胁，人们尽可能采取一切措施避免吸引它们。我们还和它们交战过。在特鲁哈纳达马库斯，米努尼人曾经和蚂蚁发生过激烈的战争，成千上万的战士被活活吞食——尽管我们杀死了数以亿计的蚂蚁，但它们蚁后的繁殖速度远比我们杀敌的速度快，毕竟我们的敌人是无性繁殖的。最后，我们把注意力转移到了它们的巢穴上。在那里发生了可怕的大屠杀，我们最终成功地剿灭了他们的蚁后，从此没有蚂蚁敢进入我们的圆顶。它们生活在我们四周，但它们害怕我们；同时，我们再也不敢把死者留在穹顶内来吸引它们了。"

"那么你认为这条走廊通向权贵的住处吗？"泰山问道。

"我相信它曾经是的，但时间会带来变化。现如今它的末端可能被封闭起来了。当这些骨头还很脆的时候，它通往的那间屋子里可能住着一个国王的儿子，但现在它可能只是士兵们的军营，也可能是养羚羊的棚子。我们所能确定的，"科莫多弗洛伦萨尔总结道，"无非是它已经很久没有被人使用过了，因此可能对于当今的维尔托皮斯马库斯人来说还是一个未知物。"

从有死者的房间往外走，隧道突然下降到了较低的水平，他们最后进入了第三个房间，比其他的几间都大。这里地板上躺着许多人的尸体。

"这些人没有被拴到墙上。"泰山说。

"是的,他们因战斗而死,你可以从这些拨出来的剑和骨头的方位看出来。"

三人停下来看了看这个房间,就在这时,他们听到了有人说话的声音。

Chapter 19
公主示爱

时间一天一天过去了，泰山一直没有回家，他的儿子变得越来越担心，给邻近的村庄分别派出了送信人寻找父亲的下落，但所有人带回来的消息都是一样的——没人见过他们的主人。于是，杰克向最近的电报机发出讯息，试图搜寻全非洲的所有主要着陆点，看那些地方是否有人见过或听说过泰山，但得到的答案都是否定的。

最终，杰克带着他的原始武器和若干瓦兹瑞战士去寻找父亲。那些同去的人马都是部落里最骁勇最迅捷的战士，他们夜以继日地搜查丛林，常常在路过的村庄受到村民热情友好的招待。但是，尽管这群人不遗巨细的找寻之路已经覆盖了面积辽阔的大片国土，走过了常人无法企及的距离，可他们的辛劳付出却没有得到任何回报，关于人猿泰山的下落还是没有线索。他们虽然沮丧，但仍然不知疲倦地搜查，穿过错综复杂的热带丛林，也穿越了岩石高地，那里点缀着了无人烟的荆棘林。

在维尔托皮斯马库斯国王埃尔科米哈戈的穹顶宫殿,三人在一个岩石墙壁的密室停下,他们听到有一个人在说话,声音似乎是从岩壁外面传来的。他们身旁的地板上有一些很多年以前留下来的尸骨,周围飘浮着成年累月的尘土。

女孩紧挨着泰山。"谁在说话?"她低声问。

泰山摇了摇头。

"是女人的声音。"科莫多弗洛伦萨尔说。

泰山把蜡烛高举过头顶,向左边的墙靠近了一步,然后停下来,伸出手指。其余二人朝他所指的方向望去,只见他头顶上方大约一到两华尔的墙上有一个开口。泰山把他的蜡烛递给科莫多弗洛伦萨尔,摘下身上的剑置于地板上,然后轻轻地跳起来,紧紧地抓住开口的边缘,倾听片刻之后跳了下来。

"外面漆黑一片,"他说,"声音的主人在我看到的这个房间以外的另一个房间。隔壁的房间没有人。"

"如果全是黑的,你又是怎么知道的呢?"科莫多弗洛伦萨尔问他。

"要是有人在那儿,我会闻出来的。"泰山回答。

他们惊讶地看着他。"我敢肯定,"泰山说,"因为我只感觉到有一股气流从隔壁房间通过那个开口传到了这个房间。如果有人在那里,他的体臭不会传不到我的鼻孔里。"

"你真的能辨别出这个?"科莫多弗洛伦萨尔无法理解,"我的朋友,我平常都是相信你的,但这个我可不信!"

泰山笑了。"我有勇气坚持自己的判断,"他说,"因为我要去那里调查。传过来的声音很清晰,所以我确信中间没有坚实的墙壁挡着——那个女人房间的墙上肯定有一个开口,既然我们要探究每一条可能的逃跑路线,那么我必然得去查看一下。"他朝洞口所在的那堵墙走去。

"哦,我们不要分开,"女孩叫道,"一个人去哪里,其他人也跟着一起去吧!"

"两把剑总比一把剑强。"科莫多弗洛伦萨尔说,尽管他的语气中带着一丝不乐意。

"很好,"泰山回答,"我先走,然后你可以把塔拉斯卡递上来给我。"

科莫多弗洛伦萨尔点点头。不到两分钟,三个人就站在了墙的另一边。他们的蜡烛照亮了一条狭窄的通道。和从卡尔法斯托班的房间通上去的走廊不同,这里的通道看上去有近期使用过的痕迹。他们刚刚经过的那堵墙是用石头砌成的,但对面的墙是钉板和粗糙的木板做的。

"这条通道是建在镶板房间一侧的。"科莫多弗洛伦萨尔低声说,"这些粗糙的木板的另一面是用光滑的木板或抛光的金属做成的精美镶板。"

"那么,你觉得会不会有一扇门是从这条通道通向隔壁房间的?"泰山问道。

"很有可能是一个秘密镶板。"他回答。

他们沿着走廊移动,认真听着那边的动静。起初他们只能够分辨出这是一个女人的声音,但现在他们开始听到了一些词句。

"——如果他们让我拥有他的话。"这是他们听到的第一句话。

"高贵的公主,这是不可能的。"另一个女人的声音回答道。

"佐恩斯罗哈戈是个傻瓜,他应当去死,但我杰出的父王比他更愚蠢。"第一个声音说,"他想杀掉佐恩斯罗哈戈,同时埋葬那

公主示爱 | 195

个可以让我们的战士变成巨人的秘密。如果当初他们让我买下这个巨人，他就不会逃跑了。他们以为我会杀了他，但其实这根本和我的意图不沾边。"

"您会对他做什么，尊贵的公主？"

"这不是奴隶该问的事情。"女主人厉声说。

有那么一会儿，房间里一片寂静。

"是詹扎拉公主在说话，"泰山对科莫多弗洛伦萨尔说，"她是埃尔科米哈戈的女儿。你本来打算抓走她娶她为妻的，但事实上你可能会遇到一大堆麻烦。"

"她像其他人说的那样漂亮吗？"科莫多弗洛伦萨尔问。

"她很漂亮，但她是个魔鬼。"

"那我仍然有义务把她带走。"科莫多弗洛伦萨尔说。

泰山不说话了，一个计划浮现在了他的脑海。隔板那边的声音又开始说话了。

"他非常棒，"公主说，"比我们的战士优秀得多。"一阵沉默之后，她又说，"你可以出去了，奴隶。在太阳照到公主长廊和国王长廊中间之前，确保不要有人来打扰我。"

"愿您的蜡烛像您的美貌一样永远燃烧，公主殿下。"女奴隶说着，然后穿过房间退了下去。

过了一会儿，墙板后面的三个人听到有扇门关上了。

泰山在过道里悄悄前进，寻找连接詹扎拉公主房间的那块秘密镶板。不过，是塔拉斯卡最先找到了它。

"在这儿！"她低声说。三个人一起检查了那块板，发现它很普通，只要在对面的某处施加一点压力就能打开它。

"你们在这儿等着！"泰山对他的同伴说，"我去叫詹扎拉公主过来。如果我们不能和她一起逃走，她可以作为人质换取我们的自由。"

没等和其他人讨论他的计划是否可行,泰山就把抵住镶板的拉手轻轻向后滑,微微推开门。在他面前是詹扎拉的房间。房间布置得非常华丽,正中央有一块大理石做的床板,公主就平躺在那上面,一个巨大的蜡烛在她的头顶上方燃烧着,另一个放在她的脚边。

无论他们的住所有多么奢华,无论他们坐拥多少财富,或处于什么地位,米努尼人从来不会睡在比一层布料更柔软的东西上。他们习惯把织物铺到地板上,或者铺到用木头、石头或大理石做的床板上,这要取决于房主的阶级和财富。

泰山没有关上镶板,他悄悄地走进房间,径直朝公主走去。公主闭着眼睛躺着,不知道有没有睡着。泰山已经走了一半距离,正当他快要接近冰冷的床时,突然有一股风吹过,镶板被"砰"地关上,声音大得几乎可以吵醒墓穴里的死人。

公主立刻站起来,面对着泰山。有那么一会儿,她静静地站在那里凝望着他。然后,她慢慢地朝泰山走去,灵巧地扭动着身体,让丛林之王想到了母狮的气度。

"是你,巨人!"公主微喘着说,"你是来找我的吗?"

"我是来找你的,公主,"泰山回答,"如果你不大声喊叫,我就不会伤害你。"

"我不会呼喊的。"詹扎拉一边说,一边半闭着眼睛向他走来,伸出双臂搂住他的脖子。

泰山后退一步,轻轻地挣脱了。"你不明白,公主。"他说,"你是我的俘虏,你必须和我一起走。"

"是的,"她低声说,"我就是你的囚犯,不明白的人是你。我爱你。我有权选择任何一个奴隶作为我的配偶,我选择了你。"

公主示爱 | 197

泰山不耐烦地摇摇头。"你不爱我，"他说，"我很抱歉你觉得你爱我，因为我不爱你。我没有时间浪费在这里了。走吧！"他走近两步，抓住了她的手腕。

她的眼睛眯了起来。"你疯了吗？"她问道，"难道你不知道我是谁吗？"

"你是詹扎拉，是埃尔科米哈戈的女儿，"泰山回答，"我很清楚你是谁。"

"你竟敢抗拒我的爱！"她喘着粗气，胸脯起伏不定，她的情绪异常激动。

"我们之间不会有爱情的，"泰山回答，"对我来说，现在最紧要的问题是我和我同伴们的自由和命运。"

"你爱别人吗？"詹扎拉问。

"是的。"泰山告诉她。

"她是谁？"公主问。

"你是要安静下来，还是要我用武力把你带走？"泰山没有理会她的问题，继续问道。

公主静静地在他面前站了一会儿。她身上的每一块肌肉都绷紧了，黑色的瞳仁里有两道燃烧的怒火。然后，她的表情渐渐缓和下来，向他伸出一只手。

"我会帮你的，巨人，"她说，"我会帮你逃走的。因为我爱你，我才要这样做。来！跟我走！"她转过身，轻轻地走过房间。

"但我还有同伴，"泰山说，"我不能一个人走。"

"他们在哪儿？"

他没有告诉她，因为他还不太确定她想干什么。

"给我带路吧，"他说，"我可以回来找他们。"

"是的，"她回答说，"我会证明给你看的，这样也许你就会爱

198

我胜过爱别人了。"

在镶板另一边的走廊里,塔拉斯卡和科莫多弗洛伦萨尔等待着泰山的冒险,他们都清楚地听到了泰山和公主之间的对话。

"他爱你,"科莫多弗洛伦萨尔说,"你看,他爱你。"

"我不这么觉得,"女孩回答,"他不爱公主不代表他就爱我。"

"但他确实爱你——你也爱他!他一来我就看出来了。如果他不是我的朋友,我可能早就刺死他了。"

"假设他真的爱我,你为什么要因为这个杀死他呢?"女孩反问,"我就这么重要,所以你宁愿看到你朋友死去也不愿意让他和我在一起吗?"

"我——"他有些犹豫,"我不能告诉你我是什么意思。"

女孩笑了,然后突然清醒过来:"她正领着他离开房间。我们最好跟在后面。"

当塔拉斯卡把手指放在镶板开关的弹簧上时,詹扎拉正带领着泰山穿过房间,走到其中一个侧壁的门口——不过这不是她的奴隶刚才离开的那扇门。

"跟我来,"公主低声说,"你就会明白詹扎拉的爱代表什么。"

泰山不太确定她的意图,小心翼翼地跟在后面。

"你很害怕,"她说,"你不相信我!好吧,那么到这儿来,进去之前,你自己来看看这个房间。"

泰山接近詹扎拉站在边上的那扇门时,科莫多弗洛伦萨尔和塔拉斯卡刚刚踏进这个房间。他们看到他脚下的地板突然不见了,很快巨人就消失了。泰山掉进一个黑暗的滑槽,他听到身后传来一阵詹扎拉的狂笑,笑声随他一起跌进未知的黑暗中。

科莫多弗洛伦萨尔和塔拉斯卡迅速进入房间,但为时已晚。刚刚那块地板已经悄悄地复原了。詹扎拉站在那里气得发抖,狠狠地盯着泰山消失的地方。她的样子就像是一棵在狂风中颤抖的白杨树,只不过吹到她身上的是自己的情绪风暴。

"如果我得不到你,别人也休想得到你!"她尖叫道,然后她转过身,看见科莫多弗洛伦萨尔和塔拉斯卡向她跑过来。随后的事情发生得非常迅速,因此要想将其一次性记录下来是不可能的。事情就发生在泰山刚滑到滑槽底部的时候,他正从地面上站起来。

他发现这个房间里有几根蜡烛,在铁栅栏围起来的壁龛里燃烧着。他的对面有一扇铁栅栏门,里边是另外一间有灯光的房间,一个男人下巴耷拉在胸前,垂头丧气地坐在一张低矮的长凳上。那人听到泰山进入隔壁的房间之后抬起头,一看见他便立即跳了起来。

"快!到你左边去!"他叫道。泰山转过身,看见两只绿眼睛的巨兽正蹲伏下来准备一跃而起。

他下意识地揉揉眼睛,似乎想要擦掉梦中不真实的幻影——眼前是两只普通的非洲野猫,其轮廓和斑纹都很平常,但体积却大得惊人。泰山一下子忘记了自己只有原来的四分之一大,那些看起来和成年狮子一样大的猫其实只是普通的野猫。

当它们走向他的时候,泰山拔出了剑准备战斗。之前他在丛林中的时候也经常和面前这两个猫科动物的表亲单打独斗,丛林中的大猫显然要凶险得多。

"如果你能甩开它们来到这扇门跟前,"那人在隔壁房间喊道,"我可以让你进来。门是从我这边锁上的。"就在他说话的间隙,一只猫已经冲了过来。

科莫多弗洛伦萨尔从詹扎拉旁边跑过去,跳到泰山刚刚掉下去的地方。他脚下的地板消失的时候,他听到身后传来一声愤怒的叫喊,是从维尔托皮斯马库斯公主的嘴里发出来的。

"所以你就是那个他爱的人?"她尖叫道,"但你不会拥有他的——不行!就算在地狱里也不可以!"科莫多弗洛伦萨尔就听到了这些,然后那个黑色的滑道就吞噬了他。

面对怒火攻心的詹扎拉,塔拉斯卡停下脚步,紧接着后退了几步,因为公主拿着一把拔出的匕首朝她冲过来。

"去死吧,奴隶!"她一边喊着,一边扑向塔拉斯卡的胸口。女奴抓住公主的手腕,过了一会儿,她们两人一起倒在地上,用双臂将对方的脖子紧紧地锁住,在地板上滚来滚去。埃尔科米哈戈的女儿想把手里锋利的刀刃插进女奴的胸膛,而塔拉斯卡则奋力抵抗,用手指掐住对方的喉咙。

一只猫冲上来的时候,另一只也紧随其后。两只野兽都饿坏了,谁也不想让对方抢走快到嘴边的肥肉。泰山避开了扑上来的第一只猫,接着马上跃上前在它身侧扎了一刀。科莫多弗洛伦萨尔在进入詹扎拉的房间时就拔出了他的剑;等他滑进地窖里的那一刻,他几乎正好落在第二只野兽的嘴边。那只猫被突然出现的第二个人吓了一跳,它跳到地窖的另一端,准备稍微酝酿一下之后再次上前攻击。

在上方的房间里,塔拉斯卡和詹扎拉还在激烈地打斗。她们在房间里滚来滚去,互相撕扯和攻击,像两只披着人皮的母老虎。詹扎拉尖叫道:"去死吧,奴隶!你不能拥有他!"塔拉斯卡努力使自己保持平静,她屏住呼吸,慢慢地占据了上风。这时,她们碰巧滚到了刚刚泰山和科莫多弗洛伦萨尔掉下去的那个位置。

当詹扎拉意识到发生了什么的时候,她发出一声恐怖的尖叫。

公主示爱 | 201

"猫！猫！"她大叫。接着，她俩消失在漆黑的通道里。

科莫多弗洛伦萨尔没有去追赶跑到地窖对面的野猫。他跳到泰山跟前援助他，他们一起赶走了第一只野兽，后退着朝隔壁房间的门口移动。门后站着的男人已经准备好让他们进入这个安全的房间。

两只猫冲过来，然后又缩回去；很快再次跃过来，接着又迅速地跑开。它们已经尝到了人类的剑是什么滋味，不敢贸然上前。那两个人马上就到门口了，下一秒他们就可以跳过去。两只反复跃上前的野猫此时被驱赶到了深坑另一边的角落。

隔壁房间的男人立即打开大门。"快！"他叫道。几乎是同时，两个紧紧掐着对方脖子的人影从滑槽里掉下来，直接滚到深坑的地面上，恰好就在食肉动物进攻的那条路线。

Chapter 20
逃离敌国

刹那间,泰山和科莫多弗洛伦萨尔意识到饥饿的野兽将会疯狂地攻击塔拉斯卡和詹扎拉,他们立即朝两个女孩跑过去。和科莫多弗洛伦萨尔跳进坑里时一样,两只猫看到又有人掉下来,它们再次惊慌失措,跳到了房间的另一头。

詹扎拉的匕首在她们掉进井里时掉下来了,落在塔拉斯卡旁边的地板上。看到匕首,塔拉斯卡松开缠住公主的手,抓起武器跳起来。此时,泰山和科莫多弗洛伦萨尔已经站到了她的身边。大猫准备再次上前攻击。

詹扎拉慢慢站起来,不知所措。她环顾四周,美丽的脸庞因为惊惧而变了形。这时候,隔壁房间里的那个男人看见了她。

"詹扎拉!"他叫道,"我的公主,我来了!"他一把抓起他坐的那张凳子,那是屋子里唯一可以用作武器的东西。他把门大敞开,也跳进了四个人所在的那个地窖,他们正面对着两只被激怒的野兽。

　　这两只动物身上有很多伤口，鲜血直流。它们因为疼痛、愤怒和饥饿已经发狂了，咆哮着朝两个人的剑扑过来。泰山和科莫多弗洛伦萨尔把女孩们推到身后，慢慢向大门退去。然后，那个拿着长凳的人也加入了他们，于是三人一起对抗被激怒的野兽。

　　事实证明，板凳和剑一样管用，于是他们五人慢慢向后退。突然间，两只猫毫无预兆地快速跳到一边，冲到这群人背后，似乎它们都察觉到后面的两个女人更好接近。其中一只猫差点就扑到了詹扎拉身上，这时那个手持长凳的人带着魔鬼般的愤怒抱着他的特殊武器扑向它，拼命将猫击退。那只猫不得不放弃了对公主的攻击。

　　即使是这样，男人并没有停止追逐，而是挥舞着板凳上前驱赶它和它的同伴。他发出可怕的怒吼，用尽全身力气拿板凳击打它们。为了躲开他，那两只猫突然躲进这个男人刚才占据的那个房间。他不等它们返回战场，赶紧关上大门，将两只野兽锁在门的另一边。然后他转过身面对其余四人。

　　"是你！佐恩斯罗哈戈！"公主叫道。

　　"是的，我是你的奴隶！"那个贵族回答道。说着，他单膝跪地，身体向后倾斜，伸出双臂。

　　"你救了我的命，佐恩斯罗哈戈！"詹扎拉说，"我如此侮辱你，而你却救了我！我该怎么报答你呢？"

　　"我爱你，公主，你一直都知道，"那人回答说，"但现在一切都太迟了，太迟了。埃尔科米哈戈明天就会杀掉我，他已经说了要杀我——即使你是他的女儿，我也会毫不犹豫地说，他的无知使他从来不曾改变过自己做的任何决定。"

　　"我知道，"詹扎拉说，"他是我的父亲，但我不爱他。他杀死了我的母亲,仅仅因为他那不可理喻的嫉妒心。他是一个十足的大傻瓜。"

她突然转向其他人。"这些奴隶会成功逃出去的,佐恩斯罗哈戈,"她叫道,"在我的协助下他们应该能办得到。我们也可以跟他们一起逃离这里,在他们的土地上找到庇护所。"

"如果他们中的某个人在他的家乡有足够的权力就可以。"佐恩斯罗哈戈回答说。

"这个人是阿登德罗哈基斯的儿子,"泰山说,他看到了奇迹般的自由曙光,"他是特鲁哈纳达马库斯的王子。"

他说完之后,詹扎拉看了看泰山。"我是个坏人,巨人,"她说,"但是,我以为我想和你在一起,因为作为国王的女儿我几乎没有被我想要的任何东西拒绝过。"然后她对塔拉斯卡说,"拿走你的男人吧,我的女孩,祝你幸福。"她轻轻地把塔拉斯卡推到泰山身边,但塔拉斯卡后退了几步。

"你错了,詹扎拉,"她说,"我不爱巨人,他也不爱我。"

科莫多弗洛伦萨尔迅速看了一下泰山,以为他会立即否认塔拉斯卡的说法,但泰山只是点头表示同意。

"你是说,"科莫多弗洛伦萨尔问道,"你不喜欢塔拉斯卡吗?"他直视着朋友的眼睛。

"恰恰相反,我非常爱她,"泰山回答说,"但不是以你认为——或害怕——的那种方式爱她。我爱她是因为她是一个善良的好女孩、一个忠诚的朋友,还因为她遇上了麻烦,需要你和我给予她爱和保护。但是,我对她的爱和对伴侣的爱是不一样的。我不爱她,我爱自己远在家乡的伴侣。"

科莫多弗洛伦萨尔没有说话,但他的内心翻江倒海。他想到回到家乡后,他是那里的王子,根据习俗他需要娶一个来自其他城市的公主。但是，他不在乎公主，他只想要这个维尔托皮斯马库斯的小女奴——她不知道自己的父母是什么人，无从确定自己的出身。

他想娶塔拉斯卡为妻，但是在特鲁哈纳达马库斯他只能让她做自己的奴隶。他对她的爱是真诚的，所以他不会那样侮辱她，甚至想都不会这样想。如果他不能让她做他的王妃，他就彻底失去她了。想到这里，阿登德罗哈基斯的儿子感到很伤心。

但是，他现在没有时间沉湎于个人悲伤，因为其他人正在计划最合适的逃跑方案。

"饲养员会从这边下来喂猫。"佐恩斯罗哈戈说，指着地窖对面墙上的一个小门。

"它没有上锁，"詹扎拉说，"因为囚犯必须穿过这间养猫的屋子才能够得着这扇门。"

"我们来试试看。"泰山说着，走到那个门口。

门在力的作用下被推开了，外面是一条狭窄的走廊。他们五人一个接一个地爬过小洞，顺着走廊往上爬。肉食动物地窖里的那几根蜡烛被他们拿下来照明。在走廊的最上方有一扇门开到外面一条宽阔的走廊上，离那扇门很近的地方站着一名守卫。

泰山打开门，詹扎拉透过狭窄的门缝看到了前面的走廊和卫兵。"很好！"她喊道，"这是我自己的走廊，这个战士在我门前站岗。我和他很熟，他通过我避免了过去三十个月的税赋。他可以为我而死。来吧！我们不需要害怕了。"她大胆地进入走廊向哨兵走去，其他人跟在她后面。

士兵分辨出了迎面走过来的人，因此他没有拉响警报。这时，他就像公主手中的提线木偶。

"你什么都没看见。"她告诉他。

"一切听从詹扎拉公主的吩咐。"士兵回答。

詹扎拉说自己需要五只羚羊和更多厚重的士兵服饰和头盔。士兵看了一眼那几个和公主在一起的人,显然认出了佐恩斯罗哈戈。他开始猜想另外两个男人是谁。

"我不仅可以为我的公主做一个瞎子,"他说,"明天我还会为她去死。"

"那就去牵六只羚羊过来吧。"公主说。

然后她转向科莫多弗洛伦萨尔。"你是特鲁哈纳达马库斯的王子吗?"她问道。

"我是。"他回答说。

"如果我们带你们逃出去,你还会奴役我们吗?"

"我会把你们带回城里做我的奴隶,然后再解放你们。"他回答说。

"这种事情几乎是没有任何先例的,"她若有所思地说,"至少维尔托皮斯马库斯人从来没有这么做过,我不知道你的父王会不会同意。"

"这件事并非没有先例,"科莫多弗洛伦萨尔回答,"虽然很罕见,但就我所知,确实有人这么做过。你可以放心,阿登德罗哈基斯国王会欢迎你们的。佐恩斯罗哈戈的智慧和才能在那里不会被浪费,会得到应有的回报。"

过了很长时间,那个士兵才带着羚羊回来。他的脸上满是汗水,手上沾了鲜血。

"我不得不为它们而战,"他说,"如果我们不快点的话,他们还会追过来的。这里,大人,我给你带来了武器。"说着,他递给佐恩斯罗哈戈剑和匕首。

他们迅速乘上坐骑。这是泰山第一次骑上米努尼羚羊背,他

逃离敌国 | 207

发现这个充满活力的小动物很好控制，而且羊鞍的设计也很不错。

"他们会从国王长廊来追我的，"牵来羚羊的士兵奥拉萨克解释道，"因此我们最好走其他走廊。"

"特鲁哈纳达马库斯在维尔托皮斯马库斯的东边，"佐恩斯罗哈戈说，"如果我们和这两个特鲁哈纳达马库斯奴隶一起从幺主长廊离开，他们就会猜到我们要去那里；但是，如果我们走另一个长廊，他们就不能确定了。假如他们在刚开始追逐的时候浪费了时间，对我们将会很有利。如果我们直接向特鲁哈纳达马库斯前进，我们肯定会被追上，因为他们会用最快的羚羊来追赶我们。所以，只能把希望寄托于让他们搞混我们的路线和目的地。要想做到这一点，我觉得我们应该从战士长廊或奴隶长廊离开，穿过城市北部的山脉，绕到北部和东部，但不要向南掉头，等到经过特鲁哈纳达马库斯之后再改变方向。这样，我们就可以从东边进入那个城市，而我们的追兵则一直在特鲁哈纳达马库斯的西边巡逻。"

"那我们就从战士长廊离开吧。"詹扎拉建议道。

"我们从城市北边经过时，乔木和灌木可以掩护我们。"科莫多弗洛伦萨尔说。

"不能拖延了。"奥拉萨克催促说。

"你和公主一起打头阵，"佐恩斯罗哈戈说，"门口的守卫应该会让公主和她的队伍经过。我们其他人用战袍把自己的脸遮住。来吧，带路！"

詹扎拉和奥拉萨克在前面骑行，其他人紧随其后。他们沿着环形走廊向战士长廊稳步前进，直到他们进入后者，身后才有了追兵的迹象。但是，即使他们听到后面有人在呼喊，他们也不敢贸然加快速度，以免引起警卫室士兵的怀疑。他们必须经过走廊出口的警卫室才能出得去。

战士长廊从来没有像今天晚上看上去这么长过，他们也从来没有像现在这样强烈地希望他们的坐骑能跑起来。但是，他们依旧将坐骑控制在平稳的速度范围内，这样就不会有人怀疑这六个人正在试图逃跑——其中大部分是死囚。

当身后的追兵赶到战士长廊时，他们几乎要到了出口的地方。追击者们正快速地向前逼近。

在走廊的出口处，詹扎拉和奥拉萨克骑到一个准备阻拦他们的士兵旁边。

"詹扎拉公主！"奥拉萨克宣布，"为詹扎拉公主让路！"

公主把她身上穿的战士披风的帽子往后一拉，露出了她的样貌。王宫的每一个战士都知道她，并且都怕她。那个士兵犹豫了。

"靠边站，士兵！"公主叫道，"不然我就把你撞倒。"

他们身后有人大喊了一声。战士们疾驰在那条长廊上，嘴里在喊着一些话，但声音被嘈杂的背景掩盖了。可是，那个士兵还是觉得可疑。

"等我叫卫兵首领过来，公主，"他叫道，"我不敢让任何人没有许可就过去。等等！他就在这里。"坐骑上的六人看到一个长官从警卫室门口出来了，后面跟着几个战士。

"走！"詹扎拉喊道，随即猛踢了一下她的坐骑，径直从那个士兵身边冲过去。

其他人立即跟着她。哨兵倒在地上，用他的剑勇敢地刺向那些狂奔的羚羊。这时，士兵长官和他的部下们从警卫室冲出来，正好和后面来的追兵撞在了一起。他们立即觉得那些人也是逃兵，互相打斗了一小会儿，直到其中一方做出解释。利用这点时间，逃亡者们从树林中穿过，来到城市的西侧，然后转向北方。前方的山脉在晴朗无月的夜晚依稀可见，他们就朝那里前进。

逃离敌国 | 209

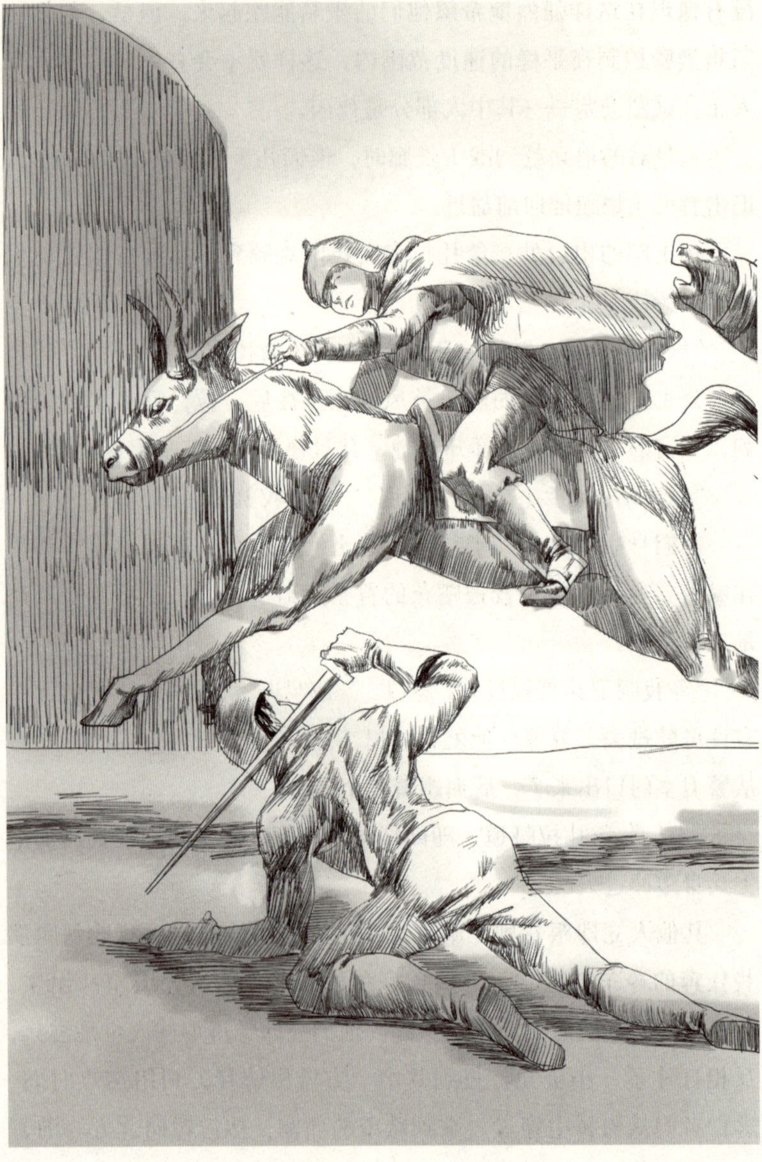

奥拉萨克说他很熟悉山路，因此他带头，其他人尽可能地紧跟其后，科莫多弗洛伦萨尔和泰山在后方作为掩护。他们在黑夜里默默穿行，沿着陡峭的山路蜿蜒向前。当小径上没有立足点的时候，他们需要时不时地从一个岩石跳到另一个岩石上。众人滑进潮湿的峡谷，穿过茂密的灌木丛，沿着树木葱郁得像隧道一样的蜿蜒小径向上爬，有时候会爬到狭窄的山脊或宽阔的高原上。整个晚上，他们后面都没有追兵的迹象。

天终于亮了。站在高耸的山脊向远处望去，不论是延伸到北边的广阔平原，还是远山、森林和溪流，所有的美景尽收眼底。此时，他们决定到那个在高处看到的林中空地上，让疲惫的羚羊在那里休息一会儿，同时自己也找点吃的。毕竟，一整晚的奔波劳累对他们来说都有点吃不消。

他们知道，在山谷间几乎可以无止境地躲藏下去，因为这里了无人烟。在太阳升起一小时之后，他们去扎营，给坐骑喂了水和食物。自从离开维尔托皮斯马库斯之后，他们此时才真正感受到了安全感。

奥拉萨克去徒步打猎，杀死了一些鹌鹑；泰山则在小溪里刺到了几条鱼。众人把食物弄熟之后吃下去。然后，男人们轮流把守，他们一直睡到下午，因为前一天晚上没有人睡过觉。

下午两三点左右，他们又上路了；天黑时，他们已经到了平原上。科莫多弗洛伦萨尔和佐恩斯罗哈戈在离队伍较远的侧翼骑行，他们在寻找合适的栖息地。最后，是佐恩斯罗哈戈先找到了，其他人都跟着聚集过来。在渐渐暗下去的光线里，泰山没有看到任何和平原上其他地方的不同之处。这里有一小丛树木，但他们刚刚已然经过了许多这样的树丛，这里的看上去似乎并没有比别处的更加安全。对泰山来说，它怎么都不会成为一个合格的营地——既没有水,也不能挡风,或者阻挡外面的敌人。不过,他们也许要到树干里面去,这样就说得通了。他满怀感触地仰望着高耸的树枝。这些树看起来真大啊!他知道这是什么树,曾经它们对他来说只不过是普通的大小,然而现在它们像真正的巨树一样耸立在他的头顶。

"我先进去。"他听到科莫多弗洛伦萨尔说。

其余几个男人站在巨大的洞穴入口处朝里看。泰山知道这个洞是蜜獾的巢,这种动物是獾家族的非洲成员,但他不知道他们为什么想进去,因为他平素压根就没把这种小型动物放在眼里过。他走过去加入了其他人的行列,看到科莫多弗洛伦萨尔拿着抽出来的剑爬进了洞穴。

"他为什么要这么做?"他问佐恩斯罗哈戈。

"如果蜜獾在那里,他就把它赶出去或者杀掉。"佐恩斯罗哈戈答道。

"为什么?"泰山问,"你们从不吃蜜獾的肉吧!"

"的确不会,但是我们需要在它的巢穴里过夜,"佐恩斯罗哈戈回答说,"我忘了你不是米努尼人。我们今晚将在蜜獾的地下巢穴里住一晚,以免受到猫或狮子的攻击——如果我们现在就在里边该多好,因为夜晚的这个时间正是狮子出来狩猎的时候,米努尼人不会在这个时候到平原或者森林里去。"

几分钟之后,科莫多弗洛伦萨尔从洞里出来。"蜜獾不在那里,"他说,"洞穴是废弃的,我只找到一条蛇,已经把它杀了。奥拉萨克,你先进去吧,詹扎拉和塔拉斯卡会跟着你。你们有蜡烛吗?"

他们有蜡烛,于是一个接一个消失在洞口,泰山要求最后再进去。他独自一人站在黑暗中凝视着蜜獾的洞穴口,嘴角挂着一丝微笑。仔细想想,人猿泰山居然要在蜜獾的洞里藏起来躲避狮子，这是多么荒谬和可笑啊！更可笑的是他还得在那里躲避野猫！正当他站在那里微笑的时候，树林中隐约出现了一个巨大的身躯，旁边的羚羊"扑哧"地哼了一声之后迅速跳开了。泰山见到了平生见过最大的狮子——那只狮子的身高是泰山的两倍。

可想而知，对米努尼人来说，狮子是多么令人生畏的巨兽啊！

狮子蹲伏着，伸出尾巴，脚趾在地面上轻轻地移动；但泰山并没有被骗，他知道是什么来了。就在那只大猫跳起来的时候，他转过身，头朝下钻进了蜜獾的洞里。在他身后，狮子跳到了他刚刚站着的地方，把一堆松软的泥土推进了洞口。

Chapter 21

再遇哑人

他们一行六人朝东行进了三天时间，到了第四天开始向南走。南方遥远的地平线上隐约可以看到一大片森林，东面也有部分区域被这片森林覆盖，西南方向就是特鲁哈纳达马库斯，对那些疲惫的小型羚羊来说需要走两天。泰山常常在想这些小生物究竟有没有得到休息，它们在夜间被放出去吃草，但以他对肉食动物习性的了解，他敢肯定这些小羚羊每天晚上大部分时间都在惊恐中度过，不是保持警惕就是四下逃窜；然而一到早晨，它们就会回到营地为主人服务。它们从未一走了之的原因无疑有两个，一是它们多年来生活在小人国的穹顶宫殿，早已习惯了从主人那里获取食物和照顾，未尝见识过别的生活形态；另一种解释是，小人们用纯粹的善意和爱心对待这些美丽的坐骑，因此这些小型羚羊也觉得和它们的主人在一起更加自在。

在他们旅途的第四天下午，塔拉斯卡突然把所有人的注意力吸引到他们后方的一小团尘土上。六个人聚精会神地盯着它看了很久,那团尘土越变越大,开始离他们越来越近了。

"可能是我们早就预想到的追兵。"佐恩斯罗哈戈说。

"或者是从特鲁哈纳达马库斯来的自己人。"科莫多弗洛伦萨尔提出。

"不管是谁,他们的人数远比我们多,"詹扎拉说,"在我们确认了他们的身份之前,我觉得我们应该先找个地方躲起来。"

"我们可以在他们抓到我们之前先抵达森林,"奥拉萨克说,"情况危急的时候,我们可以在那里甩掉他们。"

"我害怕森林。"詹扎拉说。

"只能这样了,"佐恩斯罗哈戈说,"即便如此,我现在怀疑我们能否在他们之前到达那里。快,我们必须抓紧时间!"

小型羚羊的蹄子在空中划过很大的幅度,人猿泰山还从未在哪个动物的背上跑得这么快过。身后的那一小团尘埃现在已经化身成了十二个骑兵,他们区区四人的剑必然寡不敌众,因此此时唯一的希望就是赶在追兵之前到达森林,现在看来,他们可能会成功,也可能不会。

泰山看到远处最近的那片树林已经离他们不远了,仿佛在羚羊的两只小角之间朝他冲过来;在他身后,敌人还在逼近——他们是维尔托皮斯马库斯人,由于现在敌我双方的距离足够近,敌人头盔上的图案清晰可辨,而对方也认出了他们的追捕对象,大声地叫他们停下,还叫了其中好几个人的名字。

其中一个追兵跑得比其他人更快,他现在紧跟在佐恩斯罗哈戈的身后,而后者和人猿泰山在队伍的后方并肩而行。在佐恩斯罗哈戈的前方是詹扎拉,那个追上来的人大声叫唤她。

"公主!"他喊道,"只要你把奴隶还给我们,国王就赦免你

再遇哑人 | **215**

的罪。只要你投降,一切既往不咎。"

听到这个,人猿泰山很好奇这两个维尔托皮斯马库斯人会怎么做,他知道这个条件一定是个很大的诱惑。要不是因为塔拉斯卡,他会建议他们回到朋友身边,但他不愿牺牲这个奴隶女孩。于是,他拔出剑,退到佐恩斯罗哈戈的侧后方,尽管另一个人完全没有猜到他的企图。

"投降吧,一切都会被原谅的!"那个追兵继续喊道。

"绝不!"佐恩斯罗哈戈喊道。

"绝不!"詹扎拉重复道。

"后果自负。"信使叫道。追兵和逃犯一起朝漆黑的森林奔去,但他们不知道在森林内部的边缘,一双双野人的眼睛正注视着这场疯狂的追逐,红色的舌头舔着饥饿的嘴唇。

泰山很高兴听到佐恩斯罗哈戈和詹扎拉的回答,在这次逃难的过程中,他也发现他们二人算得上是相当不错的同伴和战友。自从詹扎拉加入他们逃跑计划的那一刻起,她的态度彻底变了。她不再是那个被独裁者宠坏的女儿,而是一个寻觅幸福的女人——发现了新的爱情,抑或说刚刚意识到心中所爱,她常常对佐恩斯罗哈戈说她现在才知道原来自己一直爱着他。她生活中的新事物使她对其他人更加体贴,她如今似乎试图弥补塔拉斯卡她们初见时自己对她的残忍行径。而且,她现在也知道了她对泰山的疯狂迷恋无非是因为他的拒绝让她想拥有他,加上如果将泰山当作她的伴侣,她就可以成功地激怒她的父亲。她恨她的父亲。

科莫多弗洛伦萨尔和塔拉斯卡总是一起骑行,但特鲁哈纳达马库斯人从未跟这个奴隶小女孩说过情话。他的头脑中有一个巨大的决定正在慢慢成形,只是目前尚未明朗。塔拉斯卡似乎很高兴能够陪伴在他的左右,她终于尝到了自由的滋味,在这些日子里和心爱的人一起骑行就是极大的幸福——但是现在,一切都不重要了,面前只有被捕的危险和伴随而来的死亡和奴役。

六人拼命促使他们的羚羊快速前进,森林现在已经近在咫尺了。啊,如果他们能抵达那里就好了!在森林里,后面的十二个人不能同时参与追捕,他们无疑可以通过谨慎的操纵把追兵分开,这样每个人被追到的概率会降低。

他们眼看就要成功了!随着奥拉萨克的小型羚羊跃进森林最前面的一排树影中,他发出一声胜利的欢呼,其他人也很快加入了他。但是,他们的欢呼声只持续了很短的时间,因为他们看到一只巨大的手伸下来,把奥拉萨克从坐骑上抓走了。他们想勒紧缰绳,但为时已晚。尽管他们已经到了森林里,但一群可怕的哑人围住了他们。他们一个接一个地从坐骑上被抓了起来,而那些追兵一定是看到了森林里正在发生的事情,他们立即掉头,绝尘而去。

塔拉斯卡在一个女哑人的手里扭动着身体,她转向科莫多弗洛伦萨尔。

"再见!"她大喊,"这就是我们的结局,但至少我可以死在你的旁边,即使死了也比遇见你之前更快乐。"

"再见,塔拉斯卡!"他回答道,"活着的时候我不敢告诉你,但是死亡终于让我敢宣告我对你的爱。告诉我你也爱着我。"

"全心全意,科莫多弗洛伦萨尔!"他们似乎忘记了所有的旁人,在死亡面前陪伴着他们的只有对方的爱。

泰山发现自己被握在一个男人的手里,但此时,即使面临死亡,他还在暗自思忖为什么这些哑人族的男人和女人会在一起打猎?然后他注意到了那些男人的武器,他们不再携带之前简陋的棍棒和石子,而是带着长而整齐的矛,以及弓和箭。

这时，捉住泰山的人将他举到和视线水平的高度，仔细地打量他。泰山从对方野兽般的脸庞上看到了惊讶和识别的神色，而他也认出了他的俘虏者。这是第一个女人的儿子。现在，他们之间的关系也许已经变了，也许还没有；他回忆起他们最后一次见面时，这个年轻人还像忠犬一样跟着他。泰山不愿慢慢摸索这个老朋友的心理，他立即决定测试一下。

"把我放下来！"他以毋庸置疑的口吻用手语说道，"并且让你的同类也把我的伙伴都放下来。不要伤害他们！"

那个巨大的生物立刻轻柔地把泰山放在地上，还马上示意他的同伴照做。男人们全都立即按照他的吩咐做了，但有一个女人没有，她犹豫了一下。第一个女人的儿子向她扑过来，将矛当作鞭子一样举到半空，女人随即屈从，把塔拉斯卡放在地上。

第一个女人的儿子感到很骄傲，他尽其所能地向泰山解释自从后者赋予他们武器之后，哑人种族经历了多么巨大的变化。他发现了武器的合理使用对男性族人意味着什么——现在，每个男人至少有一个女人为他做饭，一些更强壮的男人甚至有不止一个女人为他们做饭。

第一个女人的儿子想要取悦泰山，同时为了向他展示何种伟大的文明发生在了哑人的土地上，于是他抓住一个女人的头发将她拽过来，用握紧的拳头重重地砸向她的头和脸，而那个女人却跪下来抚摸他的腿，楚楚可怜地望着年轻人，目光里充满爱意和钦佩。

那天晚上他们六人睡在一片空地上，周围守候着一群哑人。第二天，他们开始穿越平原，向特鲁哈纳达马库斯前进。泰山决定先留在米努尼，等他恢复正常大小以后再去征服那片荆棘林，闯出一条回乡之路。

哑人与他们一道在平原上走了一小段路,他们无论男女都用自己粗糙而原始的方式向泰山表达谢意,感谢他给他们带来的巨大变化和全新幸福。

两天后,六名逃犯接近了特鲁哈纳达马库斯的圆顶。哨兵离得很远就看见了他们,一群骑兵负责出城迎接——众所周知,当陌生人接近自己的领地时,提前了解对方的来意是很有必要的。

当战士们发现是科莫多弗洛伦萨尔和泰山归来时,他们立刻欢呼雀跃,一小队人立即返回城里通报消息。

逃亡者们随即被带到阿登德罗哈基斯的觐见室,那个伟大的统治者把他的儿子抱在怀里,流下了幸福的泪水。没有什么比见到儿子平安回来更让他感觉幸福了;他也没有忘记泰山,尽管他和其他人花了一段时间才能接受这样一个事实——眼前这个身高和他们差不多的人就是几个月前住在这里的巨人。

阿登德罗哈基斯把泰山叫到王位跟前,在特鲁哈纳达马库斯的贵族和战士面前将他封为贵族。他给泰山分配了与其地位相匹配的羚羊和财富,请求他一直留在他们身边。

至于詹扎拉、佐恩斯罗哈戈和奥拉萨克,他给了他们自由,并允许他们留在特鲁哈纳达马库斯。紧接着,科莫多弗洛伦萨尔把塔拉斯卡带到王座跟前。

"阿登德罗哈基斯,我有一个请求。"他说,"作为王子,我应该娶一个从其他城市俘虏来的公主,这是我们长久以来的习俗。但是,我爱的人是这个奴隶女孩,请让我放弃王位,和她在一起。"

塔拉斯卡抬起手似乎要制止他,但科莫多弗洛伦萨尔不让她说话。阿登德罗哈基斯站起身,走下台阶,来到塔拉斯卡站着的地方,拉着她的手将她领到王座旁边。

"科莫多弗洛伦萨尔,你只是受到习俗的约束需要娶公主为妻,"他说,"但习俗不是法律,特鲁哈纳达马库斯人讲究婚姻自由。"

"即使法律规定他需要娶一位公主,"塔拉斯卡说,"他还是可以娶我,因为我是曼达拉马库斯国王塔拉斯科哈戈的女儿。在我出生前的几个月,我的母亲被维尔托皮斯马库斯人俘虏,我们就住在科莫多弗洛伦萨尔遇到我的那个房间里。我母亲教育我非王子不嫁,而我本来已经忘记了她的教导,即使科莫多弗洛伦萨尔是奴隶的儿子我也愿意。直到我们离开维尔托皮斯马库斯的那天晚上我才发现他就是王子,这是我做梦都没有想到的。他不知道我早已把心交给他了。"

几周过去了,泰山身上还是没有发生任何变化。虽然和米努尼人生活在一起他很开心,但他也渴望回到自己的同伴和妻子那里,他们到现在一定会为他担心,于是他决心只身穿过荆棘林寻找回家的路,但愿能够躲避沿途的种种危险,也许他在漫长的旅途中可以恢复正常大小。

他的朋友们想劝阻他,但他决心已定,最后刻不容缓地朝东南方向走去,他觉得他之前就是由那里进入米努尼的。由一千名骑兵组成的庞大队伍护送他到大森林里去。几天之后,第一个女人的儿子在那里找到了他,米努尼人遂向他道别。他看着他们骑行离开,喉咙里泛起一种异样的愁绪。泰山体验到了思乡的感觉,这样的时刻在他的生命中实属不多见。

第一个女人的儿子和他的同伴护送泰山走到了荆棘林的边缘,他们只能走到这里了。过了一会儿,他们看见他挥手告别,然后消失在荆棘丛中。之后的两天,和米努尼人一样高的泰山只身穿过荆棘林,遇到了一些足以对他构成威胁的"小"动物。但是,好在他没有遇到他对付不了的。到了晚上,他就睡在大一点的穴居动物的窝里,靠禽类和蛋为食。

第二天晚上,他醒来的时候感觉到一阵恶心,一股不祥的预感笼罩了他。他睡的那个巢穴黑得像座坟墓,他突然想到他应该是要变大了,而如果继续待在这个小洞里就意味着丧命,因为在他恢复意识之前,他可能会被压扁或勒得窒息而死。

他已经觉得头晕晕乎乎的,就像即将失去意识的人感觉到的那样。他跌跌撞撞地向通往地面的那道陡坡爬去。他能及时爬到上面吗?他步履蹒跚地挣扎着,突然间一阵新鲜的夜间空气扑鼻而来。他晃晃悠悠地站了起来。他出来了!自由了!

身后传来低沉的吼声。他握紧剑在荆棘丛中向前冲去,不知道自己走了多远,也不清楚前行的方向。当他摔倒在地上失去意识的时候,天还没有亮。

Chapter 22
重返故乡

瓦兹瑞战士厄苏拉从食人族酋长奥贝贝的村子返回的途中,在路边看到了一堆白骨——这本身没有什么稀奇的,在非洲的原始小径上经常可以看到这个;但是,这堆白骨却让他停下了。这是一个小孩的骨头。不过仅凭这一点,这个原本正快马加鞭返回故土的战士也不见得会驻足停留。

但是厄苏拉听说过在这个食人族流传的一些奇怪说法,这些传言促使他去那里寻找他的主人,也就是人猿泰山。奥贝贝说他既没有见过人猿泰山,也没有听说过关于他的踪迹,他已经很多年没有见过这个白人了,他不止一次向厄苏拉保证过这一点。但是,他从其他部落成员那里了解到,奥贝贝曾经将一个白人囚禁在这里长达一年以上,那个人已经逃走一段时间了。厄苏拉一开始觉得这个白人可能是泰山,但当他确认了那人被囚禁的时间段之后,他推断那个人不可能是他的主人,于是他沿着小路往回走。几天之后，路边孩子的骨头让他回忆起失踪的乌哈，于是他停下来查看，却发现了别的东西——一个兽皮做的小袋子，躺在离小路几英尺远的另一堆骨头中间。厄苏拉弯腰捡起了袋子，打开它，把里面的东西倒了一些在手里。他知道这些东西是什么，它们属于泰山，而他是主人得力的手下，因此知道主人的很多事情。袋子里装的东西是数月前被找到欧帕珠宝的白人从主人那里偷走的，他要把它们带回去交给主人的妻子。

三天后，他原本默默地沿着热带荆棘林旁的小路走着，但他突然停住了，握紧手中的长矛，随时准备出击——他看见一个几乎是全裸的男人躺在一小片空地上。这人没有死，因为他还在动，但他又是在干什么呢？厄苏拉悄无声息地走近他，找到一个能够观察他的角度，接着，眼前的景象让他目瞪口呆：那个人是白人，他卧在一头死了很久的水牛的尸体旁，正贪婪地吞食残留在水牛白骨上的腐肉。

那人将头抬起一点，厄苏拉这才看清了他的脸，吓得失声惊叫。然后，那个人抬起头朝他看过来，露齿一笑。他居然是他的主人！

厄苏拉跑过去把他抬起来，但那人只是傻笑着，像个孩子似的胡言乱语。在他旁边，那个镶钻的盒式金项链坠被缠绕在水牛的一只角上。厄苏拉把它重新戴在了那个男人的脖子上，还在附近为他建造了一个坚实的庇护所，给他猎食。他在那里停留了许多天，直到那个人的体力渐渐恢复了，但他的心智却一直没有恢复正常。因此，在这种情况下，忠实的厄苏拉把他的主人带回了家。

他们发现他的身上和头上有许多伤口和淤青，有的新，有的旧，有的轻微，有的严重。他们派人到英国找了一个很厉害的外科医生来非洲，试图治好这个曾经是人猿泰山的可怜东西。

之前依恋格雷斯托克勋爵的那些狗见到这个没脑子的生物都

跑得远远的；而当他被推到金狮杰达·保·贾的笼子旁时，狮子凶狠地朝他咆哮。

杰克绝望地在房间里踱步。他的母亲正在从英国赶来，这么沉重的打击可叫她如何是好？他连想都不敢想。

自从河妖把他的女儿从食人族奥贝贝的村子里掳走之后，巫医卡米斯一直在苦苦找寻他的女儿乌哈。他不辞辛苦地到别的村落去找，其中一些离他的村庄很远。但是，他没有发现任何有关她或绑架者的踪迹。

有一次，他的搜寻范围一直延伸到了奥贝贝村庄的东边，还到了乌戈戈河以北几英里的荆棘森林。那是一个清晨，他正从这个无功而返的搜寻中返回，从临时搭建的营地出来，踏上了归途中的最后一段旅程。这时，他那双敏锐的眼睛发现了右边一百码以外的一小片空地上有一个东西。他看到那个东西和周围的植物不同，但他不知道那是什么。本能驱使他去调查。他小心翼翼地靠近那个东西，马上认出来那是一个人的膝盖，从空地上的低矮草丛中露了出来。他蹑手蹑脚地靠近，眼睛突然眯成一条缝，喉咙里发出一声怪异的尖叫，这是对惊讶的机械反应——他看到河妖躺在那里，一只膝盖是弯曲的。那就是他在草地上看到的那只膝盖。

他的矛尖向前指着，放到那个人静止的身体上方。河妖是死了还是睡着了？他把矛尖刺到他棕色的胸膛上，但河妖没有醒来。那说明他没有睡着！但是，他似乎也没有死。卡米斯跪下，把一只耳朵贴在他的心脏上方。他还没有死！

巫医迅速地思考。在他心底里，他不相信这世上有河妖；但是，这样的事情也不是不可能的——也许面前的这个在假装昏迷；

或者只是暂时从这具躯体转移到了别的躯体，以防有人产生怀疑。不过，不管怎样他都是他女儿的绑架者。这个想法使他满怀怒火，同时令他勇气倍增。他必须把真相从这个人的嘴里逼问出来，即便他是个魔鬼。

他从腰间抽出一根绳子，把地上的身子翻过来，迅速地将其手腕绑在背后。然后，他坐在旁边等待。过了一个小时，河妖开始恢复了意识，接着他睁开了眼睛。

"我的女儿乌哈在哪里？"巫医问。

河妖想把他的胳膊挣脱开来，但它们被绑得太紧了。他没有回答卡米斯的问题，就好像压根没有听见一样。他停止了挣扎，躺下来继续休息。过了一会儿，他再次睁开眼睛，看着卡米斯，但没有说话。

"起来！"巫医一边命令一边用长矛刺他。

河妖翻过身，弯曲右膝，抬起一只手肘，终于站了起来。卡米斯用长矛抵着他，把他推到小路上。黄昏时分，他们回到了奥贝贝的村庄。

当战士以及妇女小孩们看到卡米斯带了谁回来时，他们立即变得很兴奋。要不是因为他们害怕巫医，他们会在这个犯人进入村子的大门之前就用刀捅死他、用石头砸死他。卡米斯目前还不愿意看到河妖被杀，因为他想从他那里得知乌哈的下落。不过，到目前为止，他还没能从囚犯口中问出一句话来。不管是无休止的质问还是用矛刺他都不管用。

卡米斯把囚犯扔进了他原先逃走的那间小屋，但他这次把犯人牢牢地绑住，并叫两个战士在门口看守。他这回不能再让他跑了。奥贝贝也来见他，他问他同样的问题，但河妖只是用空洞的眼神看着酋长。

"我要让他说话,"他说,"等我们吃完饭就叫他出来,我会让他说话的。我知道很多好办法。"

"你不能杀了他,"巫医说,"他知道乌哈的下落,在他告诉我之前谁都不可以杀他。"

"他死之前会说话的。"奥贝贝说。

"他是河妖,永远不会死。"卡米斯说,他们又开始争论之前的话题了。

"他是泰山。"奥贝贝叫道。离开关押囚犯的那个脏兮兮的屋子之后,两人还在争吵。

他们吃完饭后,囚犯看见他们在巫医小屋旁生的一堆火上炙烤一个铁块。此时巫医正蹲在门口用很多东西快速作法——有包裹在树叶中的木块、石头、鹅卵石,以及斑马的尾巴。

村民们聚集在卡米斯周围,人越来越多,挡住了囚犯的视线。过了一会儿,一个黑人男孩走过来,对他的卫兵说了几句话。然后他被带了出去,被人粗暴地往巫医的小屋推去。

警卫们拨开人群之后,他看到奥贝贝在那里。囚犯站在正中央的一个火堆旁边。那只是一堆小火,刚够烫热几块铁。

"我的女儿乌哈在哪里?"卡米斯问道。

河妖没有回答。自从卡米斯抓住他之后,他一句话都没有说。

"烧掉他的一只眼睛,"奥贝贝说,"那样他就乖乖地说话了!"

"把他的舌头割下来!"一个女人尖叫,"割掉他的舌头!"

"那样他就完全不能说话了,你这个傻瓜。"卡米斯喊道。

巫医站了起来,又一次提了这个问题,但依旧没有得到回答。然后,他狠狠地打了一下河妖的脸。卡米斯的情绪已经失去了控制,他甚至不再惧怕河妖了。

"你现在就回答我!"他尖叫着,弯腰夹起一个烧红的铁块。

"右眼先来！"奥贝贝尖叫着说。

格雷斯托克夫人带着医生一起来到了泰山的平房前面。他们此行共有三个人——伦敦著名的外科医生、格雷斯托克夫人，以及她的女佣弗洛拉·霍克斯。三人风尘仆仆地赶来，一路上疲惫不堪，现在终于在玫瑰花环绕的门口下马了。外科医生和格雷斯托克夫人立即进入了泰山待着的那个房间。他们进来时，泰山正坐在一把临时轮椅上，茫然地看着他们。

"约翰，你认不出我来了吗？"女人问道。

她的儿子抱住她的肩膀，流着泪带她走开。

"他谁都不认识，"他说，"妈妈，等手术结束后再来看他吧。你现在帮不了他，况且看到他这样对你来说也很残忍。"

外科医生给病人做了检查。他的脑部受到了外力的打击，颅骨处有最近发生的骨折。通过手术可以减缓撞击带来的压力，还可能恢复患者的心智和记忆。毫无疑问，这是值得尝试的。

格雷斯托克夫人和伦敦的外科医生到达后的第二天，从内罗毕来的数名护士和两名医生也到了这里。手术在第三天早上进行。

格雷斯托克夫人、杰克和梅林在隔壁房间等候外科手术的结果。手术究竟是成是败？他们默默地盯着临时手术室的门。最后，门终于打开了。似乎过了很久很久，但事实上可能只有一个小时。外科医生走进他们坐着的房间。他们的眼睛默默地哀求着，似乎替他们问出了不敢说出口的那个问题。

"到目前为止，我还不能跟你们做任何担保，"医生说，"只能说手术本身是成功的。至于病人的结果会如何，只有时间能告诉我们答案。我已经下达了命令，十天之内，除了护士，任何人不许进入他的房间。在那期间，护士不能和他说话，他们也不能让

重返故乡 | 227

他说话。不过,他不会想说话的,因为我要用麻药把他置于半昏迷的状态,一直持续十天。到那时候,格雷斯托克夫人,我们只能心怀期待——不过,我可以对你说,你丈夫完全康复的概率还是不小的。我认为你可以尽管抱最好的希望。"

巫医的左手放在河妖的肩膀上,右手拿着一个炽热的铁块。
"右眼先来。"奥贝贝又叫道。

突然,犯人背上和肩膀上的肌肉开始有反应了,在他棕色的皮肤下面轻微底颤动着。就在那一瞬间,他的身体似乎获得了惊人的力量。他的背后传来一阵"噼里啪啦"的声音——缠在他手腕上的绳子断了。几乎同时,他那钢铁般坚硬的手指就落在了巫医的右手腕上,炽热的双眼灼灼地注视着巫医的眼睛。巫医手里烧红的铁块掉落在地,手指被手腕上的压力弄得失去了知觉。他尖叫着,因为他在神愤怒的脸上看到了死亡。

奥贝贝跳起来。战士们向前冲去,但不敢接近河妖。他们之前都不确定像卡米斯和奥贝贝这样和老天爷作对的人会遭受什么样的惩罚,而现在这就是后果!河妖的愤怒会降临到他们所有人头上。他们中的一些人后退了,其他人也都跟着退。他们都觉得,如果自己不参与,河妖也许就不会生他们的气。然后,他们转身逃到棚屋,碰见了和自己一样正在往家里逃的妻子和儿女。

连奥贝贝也转身逃跑了。河妖用两只手把卡米斯高举过头顶,追赶着食人族的首领。奥贝贝躲进了自己的小屋。正当他要跑到屋子中央的时候,突然草屋顶上传来一声可怕的撞击声——屋顶被一个重物压碎了,开了一个大窟窿。一个身体从上面掉下来,这使他充满恐惧。他立即想到这是河妖从屋顶上跳进来要消灭他!自我保护的本能超越了他对超自然力量的恐惧;现在他确信卡米斯是对的，他们长期以来囚禁的那个生物确实是河妖。奥贝贝拔出匕首，一次又一次地将其插到跳下来的生物身上。发现对方没了气息之后，他站起身，拖着那具尸体走出小屋。月光和篝火照在他的屋外。

"来吧，我的子民！"他大喊，"你们不需要害怕了，因为我，奥贝贝，你们的酋长，已经亲手杀死了河妖。"然后，他低头看他背后拖着的东西，不由得喘了一口粗气，猛地跌坐在泥土地上——他脚下的那个人不是别人，正是巫医卡米斯。

他的村民也走过来。当他们看到所发生的事情时，他们什么也没说，但看起来非常害怕。奥贝贝检查了他的屋子和周围的区域，然后带了几个战士去搜查全村。那个陌生人已经离开了，他朝大门的方向去了。大门是锁上的，但他们在大门外边的泥土地上看到了赤裸的脚印——那是一个白人的脚印。然后，奥贝贝回到他的小屋，那些惊慌失措的村民正站在那里等着他。

"奥贝贝是对的，"他说，"那个生物不是河妖，他就是人猿泰山。因为，只有他能把卡米斯高举过头顶，让他从屋顶上掉下来；只有他才能单枪匹马地通过我们上锁的大门。"

第十天到了。那位优秀的外科医生还未离开格雷斯托克的平房，他在等待手术的结果。前一晚，病人在他给的最后一剂药物的作用下慢慢醒了，但他恢复知觉的速度比外科医生预想的要慢。时间慢慢地过去，早晨变成了下午，然后夜幕降临了，但病房里仍然没有传来消息。

天黑了，房间里点了灯，全家人都聚集在大客厅里。突然，门开了，一个护士走出来，身后跟着那个病人。他脸上带着困惑的表情，但护士的脸上却堆满了笑容。外科医生走了过来，扶着

重返故乡 | 229

那个因长期没有活动身体而弱不禁风的人。

"我认为格雷斯托克勋爵很快就会恢复了，"他说，"你们一定有很多话想跟他说。他恢复知觉之后记不起来自己是谁了，不过这种情况并不罕见。"

病人进入房间走了几步，惊奇地四处看。

"格雷斯托克，这是你的妻子。"外科医生和蔼地说。

格雷斯托克夫人站起身来，穿过房间向她的丈夫伸出双臂。病人脸上露出了笑容，走上前去，把她搂在怀里。但是，突然有人从中间把他们二人分开了——是弗洛拉·霍克斯。

"我的天哪，格雷斯托克夫人！"她大喊道，"他不是你的丈夫。他是埃斯特班，埃斯特班·米兰达！你觉得我会不认得他吗？自从我们回来以后，我完全没有见过他，也从未去过病房。但是，他一走进这个房间我就开始怀疑了；他一笑，我就知道他是谁了。"

"弗洛拉！"心神不宁的格雷斯托克夫人喊道，"你确定吗？不！不！你一定搞错了！上帝不仅没有把我的丈夫还给我，反而还要再一次把他再偷走。约翰！告诉我，是你吗？你不会骗我吧？"

他们面前的人沉默了一会儿。他摇摇晃晃地走来走去，好像身体很虚弱。外科医生走上前去扶着他。

"我病得很厉害，"他说，"也许我变了，但我确实是格雷斯托克勋爵。我不记得这个女人了。"他指着弗洛拉说。

"他撒谎！"女孩叫道。

"是的，他撒谎。"他们身后有一个安静的声音说。众人转过身去，看到一个巨大的白色身影站在通往阳台的窗台上。

"约翰！"格雷斯托克夫人喊道，朝他跑过来，"我怎么会弄错呢？我——"但是，这句话刚说到一半，人猿泰山就跳进了房间，一把将妻子搂在怀里，吻住了她的嘴唇。